Le Club des Baby-Sitters

Ce volume regroupe trois titres de la série
Le Club des Baby-Sitters d'Ann M. Martin

Lucy est amoureuse (Titre original : *Boy-Crazy Stacey*)
Édition originale publiée par Scholastic Inc., New York, 1987
© Ann M. Martin, 1987, pour le texte
© Éditions Gallimard Jeunesse, 1997, pour la traduction française

Le Club à New York (Titre original : *Stacey's mistake*)
Traduit de l'anglais par Françoise Rose et Camille Weil
Édition originale publiée par Scholastic Inc., New York, 1987
© Ann M. Martin, 1987, pour le texte
© Éditions Gallimard Jeunesse, 1998, pour la traduction française

Les vacances de Carla (Titre original : *Dawn on the coast*)
Traduit de l'anglais par Sophie Merlin
Édition originale publiée par Scholastic Inc., New York, 1989
© Ann M. Martin, 1989, pour le texte
© Éditions Gallimard Jeunesse, 1999, pour la traduction française

© Éditions Gallimard Jeunesse, 2007, pour les illustrations

Le Club des Baby-Sitters

Nos plus belles vacances

Ann M. Martin

Traduit de l'anglais
par Françoise Rose, Camille Weil,
et Sophie Merlin

Illustrations d'Émile Bravo

GALLIMARD JEUNESSE

La lettre
de KRISTY

Présidente du Club des Baby-Sitters

Le Club des Baby-Sitters, c'est une histoire de famille. On se sent tellement proches les unes des autres... comme si on était sœurs. Dans ce livre, nous allons vous raconter quelques-uns de nos souvenirs de vacances. Mais avant de commencer, nous allons nous présenter. Même si nous sommes tout le temps ensemble et que nous nous ressemblons beaucoup, nous avons chacune notre personnalité et nos goûts, dans lesquels vous allez peut-être d'ailleurs vous retrouver. Alors pour mieux nous connaître, lisez attentivement nos petits portraits. Je vous souhaite de vous amuser autant que nous...

Bonne lecture à toutes !

Kristy

Comme promis, voici le portrait
des sept membres du

Club
des Baby-Sitters...

NOM : Kristy Parker, présidente du club
ÂGE : 13 ans – en 4ᵉ
SA TENUE PRÉFÉRÉE : jean, baskets et casquette.
ELLE EST... fonceuse, énergique, déterminée.
ELLE DIT TOUJOURS : « J'ai une idée géniale... »
ELLE ADORE... le sport, surtout le base-ball.

NOM : Mary Anne Cook,
secrétaire du club
ÂGE : 13 ans – en 4ᵉ
SA TENUE PRÉFÉRÉE :
toujours très classique,
mais elle fait des efforts !
ELLE EST... timide,
très attentive aux autres
et un peu trop sensible.
ELLE DIT TOUJOURS :
« Je crois que je vais pleurer. »
ELLE ADORE... son chat,
Tigrou, et son petit ami, Logan.

NOM : Lucy MacDouglas,
trésorière du club
ÂGE : 13 ans – en 4ᵉ
SA TENUE PRÉFÉRÉE : tout,
du moment que c'est à la mode..
ELLE EST... new-yorkaise
jusqu'au bout des ongles,
parfois même un peu snob !
ELLE DIT TOUJOURS :
« J'♥ New York. »
ELLE ADORE... la mode,
la mode, la mode !

NOM : Carla Schafer, suppléante
ÂGE : 13 ans – en 4ᵉ
SA TENUE PRÉFÉRÉE :
un maillot de bain pour bronzer
sur les plages de Californie.
ELLE EST... végétarienne,
cool et vraiment très jolie.
ELLE DIT TOUJOURS :
« Chacun fait ce qu'il lui plaît. »
ELLE ADORE... le soleil,
le sable et la mer.

NOM : Claudia Koshi,
vice-présidente du club
ÂGE : 13 ans – en 4ᵉ
SA TENUE PRÉFÉRÉE :
artiste, elle crée ses propres
vêtements et bijoux.
ELLE EST... créative,
inventive, pleine de bonnes idées.
ELLE DIT TOUJOURS :
« Où sont cachés mes bonbons ? »
ELLE ADORE... le dessin,
la peinture, la sculpture
(et elle déteste l'école).

NOM : Jessica Ramsey,
membre junior du club
ÂGE : 11 ans – en 6ᵉ
SA TENUE PRÉFÉRÉE :
collants, justaucorps
et chaussons de danse.
ELLE EST... sérieuse,
persévérante et fidèle en amitié.
ELLE DIT TOUJOURS :
« J'irai jusqu'au bout de mon
rêve. »
ELLE ADORE... la danse
classique et son petit frère,
P'tit Bout.

NOM : Mallory Pike,
membre junior du club
ÂGE : 11 ans – en 6ᵉ
SA TENUE PRÉFÉRÉE : aucune
pour l'instant, elle rêve juste
de se débarrasser de ses lunettes
et de son appareil dentaire.
ELLE EST... dynamique et très
organisée. Normal quand on a sept
frères et sœurs !
ELLE DIT TOUJOURS : « Vous
allez ranger votre chambre ! »
ELLE ADORE... lire, écrire. Elle
voudrait même devenir écrivain.

SOMMAIRE

LUCY
est amoureuse

Ce livre est dédié à June et Ward Cleaver
(alias Noël et Steve)

– *Maman, comment est-on censé se tenir dans une grande maison ?*

Ma mère a levé les yeux de la lettre qu'elle était en train d'écrire.

– Pardon, que veux-tu, Lucy ?

– Ce soir, le Club des Baby-Sitters se réunit chez les Parker. Enfin, chez Kristy. Et je veux être sûre de faire les choses comme il faut.

– Mais ce n'est pas la première fois que tu vas chez les Lelland, ma chérie.

– Je sais, mais cette fois c'est une invitation officielle. Et Kristy dit que ses voisins sont très chic. Rappelle-toi comme nous avons dû laver et brosser Foxy quand les Parker ont déménagé, pour qu'il ait l'air aussi beau que les autres chiens du quartier.

Maman a souri.

– Tu sais bien que Kristy exagère un peu parfois. Je crois que tu dois te comporter exactement de la même façon que si elle habitait toujours dans son ancienne maison.

– Vraiment ?

– Vraiment. À quelle heure dois-tu y être, ma chérie ?

– Dans une heure environ. M. Koshi nous y conduira, Claudia, Mary Anne et moi, dès qu'il rentrera de son travail.

– Et tu feras...

– Mais oui, maman, je ferai attention à ce que je mange.

Elle a dû sentir l'impatience dans ma voix et a ajouté :

– Lucy, ce n'est pas la peine de t'énerver.

– Mais tu sais bien que je fais toujours attention. Et puis Kristy a certainement prévu du pop-corn nature ou des fruits. C'est une toute petite fête. Juste un dîner.

Tous les membres du Club des Baby-Sitters allaient se retrouver dans la nouvelle maison de Kristy Parker, notre présidente. Elle venait d'emménager avec sa mère et ses frères dans la grande propriété de Jim Lelland, un homme très gentil... qui est aussi milliardaire. Dans son quartier, les maisons ont de grands jardins, des piscines ou des courts de tennis. Elles sont construites en retrait par rapport à la rue et cachées derrière des murs ou des haies.

Avant de déménager, Kristy habitait dans une maison classique, à Bradford Court, juste à côté de chez Mary Anne Cook, la secrétaire du club et sa meilleure amie, et en face de chez Claudia Koshi, notre vice-présidente et ma meilleure amie. C'est Kristy qui a eu l'idée de créer un club de baby-sitting pour les familles du voisinage et cela marche du tonnerre. À nous quatre, plus Carla Schafer, qui n'habite pas très loin, nous nous retrouvons trois après-midi par semaine pendant une demi-heure environ dans la chambre de Claudia. Les gens qui ont besoin d'une baby-sitter nous téléphonent et, comme nous sommes cinq, ils sont pratiquement sûrs de trouver quelqu'un pour garder leurs enfants.

Nous avons un agenda dans lequel nous notons toutes sortes d'informations, dont nos emplois du temps. Mary Anne y reporte également tous nos rendez-vous. Kristy veut que nous tenions aussi un journal de bord où nous racontons nos baby-sittings. Chacune le lit à tour de rôle, ce qui n'est pas inutile.

Cet été, notre club a un peu élargi ses activités. En juillet, en plus de nos baby-sittings, nous avons organisé une halte-garderie dans mon jardin. Nous y avons accueilli les enfants du quartier trois matinées par semaine. Nous leur lisions des histoires, les faisions jouer, dessiner, peindre, etc. Cela s'est très bien passé.

Le club existait depuis maintenant près d'un an, puisque nous l'avons créé à la rentrée de la cinquième, mais c'était la première fois que nous allions nous séparer et faire des choses chacune de notre côté. Mais avant de nous quitter pour quelques semaines au mois d'août, Kristy a voulu nous réunir une dernière fois, dans sa nouvelle maison, et nous étions ravies. Nous aimons beaucoup la propriété de Jim, même si nous nous sentons un peu nerveuses à l'idée d'y aller.

Je suis montée dans ma chambre et j'ai passé en revue toute ma garde-robe. Qu'allais-je bien pouvoir mettre ? Il fallait que je choisisse ma tenue avec beaucoup de soin. Je voulais être assez décontractée pour pouvoir m'amuser, mais assez chic pour impressionner les riches voisins. Il me fallait une tenue légère car il faisait à peu près quarante degrés à l'ombre. J'ai changé d'avis au moins cinq ou six fois pour finalement choisir un haut que j'avais acheté lorsque nous étions allés rendre visite à des amis à New York : un chemisier rose, avec de grands oiseaux brillants verts et jaunes. Il était suffisamment ample pour que je sois à l'aise. J'ai mis un pantalon fluide, une ceinture verte, des bracelets d'argent et des pendentifs en forme de clochettes. J'aime bien le léger tintement qu'elles font quand je bouge la tête. J'adorerais pouvoir me faire percer un deuxième trou à chaque oreille pour pouvoir mettre deux paires de boucles en même temps, mais mes parents ne sont pas d'accord.

J'ai grandi à New York – nous n'habitons à Stonebrook que depuis un an – et j'ai des goûts bien précis. Mes parents me permettent d'acheter des vêtements à la mode, mais ils ne veulent rien entendre au sujet des deux trous à chaque oreille. Ils prétendent que j'aurais l'air d'un pirate. Moi, je n'ai jamais vu de pirate avec plus d'une seule boucle. Je n'ai pas manqué de le leur faire remarquer, mais ils n'ont pas trouvé ça drôle.

Un coup de Klaxon m'a tirée de mes rêveries.

La voiture des Koshi se trouvait devant l'entrée. M. Koshi était au volant, Mimi, la grand-mère de Claudia, sur le siège passager. Claudia était à l'arrière avec Mary Anne.

– J'arrive ! ai-je crié avant de dévaler les escaliers. Au revoir, maman !

– Attends, Lucy.

– Maman, je dois partir !

Ma mère m'a rejoint dans le hall et m'a glissé un petit sachet dans les mains.

– Qu'est-ce que c'est ?

– Des morceaux de pomme.

– Maman, je te jure qu'il y aura tout ce qu'il faut chez Jim. Il a la plus grande cuisine que j'aie jamais vue. Je suis sûre de trouver une pomme quelque part !

Je lui ai rendu le sachet et j'ai ajouté :

– Mets ça dans le frigo, d'accord ? Je le mangerai demain.

Mes parents s'inquiètent constamment pour moi depuis que l'on a découvert que j'avais du diabète. Je dois surveiller la quantité de sucre que j'absorbe chaque jour, à savoir ni trop ni trop peu. Si je ne fais pas attention, le niveau de sucre dans mon sang se modifie complètement et je peux devenir très malade. Mes parents ont toujours peur que je ne sois pas sérieuse et que je mange n'importe quoi. C'est vrai que j'ai souvent été tentée, mais je ne l'ai jamais fait. Je n'ai aucune envie d'être malade !

J'ai couru vers la porte d'entrée.

– À tout à l'heure, maman !

Mon père était dans le jardin à s'occuper de l'un de nos massifs de fleurs. En été, c'est son activité favorite en début de soirée.

– Au revoir, papa !

– Au revoir, ma chérie, sois raisonnable.

« Sois raisonnable. » J'aurais dû m'y attendre. Mais je me suis rappelé qu'il y avait encore un an de cela, c'était à peine s'ils me laissaient aller à l'école.

Je me suis installée à l'arrière de la voiture.

– Bonjour, tout le monde ! Bonjour, Mimi !

Mimi s'est retournée et m'a adressé un sourire chaleureux.

– Bonsoir, Lucy.

Mimi parlait à voix basse. Elle se remet lentement de l'attaque qu'elle a eue cet été. Depuis, elle se déplace avec peine et a des difficultés pour parler.

Claudia et Mary Anne étaient aussi excitées que moi à l'idée d'aller chez Kristy. Nous ne tenions pas en place, mais le temps de traverser la ville, nous étions déjà plus calmes.

En apercevant Kristy assise sur le pas de sa porte, nous avons réalisé que nous nous faisions du mouron pour rien. Elle nous attendait en lisant un magazine, une glace à l'eau à la main. Elle portait tout simplement un jean coupé au genou et un T-shirt blanc troué avec « *I* ♥ *my dog* » et la silhouette d'un colley. Elle n'avait même pas pris la peine de mettre des chaussures !

L'image était rassurante. Ma mère ne s'était pas trompée ! Peu importait l'endroit où elle vivait, Kristy serait toujours Kristy. Je n'aurais pas à me comporter différemment avec elle.

Carla est arrivée au moment où la voiture de M. Koshi disparaissait à l'autre bout de l'allée.

– Salut ! a-t-elle crié en bondissant hors de l'auto de sa mère. À tout à l'heure, maman !

Toutes les cinq, nous nous sommes regardées avec impatience.

– Eh bien, allons-y ! a lancé Kristy.

Nous avons dit bonjour à sa mère et à Jim dans la salle de séjour. Puis nous avons monté les escaliers quatre à quatre jusqu'à la chambre de Kristy. La maison de Jim est si grande que Kristy et ses trois frères ont chacun leur chambre. Et même les deux jeunes enfants que Jim a eu d'un premier mariage, Karen et Andrew, qui ne vivent pas tout le temps avec lui, ont leur propre chambre quand ils viennent. Il y a aussi une salle de jeux et des chambres d'amis. Un vrai palace ! Quand nous vivions à New York, nous avions ce que l'on peut appeler un appartement confortable, et il n'y avait pourtant que quatre chambres à coucher, dont une à peine suffisamment grande pour que l'on y mette un lit.

Foxy, le chien de Kristy, était allongé sur son lit et nous a accueillies avec des battements de queue. À sa grande joie, nous nous sommes toutes affalées à ses côtés.

– Où sont tes frères ? ai-je demandé.

– David Michael doit jouer dans les parages. (David Michael a six ans.) Et Samuel et Charlie sont chez des voisins qui ont une piscine. (Samuel et Charlie sont plus âgés et vont au lycée.) Des sandwichs, pour le dîner, ça vous va ? Maman et moi en avons préparé des tonnes cet après-midi. Il y en a au thon nature pour toi, Lucy.

– Génial. Merci d'avoir pensé à moi.

J'ai jeté un coup d'œil vers Mary Anne. Je l'ai déjà dit, Mary Anne est la meilleure amie de Kristy, et Claudia est ma meilleure amie, mais c'était amusant de penser que Mary Anne et moi allions bientôt passer deux semaines ensemble. J'étais un peu inquiète. Nous sommes si différentes ! Mary Anne a encore un côté très petite fille, je suis beaucoup plus mûre. Elle ne s'intéresse pas aux garçons, alors que j'ai eu deux petits amis en cinquième.

Claudia m'a demandé tout à coup :

– Prête pour partir avec les Pike, Lucy ?

C'était comme si elle avait lu dans mes pensées.

– Je l'espère. Ce sera la première fois que je passe deux semaines avec huit enfants. Heureusement, Mary Anne sera là pour m'aider.

– Quelle chance vous avez ! s'est écriée Kristy avec envie. Deux semaines à la plage !

– Deux semaines à courir derrière Claire, Margot, Nicky, Vanessa, Byron, Jordan, Adam et Mallory, ai-je précisé.

Kristy a fait la moue.

– Tu sais, je suis prête à garder tous les enfants de la terre si c'est pour aller à la mer.

Malgré mon anxiété à l'idée de partir avec Mary Anne, j'avoue que j'étais impatiente. Les membres de notre club font souvent du baby-sitting chez les Pike, et Mme Pike nous avait demandé quelque chose d'un peu particulier. Elle avait besoin de deux baby-sitters pour l'aider à s'occuper des enfants pendant leurs vacances à Sea City, dans le New Jersey. Mary Anne et moi étions les seules disponibles.

Dans quelques jours, Mary Anne et moi serions à la mer, Claudia et sa famille devaient passer des vacances au calme à la montagne, dans le Vermont. Carla et son jeune frère s'envoleraient pour la Californie pour rendre visite à leur père. Ils n'y étaient pas allés depuis le divorce de leurs parents, c'était il y a sept mois.

– Je n'arrive pas à croire que je vais rester coincée ici, à Stonebrook, alors que vous partez toutes dans des endroits formidables, a gémi Kristy.

– De quoi tu te plains ? s'est exclamée Carla. Tout le monde n'a pas la chance de vivre dans une maison aussi jolie !

– Je sais. Mais maman a décidé qu'il fallait que nous restions tous ici pendant les vacances pour renforcer les liens de notre nouvelle famille.

Au même moment, la mère de Kristy est apparue dans l'encadrement de la porte. Elle nous apportait un grand plateau avec des sodas et des sandwiches. À peine avait-elle quitté la pièce que nous nous sommes précipitées sur la nourriture comme des affamées. Puis nous avons essayé de nouvelles coiffures, et j'ai mis les boucles d'oreilles à clips de Kristy pour voir ce que cela ferait si, par le plus grand des miracles, mes parents acceptaient de me laisser percer un deuxième trou aux oreilles.

– Oh ! s'est soudain écriée Carla en jetant un coup d'œil à sa montre. Il est presque neuf heures. Maman a dit qu'elle viendrait me chercher entre neuf heures et neuf heures et demie.

Claudia s'est levée du lit.

– Papa va bientôt arriver, lui aussi.

Les épaules affaissées, Kristy s'est mise à pleurnicher :

– Les filles, je ne vais pas vous voir pendant plus de deux semaines !

– J'ai une idée, a suggéré Mary Anne. Et si on s'écrivait pendant les vacances ? Chacune de nous pourra t'envoyer de jolies cartes postales.

Kristy a sorti un répertoire du tiroir de son bureau pour prendre nos adresses. Elle avait retrouvé sa bonne humeur. Puis, les yeux brillants d'excitation, elle a ajouté :

– J'ai une meilleure idée. Lucy et Mary Anne, vous allez m'écrire une carte tous les jours pour me raconter votre séjour chez les Pike. Nous les mettrons ensuite dans le journal. De cette façon, il restera à jour et nous respecterons le règlement. Qu'en pensez-vous ?

– Je ferai peut-être du baby-sitting chez mes anciens voisins, en Californie, a fait savoir Carla. Si c'est le cas, je t'enverrai aussi des notes.

– M. Koshi et Mme Schafer sont là ! a crié David Michael depuis l'entrée.

Nous nous sommes regardées. Le visage de Kristy s'est rembruni aussitôt et elle s'est mise à pleurer. Puis ça a été le tour de Carla. Puis de Mary Anne, suivie par Claudia et moi.

– Vous allez me manquer ! a sangloté Carla.

– Vous aussi et je vais m'ennuyer ! a soupiré Kristy.

– Et moi qui ne suis jamais partie sans mes parents ! a avoué Mary Anne en reniflant.

Nous nous sommes embrassées et Kristy nous a distribué des mouchoirs en papier.

Quelques minutes plus tard, Claudia, Mary Anne et moi étions installées sur la banquette arrière de la voiture des Koshi. Nous nous sommes mouchées pendant tout le trajet, jusqu'à Bradford Court.

Je me sentais malheureuse… Mais dès que je me suis retrouvée dans ma chambre en train d'empaqueter mon nouveau deux-pièces, de penser au soleil, à l'océan, aux beaux garçons en maillot de bain et à la plage dont les enfants Pike nous parlaient tout le temps, l'excitation a fait place à la tristesse. Puis l'heure de se coucher est venue, j'étais tellement énervée à l'idée d'aller à Sea City que je n'arrivais pas à dormir.

$$\text{2}$$

Rien ne vaut le moment où l'on sonne chez les Pike. Si les enfants sont à la maison, c'est à qui se précipitera le premier vers la porte.

Le lendemain après-midi, Mary Anne et moi étions donc devant leur porte d'entrée. «Courage», me suis-je dit avant de sonner.

J'ai entendu des bruits de pas derrière la porte, laquelle s'est ouverte brutalement, comme enfoncée par un bélier.

Claire, Margot, Nicky, Vanessa et Jordan, tout rouges et essoufflés, nous ont accueillies avec des sourires jusqu'aux oreilles.

– Salut! a crié Claire.

Claire est la benjamine des Pike. Elle a tout juste cinq ans. Margot en a sept, Nicky huit, et Vanessa neuf. Quant aux triplés, Jordan, Byron et Adam, ils ont dix ans. La plus âgée de la famille, Mallory, a onze ans. Elle est très mûre et nous donne souvent un coup de main. Elle nous a même bien aidées à la halte-garderie le mois dernier.

Claire m'a attrapé la main pour m'entraîner derrière elle.

– Viens.

Pour faire comme sa sœur, Margot a empoigné la main de Mary Anne.

– Ouais, venez vite !

Vanessa, qui est plutôt calme d'habitude, s'est mise à sauter dans tous les sens.

– Demain, nous allons à Sea City ! Nous verrons la plage et les coquillages si jolis !

Nicky a levé les yeux au ciel.

– Est-ce que tu dois absolument tout faire rimer ?

– Bien sûr, puisque je serai poète.

– Tiens, ça ne rime pas cette fois.

Vanessa lui a tiré la langue.

– Maman, Vanessa m'a tiré la langue !

Mary Anne et moi étions coincées contre une porte du hall d'entrée.

– Ça suffit, les enfants, a rouspété Mme Pike en arrivant précipitamment. Laissez Mary Anne et Lucy respirer.

Les enfants lui ont aussitôt obéi.

Mme Pike nous avait invitées cet après-midi-là pour discuter des vacances et nous expliquer quelles seraient nos responsabilités. Après avoir dit aux enfants d'aller jouer dans le jardin, elle nous a conduites dans le salon.

– La plupart du temps, mon mari et moi serons là et vous n'aurez qu'à nous aider. Mais il arrivera que nous ayons des choses à faire l'après-midi ou que nous sortions certains soirs, en tête à tête. Vous prendrez alors la relève.

Mary Anne et moi avons hoché la tête. Nous allions avoir beaucoup plus de responsabilités que lors d'un simple baby-sitting.

– Est-ce que vous déjà allées sur la côte du New Jersey ? nous a demandé Mme Pike.

Mary Anne a secoué la tête.

– Jamais.

– Une fois.

– Eh bien, Sea City est une petite ville où il y a beaucoup de choses à faire et à voir. Il faudra bien surveiller les enfants à cause de la circulation et de l'océan.

Mary Anne et moi écoutions avec attention.

– Si, en général, mon mari et moi sommes assez souples dans notre manière de faire, il y a cependant une règle à laquelle nous tenons beaucoup : il est absolument interdit d'aller dans l'eau, ou même d'y tremper les pieds, avant neuf heures du matin et après cinq heures du soir. De neuf heures à cinq heures, les maîtres nageurs sont à leur poste, sauf en cas de pluie. Alors vous pouvez nager autant que vous voulez à condition de rester en face du poste de garde. Est-ce clair ?

– Oui, avons-nous répondu d'une seule voix.

– Je ne veux pas paraître dure. Simplement, c'est très dangereux d'aller dans l'eau sans surveillance. Mais ne vous inquiétez pas, il y a des tas de choses à faire à Sea City. Entre les trampolines, le golf miniature, les boutiques du centre-ville et le parc d'attractions, vous ne risquez pas de vous embêter.

29

J'ai souri d'excitation.

– Vous allez voir, c'est un endroit merveilleux, a repris Mme Pike. Nous y allons depuis neuf ans. Je suis sûre que vous vous y plairez.

Puis Mme Pike nous a parlé de la maison qu'ils avaient l'habitude de louer, des courses, de la cuisine et du partage des corvées. De mon côté, je lui ai fait part de mon régime alimentaire et des injections d'insuline que je devais me faire tous les jours. Elle m'a rassurée en me disant qu'elle était déjà au courant pour mon diabète et qu'elle avait prévu tout ce qu'il fallait pour le voyage.

Mme Pike avait eu assez de mal à convaincre mes parents de me laisser partir à la mer. C'était la première fois que je quittais le cocon familial plus d'une nuit, depuis que l'on avait découvert que j'avais du diabète. Mes parents n'avaient donné leur accord qu'après avoir pris contact avec des médecins de Sea City pour s'assurer que je serais bien soignée en cas de problème.

Mary Anne et moi avons quitté la maison des Pike dans un état de grande excitation. Nous devions partir le lende-main matin à huit heures. Il était temps de rentrer préparer nos bagages.

– J'ai déjà fait mes valises, m'a avoué Mary Anne. Je ne pouvais pas attendre. Je panique un peu, mais je suis folle de joie à l'idée de partir. C'est la première fois que je quitte mon père, c'est mon premier séjour à la mer . et mon premier deux-pièces! Papa m'a permis d'en acheter un à condition que le bas ne soit pas trop échancré.

Le père de Mary Anne avait toujours été très sévère avec elle. C'est vrai qu'il l'était encore, mais ça allait mieux.

Mme Cook était morte quand Mary Anne n'était qu'un bébé et il avait dû élever sa fille seul. En fait, il était un peu moins strict depuis qu'elle commençait à lui tenir tête.

De retour à la maison, j'ai ouvert ma valise sur mon lit et me suis mise à ranger mes vêtements avec soin : le deux-pièces de l'an dernier, le nouveau, deux robes légères, des sandales, des shorts, des débardeurs et une chemise de nuit. Puis j'ai tiré du tiroir de mon bureau une bouteille de lotion éclaircissante et je l'ai cachée sous mes vêtements. J'étais décidée à rentrer de vacances avec les cheveux encore plus clairs. Ils sont blonds, mais je voulais qu'ils soient encore plus brillants. Mais si maman avait vu le flacon, elle m'aurait tuée.

– Chérie ?

J'ai sursauté, puis j'ai vérifié que le flacon était bien au fond de la valise.

– Je fais mes bagages.

Maman est venue s'asseoir sur le bord de mon lit et elle m'a regardée plier mes affaires.

– Tu n'as rien oublié ?

– Je ne pense pas. Mme Pike nous a dit que ce n'était pas la peine d'emmener trop de vêtements. Une petite robe suffit si nous sortons dîner.

– Vous aurez de quoi vous occuper ?

– De quoi nous occuper ? Mais nous allons garder huit enfants !

– Je sais, mais je suis sûre que tu auras un peu de temps à toi. Tu as emporté un livre ou quelque chose ?

– Oui, j'ai pris un roman policier et un jeu de cartes.

Maman a acquiescé d'un signe de tête.

– Et des timbres ? Tu as des timbres pour nous envoyer des cartes postales ?

Maman semblait de plus en plus nerveuse.

– Non. Mais il y a sûrement un bureau de poste là-bas.

– Je vais en chercher. Je reviens.

Elle est partie en trombe dans sa chambre et je l'ai entendue fouiller partout dans son bureau, avant de revenir avec un carnet de timbres. Puis elle m'a demandé si j'avais pensé au dentifrice. Mais je savais ce qui la tourmentait. Elle voulait s'assurer que je n'avais rien oublié, que j'avais pris tout le nécessaire pour les injections d'insuline. Je lui ai montré la trousse de voyage qu'elle m'avait achetée.

– Regarde, tout y est. Les numéros de téléphone des médecins sont dans mon sac à main. Mme Pike les a notés aussi. Et elle sait tout sur mon régime. Nous en avons parlé cet après-midi.

– Oh, Lucy, je suis tellement inquiète ! Je ne vais pas arrêter de me faire du souci pendant ces deux semaines.

– Il n'y a pas de raison, lui ai-je dit en venant m'asseoir à côté d'elle et en passant un bras autour de ses épaules. Il y a un téléphone et la ligne est branchée, tu n'auras qu'à m'appeler. Mme Pike te contactera s'il arrive quoi que ce soit, mais ce ne sera pas le cas. Promets-moi seulement de ne pas téléphoner trop souvent, d'accord ? S'ils voient que mes parents s'inquiètent autant, les enfants vont penser que je suis encore un bébé et ils ne m'obéiront plus.

Maman m'a regardée longuement. Puis elle m'a serrée dans ses bras et nous nous sommes embrassées. Elle pleurait. Moi aussi, un petit peu. Ce n'était pas toujours facile d'aider ses parents à grandir. Mais c'était nécessaire.

Samedi après-midi,

Chère Kristy,

Ça y est ! Après un trajet très mouvementé, on est enfin arrivés. Comment trouves-tu cette carte postale ? Mary Anne et moi avons découvert une boutique où l'on vend des cartes vraiment démentes.

Voici quelques notes à recopier dans le journal du club : il arrive que les petits Pike soient malades en voiture et Claire est toujours dans sa période idiote. Elle appelle tout le monde « stupide bêbête gluante ».

C'est tout pour aujourd'hui. On t'écrira demain.

Bisous,

Lucy

Le lendemain matin, j'ai compris ce que voulait dire l'expression « maison de fous ».

Mary Anne et moi étions arrivées très tôt chez les Pike. Mon père nous avait accompagnées. Maman et moi avions versé quelques larmes la veille, mais il fallait voir Mary Anne et son père. C'étaient les chutes du Niagara! Je n'avais encore jamais vu un homme pleurer comme ça!

Le temps d'arriver chez les Pike, Mary Anne avait séché ses larmes et il n'en paraissait plus rien. Mon père s'est arrêté devant la maison et nous a aidées à décharger nos valises.

– Tu peux y aller, maintenant, papa, si tu veux, lui ai-je dit. Ce n'est pas la peine de venir à l'intérieur avec nous.

Papa a compris à demi-mot. Il m'a serrée dans ses bras, a salué M. Pike, puis il est parti.

M. Pike était en train d'installer la galerie de la voiture. Ou plutôt les deux galeries des deux voitures. Nous étions si nombreux qu'il fallait prendre les deux breaks de la famille.

Pendant que son mari s'efforçait de faire tenir toutes les valises sur les toits, Mme Pike entassait des sacs dans l'allée, aidée par Mallory.

Margot est accourue à notre rencontre.

– Salut, Lucy! Salut, Mary Anne!

Claire a surgi aussitôt de la maison pour venir nous rejoindre. Je n'avais jamais vu quelqu'un d'aussi excité. On aurait dit qu'elle avait avalé dix tasses de café.

– Salut, Lucy, petite bêbête gluante! s'est-elle écriée d'une voix perçante. Salut, Mary Anne, stupide petite bêbête gluante!

Elle galopait en faisant des cercles. J'ai lancé un coup d'œil à Mary Anne. Claire était vraiment à un âge bête. C'était à vous rendre fou.

Une fois les valises solidement harnachées sur les galeries, M. Pike s'est tourné vers la maison... pour trouver sept cartons à ses pieds.

– Qu'est-ce que c'est que tout ça ?

– Les lits des petits, lui a répondu Mme Pike.

– Les jouets aussi, a tenu à préciser Nicky.

M. Pike a poussé un gémissement.

Trois quarts d'heure plus tard, tout était entassé sur et dans les voitures, nous y compris. Je faisais le voyage en compagnie de M. Pike. J'étais installée à l'arrière, à côté de Nicky. Entre nous : un carton. À nos pieds : un Thermos. Affalées tout à l'arrière, il y avait Claire et Margot. Mallory était à l'avant, avec son père.

– Vous êtes bien installées ? ai-je demandé aux filles.

– Ouais, a lancé Margot. On a tout ce qu'il faut.

– De livres de coloriage...

– Des crayons..., a continué Claire.

– Des oreillers..., a constaté Nicky en se retournant.

– Des biscuits..., ai-je repris. Mais qu'est-ce que ce truc fait là ? me suis-je exclamée en apercevant un seau en plastique rouge, sur lequel on avait soigneusement écrit en grosses lettres : SEAU DES PIKE.

– Au cas où on serait malades, a expliqué Claire.

Nicky m'a donné un coup de coude complice :

– Et on a bu plein de jus de raisin ce matin. Si on vomit, ce sera tout violet.

Claire et Margot se sont mises à rire de manière hystérique. J'ai fermé les yeux. Je ne peux absolument pas supporter la vue d'une personne malade. Quand j'ai rouvert les yeux, M. Pike m'observait dans le rétroviseur.

– Ne t'inquiète pas, ce seau ne sert que rarement. Nous avons eu très peu d'urgences, si je me souviens bien.

Je lui ai souri pour le remercier d'avoir éclairci ce point.

Comme nous étions dans deux voitures, M. et Mme Pike ont réglé quelques détails avant de prendre la route. Les premiers arrivés iraient chercher les clés de la maison à l'agence de location. Il fallait demander Ellen Baldwin.

Puis, ce fut enfin le départ.

– Au revoir, maison ! a crié Nicky.

– Au revoir, stupide bêbête maison gluante ! a renchéri Claire.

– Au revoir, Stonebrook. À nous Sea City ! a lancé Mallory à son tour.

– Eh stupide bêbête papillon gluant, a dit Claire à son père. Devine quoi !

– Quoi ma chérie ?

– Rien !

Et elle s'est mise à glousser sous le regard blasé de ses frères et sœur.

Après avoir traversé un carrefour, M. Pike s'est arrêté. Une des cordes qui maintenaient les bagages venait battre contre le pare-brise.

– Nous sommes déjà arrivés ? s'est étonnée Claire.

Nicky a haussé les épaules d'un air de mépris.

– Nous sommes toujours dans notre rue, idiote.

– Ne la traite pas d'idiote, l'a grondé Mallory.

– Lucy, stupide petite bêbête gluante ?

J'ai hésité un moment avant de répondre, je ne voulais pas tomber dans le même piège que son père.

– Oui ?

– C'est encore loin ?

– Il y en a encore pour plusieurs heures. Pourquoi Margot et toi ne faites pas des coloriages ? Ou alors, vous pourriez faire un beau dessin pour votre maman.

Les fillettes ont alors pris leurs cahiers et leurs crayons. Nicky a sorti de sa poche un horrible petit monstre vert avec lequel il s'est mis à jouer. Sur le siège avant, Mallory lisait *Le Jardin secret*. Nous avons rejoint l'autoroute. Pendant la première demi-heure, les enfants se sont occupés sagement. Mais alors que nous étions en train de regarder par la vitre, Mme Pike nous a dépassés. Jordan brandissait une grande feuille de papier. Il avait gribouillé « vomitoire ambulant » et nous montrait du doigt en riant.

– Vomitoire ! s'est insurgé Nicky. Mais pour qui il se prend ? Vite, un papier !

Margot lui a tendu une feuille, des ciseaux et des crayons.

– Tiens.

– Une feuille et un crayon rouge, c'est tout.

– Qu'est-ce que tu es en train d'écrire, Nicky stupide petite bêbête gluante ? a voulu savoir Claire.

Comme Nicky ne daignait pas lui répondre, elle a dû poser la question une bonne dizaine de fois.

Très fier, Nicky a finalement montré son chef-d'œuvre.

On pouvait y lire : « comète vomitive ».

– Ça leur apprendra, a fait remarquer Mallory.

– Hé, papa ! Accélère !

– Pourquoi ?

– Je voudrais que tu dépasses maman.

– Désolé, mon Nicky. Il y a trop de circulation. Peut-être un peu plus tard.

– Oh, zut !

Nicky s'est tassé sur le siège en faisant la moue et les filles ont repris leurs coloriages tandis que Mallory se replongeait dans son roman. Mais Nicky continuait à scruter la route, essayant de repérer la voiture de sa mère. Puis il s'est mis à chanter doucement : « Vive le vent, Batman renifle, Robin pond un œuf. »

– Tu as compris, Lucy ? Robin pond un œuf ?

– J'ai compris.

– Vive le vent, Batman et Robin pondent un œuf...

Mallory s'est retournée, les sourcils froncés.

– Nicky, je déteste cette chanson.

Mais il s'est remis à chanter à tue-tête. Ce n'est qu'en arrivant à la hauteur de la voiture de Mme Pike qu'il s'est interrompu pour s'écrier :

– Les voilà !

La circulation était très dense. Dans la file de Mme Pike, les voitures roulaient au ralenti, et au moment où nous les avons dépassés, Nicky a plaqué son papier sur la vitre à l'attention des triplés. Claire en a profité pour crier à sa mère :

– Mamoune stupide bêbête gluante !

Pour couronner le tout, Margot a attrapé le seau rouge.

– Je ne me sens pas très bien.

Elle était effectivement toute blanche.

– Zut, a dit Nicky. Elle n'a pourtant pas bu de jus de raisin.

Je n'ai pas quitté Margot des yeux. De blanche, elle était passée au vert et semblait aller de plus en plus mal. « Si jamais elle vomit, ai-je pensé, j'en ferais autant... »

Mallory s'est tournée vers moi :

– Elle serait mieux à l'avant.

– Si vous changez de place, faites attention, nous a prévenu M. Pike d'un air mécontent.

– La dernière fois que c'est arrivé, Margot a vomi au moment où elle grimpait sur le siège, a cru bon de rappeler Nicky.

– Super, ai-je marmonné.

Les filles ont finalement réussi à changer de place sans incident et Margot a gardé son petit déjeuner. Nicky s'est remis à chanter.

– Nicky, si j'entends encore une fois cette chanson..., a menacé M. Pike, les yeux rivés sur la route.

– D'accord, a répondu Nicky, mais en recommençant aussitôt.

– Nicky !

– Mais c'est une autre chanson !

Le ton cinglant de son père l'a cependant dissuadé de poursuivre.

– Encore combien de minutes ? a demandé Claire.

– Dans un quart d'heure, nous ferons une pause, a promis son père. Vous pourrez manger une glace, si vous voulez.

Quel soulagement ! Nous avions tous besoin de nous dégourdir les jambes.

Nous nous sommes arrêtés sur une aire d'autoroute. Mary Anne et les enfants ont englouti d'énormes cornets de crème glacée en moins de cinq minutes. J'ai eu de la chance, il y avait des glaces à l'eau sans sucre. J'ai pu me régaler avec tout le monde. Les adultes se sont contentés d'une tasse de café.

Puis, nous sommes remontés dans les voitures. Au fil des kilomètres, le paysage s'est mis à changer, la terre paraissait plus sablonneuse, les arbres moins hauts et moins touffus.

– Sea City 15 km ! s'est écriée Mallory en apercevant un panneau sur le bord de la route. Youpi !

Ses frères et sœurs ont applaudi de joie. Très vite nous avons quitté l'autoroute. Mme Pike nous suivait. La route traversait un terrain marécageux. L'air était chargé d'embruns.

– Voilà le panneau avec la vache ! a lancé Nicky, fier d'avoir repéré celui-ci le premier.

Il y avait en effet une énorme vache en relief sur le bas-côté. C'était une publicité pour de la crème glacée.

– « Des moules pour la foule » ! a enchaîné Mallory en désignant du doigt un restaurant.

– Et voilà la fille de la crème à bronzer ! a fait à son tour Margot devant un panneau où l'on voyait un chiot tirant sur le maillot de bain d'une petite fille toute bronzée.

– Pourquoi M. Stupide passe-t-il sur la pointe des pieds à côté de l'armoire à pharmacie ? s'est esclaffée Claire d'un air entendu. Parce qu'il ne veut pas réveiller les somnifères !

– Ne t'excite pas comme ça, Claire ! ai-je essayé de la calmer.

À mesure que nous nous approchions de Sea City, le silence revenait dans la voiture. Les yeux grands ouverts, les enfants semblaient subjugués par l'air de la mer, le bruit des vagues, les cris et les rires des enfants au loin. Il y avait tellement de choses à voir qu'ils en oubliaient de parler. Nous sommes passés devant le parc d'attractions, le golf miniature, les magasins de souvenirs, les boutiques, les restaurants et les vendeurs de glaces. À l'horizon, l'océan miroitait sous le soleil.

Samedi soir

Chère Claudia,

Cela fait une demi-journée que nous sommes à la mer. Tu aurais dû voir les enfants à notre arrivée.

Les bagages à peine défaits, nous sommes partis en exploration. Ils étaient excités comme des puces. Il y a tant de choses à voir et à faire, ici ! Nous avons été en ville et avons fait une promenade sur la plage. J'ai vu le plus beau garçon de la terre. C'est un des maîtres nageurs.

Bisous et à bientôt,

Lucy

M. Pike roulait au pas dans la rue principale de la ville. Il y avait des palmiers devant la plupart des magasins, mais ils étaient en plastique ! Il faut dire que le New Jersey n'est pas la Californie. M. Pike a tourné dans une petite rue et s'est arrêté devant une maison rose entourée de gravier blanc. Un panneau indiquait « Ellen Baldwin, agent immobilier ». Il nous a demandé de l'attendre sagement dans la voiture et il est revenu quelques minutes plus tard avec un trousseau de clés, une chemise pleine de prospectus et un ballon gonflable.

– Je le veux ! s'est empressé de crier Nicky en désignant le ballon.

– Non, il est pour moi ! a pleurniché Margot.

– Moi aussi, je le veux ! a renchéri Claire.

Je me suis emparée du ballon.

– Le ballon est à tout le monde ou à personne.

– Merci, Lucy, a soupiré M. Pike.

– Mais il ne peut pas être à tout le monde, a rétorqué Nicky.

– Alors il n'est à personne.

Nicky m'a regardée, l'air ravi.

– S'il n'est à personne, je veux bien le prendre.

Heureusement, la maison n'était pas loin. Notre arrivée a coupé court à toute discussion.

– Terminus ! a fait M. Pike. Tout le monde descend !

– Ouais, hourra !

Nous avons bondi hors de la voiture. Mme Pike s'est garée derrière nous, dans l'allée. Les triplés et Vanessa se sont précipités vers la maison. Les autres couraient et sautaient dans tous les sens. Pas de doute, l'air sentait merveilleusement bon. Ce n'était pas seulement le sel, c'était quelque chose d'autre que je ne pourrais décrire, une fraîcheur complètement différente de l'air de la campagne.

– Nous y voici, nous y voilà, nous revoilà, dans notre maison de pain d'épice, près de la plage d'or ! a joyeusement entonné Vanessa.

– C'était joli, ça, a fait Byron avec admiration.

C'était vrai que la maison semblait être faite en pain d'épice, avec ses balustrades torsadées et ses corniches. Elle était grande, joliment peinte en jaune avec des bandeaux blancs et donnait sur l'océan. J'ai consulté Mary Anne du regard et j'ai vu qu'elle était également sous le charme. Je savais qu'elle était déjà en train d'imaginer ce qu'elle allait écrire à Carla.

– Est-ce que vous louez la même maison chaque année ? ai-je demandé à Mallory en l'aidant à décharger les bagages de la voiture.

– Oui, et nous avons de la chance, elle est tout près de la plage. Le soir, on s'assoit parfois sous la véranda pour regarder l'océan. Et quand il y a de l'orage... je monte dans la chambre du deuxième étage, je m'assieds près de la fenêtre et je regarde les éclairs et les vagues qui se déchaînent.

J'ai eu un frisson d'excitation. C'était tellement romantique !

– Et puis, a ajouté Mallory, le poste des maîtres nageurs se trouve juste devant notre maison. On peut donc nager presque quand on veut.

De la rue, on accédait à la maison par-derrière. Nous avons transporté tous les bagages jusqu'à la porte de service.

– Et si tout le monde gardait les mêmes chambres que l'année dernière ? a suggéré M. Pike. Les garçons, dans la grande chambre au bout du couloir, Claire et Margot, dans la chambre à côté de la nôtre, Vanessa et Mallory, dans la chambre rose. Comme ça, Mary Anne et Lucy pourraient prendre la chambre jaune, d'accord? Mallory, tu veux bien la leur montrer, s'il te plaît?

Mary Anne avait les yeux écarquillés et pétillants. Les pièces du rez-de-chaussée étaient spacieuses, claires et aérées. Il y avait la salle de séjour, une véranda et la cuisine.

Au premier, un grand couloir donnait sur les chambres à coucher et les salles de bains. Cela me rappelait un peu la résidence de M. Lelland, tellement c était gigantesque, mais je crois que la nouvelle maison de Kristy est encore plus grande.

– Voici la chambre jaune, nous a annoncé Mallory en ouvrant une porte au bout du couloir. Si elle ne vous plaît pas, il y a deux autres chambres au deuxième. Vous pouvez aussi échanger avec quelqu'un.

– Oh non, c'est parfait! s'est exclamée Mary Anne Absolument parfait.

C'était une jolie chambre, sans doute, mais je trouvais que la décoration était vieillotte. Il y avait deux lits très hauts en bois sombre, du parquet, et du papier peint à fleurs jaunes. Cela dit, elle donnait sur la plage. Par la fenêtre, on pouvait voir le sable, le soleil et le poste de secours.

– C'est formidable! ai-je fait une fois seule avec Mary Anne. Quelle vue! Défaisons vite nos valises. Nous aiderons ensuite les enfants à en faire autant et, après le déjeuner, nous pourrons sortir et organiser quelque chose.

Aussitôt dit, aussitôt fait. Nous avons vidé nos valises et rangé nos affaires dans le placard et la grande commode qui séparaient nos deux lits. Puis nous avons donné un coup de main aux enfants. Pendant que M. et Mme Pike continuaient à défaire les bagages, ouvrir les fenêtres et dresser une liste des courses à faire, Mary Anne et moi avons préparé des sandwiches que toute la famille a mangés dans la cuisine.

À la fin du repas, j'ai fait l'erreur de demander :

– Que voulez-vous faire cet après-midi ?

– Aller à la plage, a répondu Mallory.

– Aller au centre-ville, a fait Jordan.

– Aller nager, a dit à son tour Adam.

– Aller au parc d'attractions ! s'est exclamé Nicky.

– Faire des châteaux de sable, a dit Claire.

– Aller sur la grande roue, a lancé Margot.

– Aller au Palais de la crème glacée, a déclaré Byron, qui adore manger.

– Chercher des coquillages, chercher des coquillages que l'océan a rejetés sur le rivage.

C'était Vanessa, sans aucun doute.

Mary Anne et moi nous sommes regardées. Elle a froncé les sourcils.

– Bien... Peut-être pourrions-nous faire tout cela à la fois... enfin, en quelque sorte.

– Comment ? ont demandé les enfants.

– Eh bien, partons en exploration. Lucy et moi ne sommes jamais venues ici. Vous n'avez qu'à nous emmener faire un tour ? Nous n'aurons certainement pas le temps d'aller très loin, jusqu'au parc d'attractions, par exemple, mais au moins nous verrons la ville.

Les triplés se sont tout de suite ralliés à cette idée et leur enthousiasme a fini de convaincre les autres. Un quart d'heure plus tard, Mary Anne et moi emmenions notre petite troupe en ville.

– Par où commençons-nous ? ai-je demandé.

– La rue principale, s'est empressé de répondre Adam.

– Bonne idée, a acquiescé Mallory. Nous traverserons la ville avant de revenir par la promenade.

Cela nous a pris deux heures rien que pour traverser la ville. Presque toutes les deux minutes, il a fallu s'arrêter. Nicky voulait voir combien coûtait le trampoline cet été, Byron si le cornet de crème glacée était toujours au même prix, et s'il y avait toujours de la vanille à la cerise au Palais de la crème glacée. Mallory et Vanessa se précipitaient dans toutes les boutiques de souvenirs et s'extasiaient devant les petits animaux en coquillages (vraiment jolis), les chapeaux de paille, les serviettes de bain, les gourdes, les T-shirts, les shorts, et les cartes postales et j'en passe.

Nous avons échappé de peu au drame quand Byron a acheté des bonbons au Paradis du sucre et qu'il a décidé qu'il ne voulait pas partager avec ses frères et sœurs. Heureusement que Mary Anne et moi avions un peu d'argent sur nous. Nous avons pris des petits ours en chocolat pour tout le monde, sauf pour moi, bien sûr. La rue principale était très animée et il y avait des tas de boutiques.

– Le Jardin du hamburger ! s'est écrié Byron devant un restaurant de seconde zone, entouré de fleurs en plastique toutes racornies.

Les tables en terrasse étaient en forme de champignons, et les serveurs étaient déguisés en animaux.

– Demande à Claire comment s'appelle cet endroit ! m'a suggéré Jordan d'un air taquin.

– Comment s'appelle cet endroit, Claire ?

– Le Jardin du hamgurber.

Byron s'est tordu de rire.

– Elle se trompe chaque fois !

Un peu plus loin, Margot s'est plantée devant une pâtisserie à la devanture alléchante.

– C'est là que nous achetons nos petits pains au chocolat. Miam miam !

– Et voici le golf miniature, a fait Jordan en pressant le pas.

– Je n'ai jamais joué au golf miniature, ai-je dit. Et toi, Mary Anne ?

– Deux fois. Il y en a un près de Shelbyville.

Voyant mon intérêt, Adam a demandé, plein d'espoir :

– On pourrait peut-être faire une partie ?

– Je suis désolée. J'aimerais bien, mais nous n'avons pas d'argent. Mais nous reviendrons et je suis sûre que nous nous amuserons bien.

Nous sommes restés un moment à observer les joueurs avant de reprendre notre chemin.

Nous avons ensuite longé la promenade, ce qui nous a pris une bonne heure. Pour rentrer, nous sommes passés par la plage, qui s'étendait jusqu'à la maison des Pike.

– On peut aller dans l'eau ? a demandé Nicky.

J'ai jeté un coup d'œil à ma montre.

– Désolée, mon grand, mais il est dix-sept heures. Les maîtres nageurs vont s'en aller. Et puis, vous n'avez même pas vos maillots !

Nicky a insisté :

– On pourrait au moins tremper nos pieds dans l'eau ?

– S'il te plaît, s'il te plaît, jusqu'aux genoux seulement ? a supplié Vanessa.

– Non. Vous connaissez la règle.

– On pourrait faire un château de sable ou chercher des coquillages, a suggéré Mary Anne pour détourner leur attention.

Nicky a fait la moue, les bras croisés sur la poitrine.

– Ce sont des jeux de filles. Et si on jouait au badminton, plutôt ?

Sans même attendre notre réponse, il a filé dans la maison chercher les raquettes et les volants.

Mary Anne et moi étions assises sur le sable. Les enfants riaient et gambadaient, ravis d'être enfin à la mer. J'ai regardé autour de nous. Il y avait surtout des familles sur la plage. Quand mon regard s'est posé sur le poste des maîtres nageurs, j'ai remarqué que deux d'entre eux étaient particulièrement mignons. L'un était brun avec des cheveux bouclés, l'autre avait des cheveux blonds ondulés. Ils devaient avoir environ dix-sept ans.

Lorsque le garçon blond s'est penché pour plier sa serviette, il a jeté un coup d'œil vers nous. Il a vu que je le regardais, m'a souri et m'a fait un petit clin d'œil.

J'ai cru défaillir tellement il était beau.

– Mary Anne, je crois que je suis amoureuse.

– Qu'est-ce que tu racontes ?

– Je suis amoureuse. Tu vois le maître nageur, là-bas ? Le blond. J'en suis amoureuse.

Mary Anne a levé les yeux au ciel. Elle devait me prendre pour une folle.

Dimanche
Chère Kristy,
Une information à ajouter dans le journal : les Pike
sont des lève-tôt !
Bisous,
Lucy

Dimanche
Chère Claudia,
Je suis amoureuse de Scott, le beau maître nageur.
Il est grand, blond et bronzé... Et je crois qu'il
m'aime bien.
À plus tard,
Lucy

P.S.: Mary Anne ne doit pas voir cette carte. Elle ne comprend pas ce que je ressens pour Scott et pense que je me fais des idées.

– Lucy ? ai-je entendu murmurer une petite voix.

Je me suis tournée sur le côté et j'ai tiré la couverture par-dessus ma tête, en espérant que ce n'était qu'un rêve. Il était bien trop tôt pour se lever, surtout un dimanche matin.

– Lucy ?

Cette fois-ci, la voix se faisait plus pressante.

– Mmm.

– Lucy ! Stupide bêbête gluante !

– Quoi ?

Je me suis dressée sur mon lit d'un bond.

– Qu'y a-t-il ?

Margot se tenait à la porte de la chambre avec Claire à ses côtés.

– On voudrait aller à la plage, a fait Margot avec un petit sourire.

– Quoi ?

C'était Mary Anne qui se réveillait son tour.

– Elles veulent aller à la plage alors qu'il fait encore nuit.

– Ce n'est pas vrai, a rétorqué Margot. Le soleil est presque levé.

– J'aime pas le soleil, a soudainement dit Claire. Il devrait être levé depuis longtemps !

– Chut, les filles ! Vous allez réveiller tout le monde. Il est trop tôt pour aller à la plage… Il est même trop tôt pour se lever. Venez un peu dans mon lit.

Les filles grimpèrent à mes côtés, mais comme il n'y avait pas assez de place, Claire est allée dans celui de Mary Anne. Sans même nous en rendre compte, nous nous sommes rendormies profondément. Je n'ai ouvert un œil que bien plus tard, alléchée par les odeurs de chocolat chaud et de pain grillé qui venaient de la cuisine.

– Mmm. Des œufs au bacon, des tartines bien dorées...

– C'est papillon stupide bêbête toute gluante qui prépare le petit déjeuner, a fait Claire.

Mary Anne et moi nous sommes habillées et sommes descendues dans la cuisine avec nos deux marmottes. Tout le monde était là. Mallory et Nicky avaient déjà leur maillot de bain sur eux, mais Vanessa, les triplés et les petites dernières étaient encore en pyjamas. Je me suis dit que cela devait prendre un bon bout de temps de préparer huit enfants pour aller à la plage.

– Bonjour ! nous a lancé M. Pike. Bien dormi ? C'est moi le chef, ce matin. Vous avez faim ?

– Oh oui !

– Super. Lucy, viens me donner un coup de main.

– Je ne suis malheureusement pas très bonne cuisinière.

– Ne t'inquiète pas, je voulais juste m'assurer que tu peux manger ce que j'ai préparé.

Il y avait des tartes aux fruits qui tiédissaient dans le four.

– C'est parfait. Ça a longtemps été mon petit déjeuner préféré.

– Du pain de mie grillé ?

J'ai vérifié la liste des ingrédients sur l'emballage

– Il n'y a pas de problème non plus.

– Du bacon ?

– Avec plaisir.

– Il y a aussi de l'omelette au fromage. C'est ma spécialité.

– Euh... Je suis désolée, mais c'est de la crème de gruyère et je n'ai pas le droit d'en manger.

– Pas de problème. Je vais te préparer deux œufs brouillés.

– Merci.

M. Pike ne semblait pas le moins du monde contrarié, mais je me sentais coupable. Une jeune fille au pair n'était pas censée donner du travail supplémentaire aux parents qui l'engageaient. Et puis, j'avais peur que Mallory ou l'un des enfants me demande pourquoi je suivais un régime alors que j'étais déjà très mince. Je n'avais pas envie de leur expliquer mes problèmes de diabète. Mais personne n'a fait de remarque sur mes œufs. Ils n'ont même pas tiqué quand j'ai préféré une banale tranche de pain grillé à une délicieuse brioche au beurre.

À peine la dernière bouchée avalée, Jordan a bondi sur ses pieds.

– À la plage !

Mais ce n'était pas aussi simple que ça. Il fallait encore mettre tout le monde en maillot de bain et réunir huit serviettes, deux parasols, quelques sièges, quatre seaux et autant de pelles, des balles et des raquettes, des livres, un jeu de cartes, de la crème solaire, des T-shirts et des boissons. Mary Anne, toujours organisée, avait préparé son sac de plage la veille au soir. Elle avait pensé à prendre une brosse à cheveux, des lunettes, un serre-tête et un roman. J'ai jeté mes affaires en vrac dans une besace. Je n'ai, bien sûr, pas oublié ma bouteille de Cristal Soleil. Quand il a fallu enlever nos shorts et T-shirts pour dévoiler nos maillots, j'ai dit à Mary Anne :

– Toi la première.

– Non, toi.

– Bon, d'accord.

Je portais un deux-pièces jaune. Des nœuds fermaient le bas sur les côtés. Et je dois dire que le haut m'allait vraiment bien.

Mary Anne a arrondi les yeux.

– Il est superbe.

– À toi, maintenant.

– Non, je ne crois pas que ce soit une bonne idée. Je vais plutôt garder mes vêtements.

– Voyons, Mary Anne ! Ton maillot n'est sûrement pas si laid. Fais-moi voir.

– Non.

– Mary Anne, les enfants vont s'impatienter. Mets-toi en maillot de bain.

Mary Anne a enlevé son T-shirt et son short à contre-cœur. Elle avait un très joli deux-pièces bleu clair rayé blanc. Il faisait un peu plus bébé que le mien, mais il lui allait très bien. Et je le lui ai dit.

Elle ne semblait pas tout à fait convaincue, mais elle ne s'est pas rhabillée pour autant. Et nous sommes allées préparer les enfants. Une bonne vingtaine de minutes plus tard, nous nous sommes élancés à l'assaut de la plage. À mi-chemin de la mer, Mallory s'est arrêtée et a déclaré :

– C'est l'endroit idéal.

Les enfants ont aussitôt laissé tomber toutes leurs affaires et sont partis en courant en nous laissant le soin de tout installer. Il était neuf heures et demie et les maîtres nageurs étaient à leur poste. Nous avons étendu les serviettes, ouvert les parasols et installé les fauteuils de plage.

Je me suis appliqué de la lotion éclaircissante sur les cheveux.

– Soleil, à toi de faire le reste !

Puis, je me suis tartinée d'huile solaire avant de m'asseoir dans un fauteuil.

– Zut ! a dit Mary Anne, on a oublié de mettre de la crème aux enfants. Ils vont attraper des coups de soleil.

Nous avons rappelé les enfants et les avons enduits de crème de la tête aux pieds. Puis ils se sont à nouveau dispersés. Le sable était blanc et chaud. Les vagues s'ourlaient d'écume sous le ciel bleu. Que la vie était belle ! La plage se remplissait tout doucement. Des familles s'installaient aux alentours. Je regardais autour de moi et mon attention s'est arrêtée sur un garçon de quatorze ans environ que deux gamins, de sept et quatre ans, tiraient, l'un par la main, l'autre par le short. Le pauvre garçon portait en plus dans ses bras un bébé, deux ou trois serviettes de bain et un parasol ! Ils se sont mis près de nous. Le grand me rappelait quelqu'un. Il a étalé les serviettes et enduit les enfants de crème solaire avant de les laisser s'élancer vers l'eau. Il est resté sous le parasol avec le bébé. Je me suis demandé si c'était leur grand frère, mais il n'avait aucun air de famille avec les autres. Il avait la peau très pâle et des cheveux châtain clair, alors que les petits garçons avaient le teint mat et une tignasse noire et bouclée.

J'ai donné un coup de coude à Mary Anne.

– Tu vois ce garçon ?

Elle a acquiescé d'un hochement de tête.

– Je crois qu'il fait aussi du baby-sitting.

– Vraiment ?

Tout en surveillant les petits Pike, Mary Anne et moi avons observé l'autre baby-sitter. J'avais, bien entendu, déjà vérifié si le beau maître nageur de la veille était là, mais il y avait deux autres personnes au poste de garde.

– Lucy ? Regarde Byron.

J'ai parcouru la plage des yeux. Mallory, Jordan, Adam et Nicky barbotaient dans l'eau jusqu'à la taille. Claire, Margot et Vanessa faisaient un château de sable que venaient lécher les vagues. Byron était assis en retrait sur le sable, seul. Il regardait fixement la mer.

– Qu'est-ce qu'il a ?

Mary Anne a haussé les épaules.

– Je ne sais pas. Il n'est pas allé dans l'eau depuis que nous sommes arrivés. Il n'y a même pas trempé un orteil.

– Peut-être qu'il ne sait pas nager ?

– Les triplés ont pris des cours de natation à la piscine. Il sait forcément nager.

J'étais en train de réfléchir à ce qui pouvait arriver à Byron quand une Jeep s'est arrêtée devant le poste de secours. Deux garçons en sont descendus, des paravents dans les bras. C'était lui ! Je l'ai tout de suite reconnu, malgré ses lunettes de soleil et la tonne de crème solaire qu'il avait mise sur le visage. Il était vraiment craquant !

Il a posé son paravent sur le sable et s'est assis, face à la mer. Zut, il me tournait le dos...

– C'est lui ! C'est lui !

– Qui ?

Mary Anne regardait Byron, l'air soucieux.

– Ben, lui. Le garçon dont je t'ai parlé hier. Le maître nageur de mes rêves. Oh, je crois que suis amoureuse. En fait non, j'en suis sûre.

– Moi, je crois surtout que tu n'es pas la seule.

– De quoi tu parles ?

– Tu n'es pas la seule à craquer pour lui. Regarde.

Un groupe de filles de notre âge s'étaient en effet rassemblées au poste de secours. Elles semblaient être sorties de nulle part. Elles papillonnaient autour des maîtres nageurs, en particulier autour de celui qui me plaisait tant, en bavardant joyeusement et en riant aux éclats. Mon cœur a fait un bond.

J'ai passé toute la matinée à les observer du coin de l'œil. Mary Anne semblait agacée, mais tant pis. C'était plus fort que moi. Si seulement j'avais pu être à la place de ces filles ! Moi aussi j'aurais voulu plaisanter avec eux, leur apporter des sodas ou des sandwiches…

– Tu ne pourrais pas faire attention aux enfants, plutôt ? m'a tancé Mary Anne d'une voix sèche. Ces garçons sont bien trop âgés pour toi.

– Mais bien sûr que non !

– Bien sûr que si !

Au même moment, trois filles qui devaient être au moins au lycée se sont installées sur la plage, non loin du poste de garde. Les maîtres nageurs les ont suivies des yeux et ont paru se désintéresser complètement des autres.

– Tu vois ce que je veux dire ? a lancé Mary Anne.

– Oh, tais-toi. Tu ne comprends pas.

Nous ne nous sommes plus adressé la parole jusqu'à l'heure du déjeuner où il a fallu rassembler les enfants. Il faisait trop chaud pour manger sous le soleil. Nous sommes rentrés à la maison. Ils ont englouti leur repas à toute allure, pressés de retourner sur la plage. J'ai insisté pour qu'ils mettent des T-shirts, car leur peau n'était pas encore habituée au soleil. Je me suis également rhabillée. Seule Mary Anne était restée en maillot de bain. Elle prétendait vouloir bronzer très vite. Les enfants ont filé directement vers l'eau, bien que je leur avais dit d'attendre au moins une heure après le déjeuner avant de se baigner.

– Au moins, Byron t'a obéi, a remarqué Mary Anne.

– C'est vrai.

Comme Adam et Jordan éclaboussaient Byron, j'ai cru bon intervenir.

– Ça suffit ! Laissez-le tranquille.

– Poule mouillée ! hurlait Adam.

– Mauviette !

– Bébé !

– Face de rat !

J'ai couru les rejoindre.

– Ça suffit, maintenant. Que se passe-t-il ?

– C'est lui qui a commencé ! a aboyé Byron.

– Je ne veux pas savoir qui a commencé. Je veux savoir pourquoi vous vous battez.

Mary Anne m'avait rejointe. Sans crier gare, Adam s'est jeté sur Byron et Mary Anne a eu le réflexe de s'interposer. La pauvre avait failli perdre son haut dans l'opération.

– Byron est un bébé ! se moquait Adam. Il a peur d'aller dans l'eau.

– Et c'est pour ça que vous l'embêtez ? leur ai-je demandé.

– Il doit nous accompagner. On est des triplés. On doit tout faire ensemble et il gâche tout.

– Puisque Byron n'a pas envie d'aller dans l'eau, pourquoi ne pas jouer avec lui sur la plage ? a suggéré Mary Anne, en rajustant son maillot de bain.

Je me suis alors rendu compte que le super maître nageur regardait vers nous. Il me souriait ! Mes genoux se sont mis à trembler. Il fallait que je lui parle. J'ai laissé là Mary Anne et les triplés et je suis partie vers le poste de garde, comme hypnotisée.

– Salut beauté, m'a fait le beau maître nageur en me voyant arriver.

J'avais les jambes flageolantes, mais j'ai quand même réussi à afficher un grand sourire.

– Auriez-vous l'heure, s'il vous plaît ? Ma montre ne marche pas.

Les filles m'ont dévisagée avec méfiance.

– Bien sûr. Il est deux heures vingt-cinq.

– Merci.

Puis j'ai tourné les talons, d'un air le plus naturel possible.

– Lucy !

Mallory courait vers moi en portant Claire.

– Elle s'est coupé le pied sur un coquillage.

Claire me tendait les bras en pleurnichant.

Je l'ai serrée contre moi pour la rassurer et m'apprêtais à rentrer la soigner mais le maître nageur nous avait rejoint avec une trousse de secours. Il a nettoyé et pansé la blessure de Claire sous nos yeux admirateurs.

Une fois seuls, Claire était retournée jouer, il m'a souri.

– Je m'appelle Scott. Scott Foley. Je t'ai déjà vue, hier, non ?

– Je suis... Je suis Lucy MacDouglas. J'ai treize ans et je viens de New York.

Quelle imbécile ! J'aurais voulu mourir. C'était idiot d'avoir dit ça.

Mais Scott continuait à sourire.

– Il faut que je retourne à mon poste.

Cet après-midi-là, je trouvais tous les prétextes possibles pour parler à Scott. Je lui ai demandé le temps qu'il ferait le lendemain, les horaires des marées en affirmant que c'était très important pour moi de le savoir. Puis, vers quatre heures et demie, Scott m'a demandé si je voulais bien lui rapporter un soda.

En entendant ça, les autres filles se sont éloignées et j'ai eu Scott à moi toute seule pour le reste de l'après-midi. Il m'a dit qu'il habitait à Princeton, dans le New Jersey, qu'il venait d'avoir dix-huit ans, et allait entrer à l'université en septembre. Il était un petit peu âgé pour moi, mais cela m'était égal.

Un peu avant de rentrer pour le dîner, Mary Anne m'a reproché de ne pas l'avoir beaucoup aidée, mais j'ai coupé court à la discussion en courant au bord de l'eau. J'ai regardé vers le poste de garde. Puis, je me suis agenouillée sur le sable mouillé. J'ai ramassé un éclat de coquillage et j'ai tracé :

LUCY + SCOTT = AMOUR

Je n'ai pas attendu qu'une vague efface ces mots. Je suis rentrée avant.

Lundi
Chère Kristy,

Nicky a un gros problème. les triplés le traitent comme un bébé et ne le laissent pas jouer avec eux. Il se retrouve donc avec les filles, ce qui ne lui plaît pas du tout, d'autant qu'il se chamaille sans arrêt avec Vanessa. Je suis un peu triste pour lui.

Bisous, Lucy

Lundi
Chère Carla,

Est-ce qu'il fait beau en Californie ? Moi, j'ai eu mon premier coup de soleil. Je ressemble à une tomate, mais avec des cheveux...

Bisous, Mary Anne

M. et Mme Pike ont passé presque toute la journée du lundi sur la plage avec les enfants, Mary Anne et moi. Scott n'était pas à son poste. J'étais déçue. Mais quand Mme Pike nous a annoncé qu'elle et son mari souhaitaient dîner tous les deux en ville et qu'elle nous a donné, à Mary Anne et à moi, de l'argent pour emmener les enfants manger à l'extérieur, le moral est revenu au beau fixe.

– Vous pourriez aller au Jardin du hamburger, nous a suggéré Mme Pike. Il n'est pas très cher. Comme ça, il vous restera de quoi vous offrir un extra sur la promenade

Les enfants étaient fous de joie.

– Le Jardin du hamgurber stupide bêbête gluante ! hurlait Claire.

– Le Jardin du hamburger ! Après le soleil et la mer, quel bonheur ! a lancé Vanessa, dont chaque phrase ressemblait de plus en plus à une carte de vœux.

Les autres ont accueilli la nouvelle en applaudissant.

M. et Mme Pike sont partis à dix-huit heures. Jordan s'est aussitôt écrié :

– Allons-y !

– Je vais prendre un double Crazy Burger avec de la mayonnaise, a déclaré Byron en se léchant les babines.

– Vous êtes prêts ? leur ai-je demandé.

– Oui !

– Vous avez tous mis vos chaussures ?

– Oui !

– Vous êtes allés vous laver les mains ?

– Oui...

– Vraiment ?

– Oui !

– Une seconde, est intervenue Mary Anne. Où est Vanessa ?

– Dans notre chambre. Elle n'a pas fini de s'habiller, je crois, a répondu Mallory.

Je suis montée voir dans la chambre rose et Vanessa était en effet en train de se préparer. Elle prenait tout son temps, comme d'habitude.

– Prête ?

– Presque.

– Tout le monde t'attend.

– Je sais, mais je fais ce que je peux. Mes pieds bougent trop lentement.

J'ai ri.

– Je vais t'aider.

J'ai noué ses lacets et je l'ai aidée à se coiffer, puis nous sommes descendues rejoindre les autres.

Les enfants étaient tellement excités que nous sommes arrivés au Jardin du hamburger en un temps record, malgré toutes les boutiques sur le chemin.

– Tu savais que les tables sont en forme de champignons ?

– Il y a même un manège !

– La sauce des hamburgers est orange. C'est du ketchup mélangé avec de la moutarde !

– C'est super bon, et en plus, il y a un serveur déguisé en lapin !

– L'année dernière, il y avait un concours de coloriage. J'ai gagné deux hamburgers géants et une limonade !

Les commentaires fusaient à mesure qu'on s'approchait du restaurant. Les enfants ont pris la terrasse d'assaut.

– Je veux m'asseoir près du manège ! a crié Claire.

– Ce n'est pas la peine de parler si fort. Nous nous mettrons là où il y aura de la place. Et il nous faudra bien trois tables.

– Il y a des champignons libres près de l'arbre enchanté, nous a déclaré une souris géante qui tenait des menus dans ses pattes. Suivez-moi.

– C'est bien la première fois qu'une souris va me servir ! a dit Mary Anne en gloussant. En fait, c'est la semaine des premières : mon premier maillot deux-pièces, mon premier voyage loin de la maison, mon premier séjour sur la côte et ma première souris serveuse.

– Je suis sûre que c'est aussi la première fois que tu manges sur un champignon ! ai-je ajouté.

Les tables étaient assez petites et il nous en a fallu trois. Claire et Margot se sont ruées sur celle du milieu, les triplés sur la plus proche de l'arbre enchanté. Quand Nicky a voulu s'installer avec eux, Adam l'en a empêché.

– Va t'asseoir avec Vanessa.

– Non, je veux m'asseoir avec vous.

– Il n'y a plus de place, a répliqué Jordan.

– Il y a encore une chaise libre, ai-je fait remarquer.

Adam a croisé les bras sur sa poitrine.

– Pas question qu'il vienne avec nous !

– Mais je ne vais quand même pas m'asseoir avec les filles, s'est plaint Nicky.

– Viens avec nous, Nicky stupide bêbête gluante, lui a gentiment proposé Claire.

– Non, je ne veux pas m'asseoir avec les filles.

Vanessa, qui était toute seule à une table, a haussé les épaules.

– Pourquoi tu fais autant d'histoires, tu n'as qu'à venir ici, je...

– Ah non, encore moins avec toi !

– Qui aurait envie de manger avec Elizabeth Browning ! s'est exclamée Mallory, qui jusque-là n'avait rien dit.

– Qui est Elizabeth Browning ? a demandé Nicky.

– Une poétesse.

– J'aime beaucoup ce qu'elle écrit, a dit Mary Anne.

– Poétesse ou pas, je ne m'assois pas avec Vanessa, s'est mis à bouder Nicky.

Ça commençait à bien faire.

– Bon, ça suffit. Cette gentille souris attend depuis près d'un quart d'heure que nous passions notre commande. Si vous ne vous décidez pas, nous ne mangerons jamais.

Bon gré mal gré, Nicky s'est installé à la table de Vanessa, suivi par Mallory et moi. Même si ce n'était pas la meilleure des solutions, nous avons laissé les triplés seuls à une table. Mary Anne a rejoint Claire et Margot. Avant de consulter les menus, Nicky a fait promettre à Vanessa de ne pas faire une seule rime de tout le repas.

– Tu es content maintenant ? lui ai-je demandé.

– Oui.

Heureusement que j'aime les hamburgers. À part des hot dogs, le restaurant ne proposait que cela : vingt variétés de hamburgers !

C'est un lapin qui est finalement venu prendre notre commande.

– Bonjour, je suis Bugs Bunny. Vous avez des questions à propos des menus ?

– Qu'est-ce que le hamburger surprise ?

– Ça doit être celui au tofu et à l'avocat.

Vanessa a esquissé une grimace.

Nicky, Vanessa, Mallory et moi avons pris des Crazy Burgers, avec du bacon, du gruyère, des pickles et de la sauce orange. Tandis que le serveur se tournait vers les triplés, Nicky m'a demandé :

– Tu connais les frères Térieur ?

– Non. De qui s'agit-il ?

– Tu ne connais pas Alain et Alex Térieur ? s'est-il esclaffé en se moquant de moi.

Mallory a poussé un profond soupir.

Vanessa s'est levée.

– Est-ce que je peux aller voir de plus près l'arbre enchanté ?

– Bien sûr.

Elle est revenue quelques secondes plus tard, les yeux pétillants d'excitation.

– Vous n'allez pas me croire ! C'est comme dans *Charlie et la chocolaterie* ! Il y a des barres de chocolat qui poussent sur l'arbre !

– Vraiment ? a fait Nicky.

– Mais non, idiot. Elles y sont suspendues, c'est tout. Et elles coûtent vingt-cinq cents chacune. Si on tombe sur une barre avec un emballage doré à l'intérieur, on a gagné. J'espère que vous avez noté que je n'ai pas fait une seule rime.

– On peut aller voir ?

– Non, Nicky, après le repas. Les boissons arrivent.

Le serveur revenait en effet avec un plateau chargé de verres et de bouteilles.

Comme les triplés se lançaient leurs pailles à la figure, je suis allée voir Mary Anne :

– Je crois que je ferais bien de m'installer avec les triplés.

– Non, non, a fait Byron en me voyant arriver. On va bien se tenir, promis

Il avait l'air sincère, alors je suis retournée à ma place. Je n'ai d'ailleurs pas eu à le regretter. Une fois servis, tout le monde a mangé tranquillement, sans chamailleries. À la fin du repas, Mary Anne et moi leur avons distribué à chacun de quoi s'acheter une barre de chocolat à l'arbre enchanté. Nicky a sauté de joie en ouvrant la sienne. Il venait de gagner quatre repas gratuits au Jardin du hamburger. Comme par magie, les triplés sont devenus ses meilleurs amis.

Il nous restait assez d'argent pour acheter une bricole ou deux sur la promenade et aller au Palais de la crème glacée avant de rentrer à la maison.

Nous avons donné à chacun un dollar, car nous ne connaissions pas les prix des glaces. Ils avaient le droit de faire ce qu'ils voulaient de cet argent, à part s'offrir un tour de manège trop dangereux. Je n'avais pas envie de voir quelqu'un transformé en Crazy Burger !

Byron a décidé de faire deux tours de grande roue. Vanessa a acheté une petite biche rose chez le souffleur de verre. Claire, Nicky et Margot ont essayé les autos tamponneuses. Mallory a acheté une grenouille en coquillages. Jordan et Adam sont allés dans la maison hantée et ils étaient fâchés contre Byron, parce qu'il n'avait pas voulu les accompagner.

Nous nous sommes ainsi promenés plus d'une heure.

Puis, nous sommes allés au Palais de la crème glacée, bien contents de pouvoir enfin nous asseoir quelques instants.

– Comme je ne prends pas de crème glacée, il reste à peu près trois dollars par personne, ai-je annoncé.

– Un peu plus de trois dollars, a déclaré Mary Anne. Je n'en prendrai pas non plus.

Elle n'avait pas l'air dans son assiette.

– Qu'est-ce qui ne va pas ? Tu as l'air toute bizarre.

– Je ne sais pas. Je me sens brûlante partout.

– Tu as le visage tout rouge.

– J'ai mal partout.

– Attends une seconde. Fais voir tes bras.

Mary Anne a relevé ses manches.

Quand on appuyait sur sa peau, une tache blanche apparaissait à l'endroit où on avait posé les doigts... avant de redevenir rose vif quelques secondes plus tard.

– Tu as un coup de soleil ! Mange une crème glacée. Ça te rafraîchira.

Nous avions en fait suffisamment d'argent pour que chacun puisse prendre ce qui lui faisait envie, et il nous est resté encore deux dollars et trente et un cents.

Il était un peu plus de vingt et une heures quand nous sommes rentrés. M. et Mme Pike n'étaient pas encore là.

– Tu as un coup de soleil ! s'est exclamée Mallory en voyant Mary Anne sous la lumière crue de la cuisine.

– Oh, je sais. N'en rajoute pas.

Nous avons envoyé tout notre petit monde au lit. Mary Anne s'est laissée tomber sur le sien, les bras écartés.

– Ça fait mal... Je ne peux même pas bouger.

Les enfants devaient être profondément endormis, car il

n'y avait aucun bruit. Cela faisait une bonne dizaine de minutes que nous étions couchés quand une petite voix s'est fait entendre derrière la porte de notre chambre.

– Mary Anne ? J'ai quelque chose pour toi...

– Nous aussi, a fait une autre voix.

Tous les petits Pike s'étaient rassemblés sur le pas de la porte.

– C'est pour ton coup de soleil, a expliqué Margot en lui tendant un tube de crème.

– Moi, je t'ai pris de l'après-soleil, a déclaré Byron.

– Et moi, un glaçon, a fait Jordan.

– Tiens, des compresses froides, a dit Adam.

– La crème à l'aloès de maman, a dit à son tour Vanessa.

– Un éventail, a proposé Nicky, pour te rafraîchir.

– Des sachets de thé pour tes paupières, a dit Mallory. C'est très efficace.

– Du beurre ! a lancé Claire en brandissant fièrement un bloc de margarine.

– N'importe quoi, a rétorqué Nicky. Le beurre, c'est pour les vraies brûlures, pas pour les coups de soleil.

Il a voulu lui prendre sa margarine des mains, mais elle a couru se réfugier dans les bras de Mary Anne. Nicky s'est alors jeté sur le lit pour l'attraper, imité par les autres qui ne voulaient rater pour rien au monde une occasion de s'amuser. Hilare, Mary Anne se débattait avec les enfants, la margarine, la glace, les sachets de thé et le reste.

Je crois bien n'avoir jamais autant ri de ma vie.

Mardi

Chère Claudia,

Je sais que je suis censée faire du baby-sitting, mais Scott était de garde aujourd'hui et je n'arrête pas de penser à lui. Il m'a fait un cadeau ! Je te le montrerai à mon retour. Fais une grosse bise à Mimi pour moi.

Bisous,

Lucy

P.S.: Mary Anne trouve que le cadeau est bête. Elle ne comprend rien.

Chère Kristy,

J'ai été étonnée d'apprendre que Byron était assez

trouillard. Il a peur d'aller dans l'eau, alors qu'il sait très bien nager. Et hier soir, au parc d'attractions, il n'a pas voulu aller dans la maison hantée. Il faudra que nous en parlions.

Bisous,

Lucy

Il a fait un temps de rêve, mardi. À la plage, on se serait cru dans une carte postale. Mary Anne, les enfants et moi sommes sortis très tôt, avant même que Scott ne soit à son poste. L'air était encore frais, le ciel transparent, avec seulement un ou deux petits nuages moutonneux.

Ce matin-là, Mary Anne ressemblait à un clown. Elle portait une grande chemise à manches longues et la casquette rouge d'Adam. Le visage couvert d'une épaisse couche de crème et de beurre de cacao, elle avait mis la plus grosse paire de lunettes de soleil qu'elle avait trouvée. Une fois sur la plage, elle s'est aussitôt réfugiée sous un parasol. J'avais très envie de rire, mais je me suis retenue car je savais qu'elle avait encore mal à cause de son coup de soleil.

À la seconde même où les maîtres nageurs sont apparus à leur poste, les enfants, à l'exception de Byron, se sont rués dans l'eau. Sous prétexte de les avoir à l'œil, je les ai accompagnés, mais en réalité c'était pour pouvoir dire bonjour à Scott. Il m'a gratifié d'un :

– Te voilà, princesse !

J'ai cru que j'allais m'évanouir.

– Salut ! Tu n'étais pas là, hier. C'était ton jour de congé ?

71

– Oui. Et j'en ai bien profité.

J'ai noté cette information dans ma tête : le lundi, Scott ne travaille pas. Puis je me suis appuyée contre le poste de secours, en espérant être le plus à mon avantage. J'ai jeté un coup d'œil pour voir si Mary Anne me regardait. Mais elle était occupée. Claire, Margot et Vanessa se pressaient autour d'elle, toutes dégoulinantes, pour lui demander quelque chose. Puis, j'ai écarquillé les yeux de surprise : le baby-sitter de l'autre jour était allongé près de Mary Anne et lui donnait la main !

J'en étais encore à ma surprise, quand les choses se sont précipitées autour de moi.

– Salut, Scott !

Deux filles s'avançaient vers nous. Elles avaient mon âge.

– Vous connaissez Lucy MacDouglas, les enfants ? leur a-t-il demandé.

Mon cœur a fait un bond. Il devait sans doute penser que j'étais plus âgée qu'elles !

Contrariées d'être considérées comme des enfants, les filles ont jeté leur dévolu sur l'autre maître nageur.

– Salut, Bruce !

– Salut, beauté.

Elles ont alors affiché un sourire radieux.

J'avais de nouveau Scott rien qu'à moi.

Quand je me suis à nouveau tournée vers nos serviettes, Mary Anne était seule.

– Un requin ! a hurlé quelqu'un dans l'eau. Un requin !

Scott et Bruce ont regardé dans leurs jumelles et se sont rués sur les mégaphones.

– Tout le monde hors de l'eau !

Ensuite Scott a donné trois coups de sifflet très brefs pour avertir les gardes qui se trouvaient vers le bas de la plage, tandis que Bruce prévenait ceux d'en haut. Jamais je n'avais vu des gens se mobiliser aussi rapidement. J'ai couru chercher les enfants et les sortir de l'eau. Byron, Jordan, Nicky et Vanessa étaient avec moi, mais où étaient passés les autres ?

– Mary Anne ! Où sont Adam, Claire, Margot et Mallory ?

– Claire et Adam sont là.

– Oh non ! Il manque Mallory et Margot !

– Nous voici, a fait Mallory à bout de souffle, en traînant Margot derrière elle.

– Oh, j'ai eu peur !

Mary Anne et moi avons compté les enfants au moins une dizaine de fois.

– Je veux voir le requin ! a crié Nicky, en sautant partout.

Moi aussi, j'aurais bien aimé l'apercevoir.

– D'accord. Longeons la plage, et éloignons-nous de la foule.

Mary Anne et les autres enfants nous ont emboîté le pas. Un peu plus loin, nous avons scruté la mer, les mains en visière à cause du soleil.

– Je crois que je vois quelque chose ! a fait Byron.

– Où ? avons-nous demandé en chœur.

– Une forme là-bas, sur la gauche !

Cela ressemblait à une mouette posée sur l'eau, mais je n'ai rien dit pour ne pas gâcher son plaisir. Plus tard, Adam jurait qu'il avait vu cinq ailerons, mais il était le seul à les avoir repérés. Finalement, nous avons abandonné. Nous sommes retournés vers le poste de garde. La foule s'était dispersée. Scott et Bruce étaient à nouveau à leur poste. C'était l'occasion de poser à Scott une question qui me brûlait les lèvres.

– Ça va ? ai-je commencé d'un air détendu.

– Hello, mon cœur !

Scott m'avait appelée « mon cœur »...

– C'étaient vraiment des requins ? ai-je balbutié encore sous le coup de l'émotion.

– Ça y ressemblait, mais on n'en est pas sûrs. On a préféré faire sortir tout le monde de l'eau, au cas où.

– Vous avez bien fait.

Scott s'est essuyé le front du revers de la main.

– Il va faire chaud, aujourd'hui.

– Tu veux boire quelque chose ?

– Avec plaisir, mon cœur ! C'est une très bonne idée.

Je suis partie en courant à la maison des Pike lui chercher un soda sans même dire à Mary Anne où j'allais.

– Ça fait du bien ! a fait Scott en passant sur son front la canette glacée que je lui avais tendue.

Puis il en a bu la moitié d'un trait avant de la donner à Bruce.

– Tu es géniale, ma chérie. Merci.

Je n'en croyais pas mes oreilles... « Mon cœur », « ma chérie »... Comme j'étais heureuse !

Nous avons passé l'après-midi sur la plage. J'ai essayé d'entraîner Byron dans l'eau, mais il refusait catégoriquement de se laisser faire, clamant haut et fort qu'il ne voulait pas être dévoré par un requin. J'ai également trouvé mille excuses pour aller parler à Scott. Mary Anne me jetait à chaque fois des regards noirs.

Je n'y pouvais rien si Scott avait besoin d'un sandwich ou d'un autre soda. Et puis ce n'était pas de ma faute si Adam avait vidé un seau d'eau sur Byron, ou si Nicky avait disparu pendant dix minutes. Il était tout simplement retourné à la maison sans prévenir personne, mais Mary Anne avait paniqué. Il fallait qu'elle apprenne à affronter ce genre de situations toute seule !

Scott et Bruce ont quitté leur poste de garde à dix-sept heures, comme d'habitude.

Mary Anne a fait sortir les enfants de l'eau.

– Il faudrait les ramener à la maison, m'a-t-elle dit. Mallory et Jordan sont en train de cuire. Et Claire est fatiguée.

– Vas-y. Je voudrais parler à Scott un moment.

– Lucy, il y a deux parasols, dix serviettes, des petites voitures, des seaux, des pelles, des jeux de cartes, des produits solaires et des sacs de plage à ramasser.

– Eh bien, tu as huit enfants pour t'aider. Je reviens tout de suite.

– Tu es payée pour faire du baby-sitting, et c'est moi qui fais tout le travail !

Qu'avait-elle besoin de se mettre dans cet état ? J'ai mis sa colère sur le compte de son coup de soleil. Et puis, de quoi se plaignait-elle ? Le baby-sitter était venu lui donner un coup de main, non ? C'était d'ailleurs lui aussi qui nous avait aidées à retrouver Nicky.

Il fallait que je me dépêche car pendant que je parlais à Marv Anne, Scott s'apprêtait à quitter la plage.

J'ai couru le rejoindre.

– On se voit demain matin ?

La Jeep qui passait prendre les maîtres nageurs est arrivée au même moment.

– Une seconde, Lucy. Vas-y, Bruce. J'arrive.

Scott voulait-il être seul avec moi ?

Il m'a adressé un sourire à faire fondre toutes les glaces de la banquise, il a enlevé de son cou le sifflet avec sa chaîne et me les a tendus.

– C'était toi la surveillante de la plage aujourd'hui, princesse. Tu nous as beaucoup aidés. Je te confie mon sifflet. C'est un cadeau.

Ma main tremblait comme une feuille.

– Bien, maintenant, il faut que j'y aille. On se voit demain ?

– Oui. Demain. Merci, Scott. C'est le plus beau cadeau qu'on m'ait fait.

Je l'ai regardé rattraper la Jeep et passer par-dessus la portière avec souplesse.

Je crois qu'il voulait me dire qu'il m'aimait, mais il était trop timide. Les garçons sont comme ça, quelquefois.

De toute façon, les mots n'étaient pas nécessaires pour que je sache ce qu'il ressentait. Scott était amoureux de moi !

Jeudi

Chère Kristy,

Aujourd'hui, il fait un temps épouvantable. Comme on ne pouvait pas aller à la plage, on a emmené les enfants au golf miniature. C'était génial. J'ai l'impression qu'il n'y a pas beaucoup de différence entre garder deux, trois ou huit enfants. Les petits Pike se disputent souvent, mais ils s'entraident aussi.

    Bisous,

    Mary Anne

P.S.: Lucy est vraiment, vraiment pénible.

P.P.S.: Ne lui montre jamais cette carte.

M. et Mme Pike nous avaient prévenues qu'il y aurait certainement un jour ou deux de pluie pendant notre séjour sur la côte, mais il avait fait si beau jusqu'alors que ça a été une vraie surprise. Je n'ai d'ailleurs pas cru mes yeux quand j'ai vu le temps brumeux, gris et froid en me réveillant jeudi matin. Il ne pleuvait pas vraiment, mais ce n'était pas un temps à passer la journée dehors. À neuf heures et demie, la plage était toujours déserte et les surveillants n'étaient même pas à leur poste. Mais pourquoi cela n'était pas tombé un lundi, quand Scott est en congé ?

Au petit déjeuner, M. Pike a brandi un prospectus.

– Je pense que c'est le jour idéal pour faire une petite excursion à Smithtown, un lieu historique très intéressant.

– Oh non, papa, ont grogné les enfants.

– Pourquoi ? a demandé Mary Anne.

– Il n'y a rien à faire, là-bas, a expliqué Adam.

– Je déteste y aller, a déclaré Vanessa.

– Tu n'y es allée qu'une fois, ma chérie, lui a fait remarquer sa mère.

– On y est tous allés une fois, pas la peine d'y retourner, a pointé Byron.

– C'est un très joli village de style colonial, a fait M. Pike. Il y a des magasins, des maisons d'époque, une église, un maréchal-ferrant, des artisans…

– Vraiment ? s'est enthousiasmée Mary Anne, qui est une férue d'histoire.

– Mais, les enfants, vous n'êtes pas obligés d'y aller si vous n'y tenez pas, a dit Mme Pike.

– Oh, merci maman ! a lancé Mallory. Mais vous y allez quand même, papa et toi ?

M. et Mme Pike se sont consultés du regard.

– Pourquoi pas ? a dit M. Pike. Vous allez trouver quelque chose à faire, les enfants ?

– Bien sûr, ai-je répondu. Ne vous inquiétez pas pour ça.

Mary Anne semblait déçue.

M. Pike nous a donné de l'argent, à Mary Anne et à moi. avant de partir.

Au bout d'une heure, nous étions tous en train de nous ennuyer à mourir. J'avais écrit à mes parents et à mon amie Laine de New York, et j'étais fatiguée d'écrire. Il n'y avait pas de télévision, et les enfants avaient déjà lu, colorié, et joué à une variante calme de chat. Mallory était dans sa chambre à observer l'océan se déchaîner. Tout le monde commençait à trouver le temps long. Mary Anne et moi avions beau nous creuser la tête, les enfants ont rejeté toutes nos propositions de jeux.

Comme il avait cessé de pleuvoir, je leur ai proposé :

– Et si on allait se promener en ville ou sur la promenade ? S'il se remet à pleuvoir, on n'aura qu'à se réfugier au Palais de la crème glacée.

– Oui ! se sont écriés les enfants en chœur.

– Il fait frais, dehors, a ajouté Mary Anne. Il faut prendre un blouson ou un sweat.

– D'accord.

Après d'âpres négociations, nous nous sommes mis d'accord pour aller au golf miniature.

Malheureusement, nous n'étions pas les seuls à avoir eu cette idée. Il y avait un monde fou. Cela n'avait cependant pas l'air de décourager les enfants.

– Allons-y. On va choisir nos clubs, a fait Byron.

– Je veux le plus grand, a exigé Nicky.

– Ne dis pas n'importe quoi, est intervenue Mallory en souriant. Tu en auras un en fonction de ta taille.

– Stupide bêbête gluante, a chantonné Claire.

Je lui ai fait les gros yeux.

Il a fallu attendre un peu avant de pouvoir nous attaquer au premier trou. On devait faire passer la balle entre les ailes en mouvement d'un petit moulin, au-dessus d'un petit fossé, puis dans le trou, en quatre coups seulement.

Claire voulait être la première. Vingt-sept coups plus tard, elle n'avait toujours pas passé le moulin et nous étions encore neuf à devoir jouer. Derrière nous, un monsieur et une dame commençaient à s'impatienter.

– Est-ce que nous pouvons passer avant vous ? Nous ne sommes que deux. Cela ne prendra que quelques minutes.

– Non ! a aboyé Margot. C'est mon tour ! Je veux jouer !

– Margot…, ai-je essayé de la calmer. Ce n'est pas une façon de parler aux gens, voyons.

– Ce n'est pas grave, a fait le monsieur, nous pouvons attendre.

Mais après onze nouvelles tentatives loupées de Margot, l'homme semblait avoir perdu toute sa patience. Jordan a suggéré à sa sœur d'aller déposer sa balle directement dans le trou. Et c'est ce qu'elle a fait en poussant un cri de victoire.

– Vous pouvez y aller, ai-je alors proposé au monsieur.

– Merci.

Heureusement que les grands étaient plus habiles. Mallory a été la seule à mettre sa balle dans le trou en quatre coups. Même Mary Anne et moi n'y sommes pas arrivées.

– Bravo, l'ai-je félicitée.

– Elle a eu de la chance, c'est tout, a grommelé Byron, à qui il avait fallu douze coups.

Le deuxième parcours semblait plus facile. Au sommet d'une petite colline verte se trouvait une tête de clown avec un gros nez rouge. Il fallait envoyer la balle dans la bouche du clown, et si elle ressortait par le trou du milieu à l'arrière de la tête, le coup était gagnant. Nicky avait tapé dans le mille du premier coup.

– C'est moi le plus fort !

Plusieurs personnes l'ont regardé en souriant.

Adam, qui en était à son dixième essai, lui a tapoté le dos.

– Bravo, petit frère.

Nicky rayonnait.

Comme les gens derrière nous en avaient assez d'attendre, j'ai appelé Mary Anne et Mallory et je leur ai dit qu'il valait mieux nous diviser en trois groupes.

Mallory a accepté de jouer avec les triplés, tandis que Mary Anne se chargeait de Nicky et Vanessa, et moi de Claire et Margot.

Nous nous sommes ensuite présentés au troisième parcours, le Trou du roi.

Mallory et les triplés sont passés en premier, le groupe de Mary Anne a pris le relais. Une demi-heure plus tard, les grands attendaient au huitième trou, Mary Anne et les moyens au sixième, alors que Claire en était encore à son trente-septième essai au Trou du roi.

– Claire, ma chérie…

– Oui, Lucy stupide bêbête gluante.

J'allais lui demander de passer au trou suivant quand Margot m'a devancée :

– Vous savez quoi ? On devrait décider d'une limite. On ne peut pas taper dans la balle plus de vingt fois. Oui, vingt fois. Au-delà de vingt coups, on passe son tour.

J'ai souri. Quelle excellente idée !

Mais Claire faisait la moue.

– Et si ma balle ne va pas dans le trou après vingt coups ?

– Tu auras vingt points, c'est un meilleur résultat que celui que tu viens de faire, lui ai-je expliqué. Souviens-toi, tu ne dois pas avoir trop de points. Le vainqueur est celui qui en a le moins.

– D'accord.

Cette limite de vingt coups nous a facilité les choses, mais nous avons quand même eu du mal à rattraper notre retard sur les autres. Mary Anne et moi avons autorisé les plus grands à aller voir les boutiques, à condition qu'ils ne s'éloignent pas trop et qu'ils ne traversent pas la rue principale. Mary Anne, Nicky et Vanessa les ont rejoints à la fin de leur partie. Il ne restait plus que Margot, Claire et moi. Il y avait encore cinq trous pour finir le parcours, mais Claire a fini par laisser tomber son club sur le gazon.

– Je suis fatiguée, Lucy. Je ne veux plus jouer.

De plus, son score dépassait les deux cents points... Quelques instants plus tard, c'était Margot qui jetait l'éponge. Cela tombait bien, je n'en pouvais plus du minigolf !

– Allons rendre nos équipements.

Pour rendre les balles, on les envoie le long d'une rampe, au sommet de laquelle elles disparaissent et retombent dans le bureau de location.

Heureusement, c'était un coup facile et Claire n'a eu aucun mal à faire disparaître sa balle. Mais soudainement, des lumières se sont mises à clignoter et une sonnerie a retenti, prolongée par une sirène assourdissante. Un type est sorti en trombe du bureau.

– Félicitations! Vous venez de gagner deux parties gratuites.

– C'est moi, c'est moi! a crié Claire en bondissant de joie.

– Tu es l'heureuse cinq centième personne à me rendre ta balle, cette semaine!

Il a tendu à Claire deux tickets gratuits.

– Dis, Lucy, est-ce que Margot et moi, on peut recommencer tout de suite?

J'ai jeté un coup d'œil à la file d'attente devant chaque trou et j'ai bien cru que j'allais m'effondrer.

– Et si tu gardais ces tickets pour le prochain jour de pluie?

Claire a réfléchi quelques secondes et a déclaré :

– D'accord. Mais tu sais quoi, Lucy? Tu es une stupide bêbête gluante.

– Tu sais quoi, Claire? Toi aussi.

Elle m'a fait un grand sourire et a glissé sa main dans la mienne. Nous avons rejoint les autres en chantonnant gaiement.

Dimanche
Chères Mary Anne et Lucy,
Vous n'allez pas croire ce qui est arrivé pendant que je gardais David Michael, Andrew et Karen, ce matin. Le cauchemar des baby-sitters !
Tout a commencé lorsque Jim nous a demandé de laver sa voiture. Une chose à retenir : ne jamais, jamais laisser des enfants laver une voiture tout seuls. Cela devrait être l'une des règles de notre club...

Kristy recevait beaucoup de courrier. Claudia, Carla, Mary Anne et moi lui avons écrit des cartes presque tous les jours. Elle nous a envoyé une seule lettre, mais très longue.

Croyez-le ou non, nous faisions toutes du baby-sitting.

Carla gardait les enfants de ses voisins de Californie. Claudia et sa famille passaient leurs vacances dans un village de montagne isolé où il y avait beaucoup d'autres familles. Claudia leur a tout naturellement proposé ses services. Mais c'était Kristy qui avait le plus à faire. Normal, c'était la seule du club à être restée à Stonebrook. Visiblement, le baby-sitting qui l'a le plus marquée est celui où elle a gardé non pas les enfants d'une autre famille, mais sa demi-sœur Karen, six ans, son demi-frère Andrew, quatre ans, et son petit frère, David Michael. Elle nous a raconté dans sa lettre que tout avait commencé le dimanche matin, lorsque Jim et sa mère avaient décidé de passer la journée à une vente aux enchères. Kristy ne savait pas de quoi il s'agissait, mais elle n'avait pas posé de questions. Samuel et Charlie, les deux aînés, devaient rendre visite à des copains de leur ancien quartier.

– Je pense que tu devras t'occuper des petits, Kristy, lui a dit sa mère. Cela ne t'ennuie pas ?

– Bien sûr que non.

Elle s'est tournée vers David Michael, Karen et Andrew.

– Qu'est-ce que vous avez envie de faire, aujourd'hui ?

– Lenny Papadakis organise un défilé de chiens, a déclaré David Michael. Je vais y participer avec Foxy. Quelqu'un veut venir avec moi ?

– Moi, a fait Karen.

– Pas moi, a grogné Andrew qui aime bien Foxy, mais qui a peur des chiens en général.

– Karen, tu accompagneras donc David Michael. Tu pourras jouer avec Cornélia.

Cornélia, la petite sœur de Lenny, et Karen s'entendent bien.

– Non, en fait, je préfère rester avec Andrew.

David Michael avait l'air un peu vexé, mais il n'a rien dit. C'est alors que Jim est intervenu :

– J'ai un petit service à vous demander. J'aimerais que quelqu'un lave la Ford.

– Oui ! Oui ! a crié Karen. Est-ce qu'on peut utiliser le tuyau d'arrosage et les grosses éponges ? Ce sera du beau travail, papa ! Grâce à Andrew, Kristy et moi, ta voiture n'aura jamais été aussi propre.

La Ford de Jim est une vieille voiture noire qui ne sert qu'exceptionnellement. Elle est garée dans une remise au fond du jardin. Jim roule dans une voiture de sport rouge, super à la mode, et Edith, la mère de Kristy, dans un grand break vert. Mais Jim tient beaucoup à sa Ford. Il dit qu'elle pourrait être utile un jour. Kristy prétend que depuis qu'elle connaît Jim, il a nettoyé la Ford deux fois et l'a conduite une fois seulement. Mais cela ne faisait rien. Laver la voiture était une excellente occupation pour Andrew et Karen. Avant de partir, Jim a sorti la Ford de la remise et l'a garée dans l'allée. Puis il est parti avec la mère de Kristy dans la voiture de sport. Samuel et Charlie ont pris le break. David Michael est allé chez les Papadakis avec un Foxy bien brossé et arborant fièrement son beau collier écossais.

– Eh bien ? a fait Kristy. Qu'attendons-nous ?

Karen bondissait de joie.

– Mettons-nous d'abord en maillot de bain, a suggéré Kristy. On rassemblera le matériel dont on aura besoin ensuite.

Vingt minutes plus tard, ils étaient tous les trois dans l'allée avec des seaux, des éponges, des chiffons et du savon.

- Tu peux y aller, Andrew !

Andrew a ouvert le robinet du tuyau d'arrosage, mais ils avaient à peine aspergé le capot de la voiture qu'ils ont aperçu David Michael remonter lentement l'allée avec Foxy. Le chien boitait et David Michael pleurait. Kristy s'est précipitée à leur rencontre.

– Que se passe-t-il ?

– Un grand chien est venu…, a balbutié David Michael entre deux sanglots. Il a grogné et Foxy a grogné aussi… Le chien a montré les crocs… et Foxy aussi. Le chien a foncé sur Foxy… et Foxy s'est enfui… et s'est coupé la patte sur quelque chose.

Kristy a examiné la blessure. Le coussinet était en sang. La coupure semblait profonde.

– Allons dans la maison. On va commencer par lui nettoyer ça.

– Et la voiture ? a riposté Karen. Andrew et moi, on peut s'en occuper.

Kristy a hésité un instant, puis elle s'est dit que la voiture était vieille et noire. Si elle n'était pas très bien lavée, personne ne le remarquerait.

– N'oubliez pas de fermer les vitres !

– D'accord.

– Et n'arrosez que la voiture.

– D'accord.

– Et n'essorez pas les éponges dans les plantes. Le savon les tue.

– D'accord.

Après leur avoir donné encore quelques instructions, Kristy a emmené Foxy et David Michael à l'intérieur. Elle a posé le chien sur une serviette et a donné un verre de limonade à David Michael avant d'examiner la blessure de plus près.

– Je pense qu'il vaudrait mieux appeler le vétérinaire. Avec un peu de chance, le Dr Smith pourra se déplacer jusqu'ici.

Mais le Dr Smith ne faisait pas de visite à domicile. Kristy a donc essayé de joindre Samuel, qui savait conduire. Pendant qu'elle était au téléphone, elle avait remarqué qu'Andrew et Karen n'arrêtaient pas d'entrer et de sortir de la maison, mais elle n'y avait pas attaché d'importance.

Samuel a promis de rentrer tout de suite à la maison et Kristy a de nouveau appelé le vétérinaire pour lui dire qu'ils allaient lui amener Foxy. Puis, intriguée par les va-et-vient de deux petits, elle a décidé d'aller voir ce qu'ils fabriquaient. Sous le soleil de ce début d'après-midi, la Ford brillait.

– C'est fait, Kristy! a déclaré Andrew.

– Regarde, a enchaîné Karen. Je suis sûre que la voiture n'a jamais autant brillé!

Kristy était d'accord. La voiture était éclatante. En fait, elle semblait… argentée.

– Euh… avec quoi l'avez-vous lavée? a demandé Kristy qui pressentait le pire.

– Oh, on n'a pas utilisé les éponges, a expliqué Karen. Elles n'étaient pas bonnes. On a trouvé mieux. Regarde. C'est toujours ce que Papa utilise pour faire briller les casseroles.

Karen a alors brandi deux tampons à récurer.

– Oh non... Vous avez enlevé la peinture ! On ne lave pas une voiture avec de la paille de fer. Votre père n'a jamais dit qu'il voulait qu'on décape sa voiture ! Qu'est-ce qu'on va faire, maintenant ?

Kristy était au bord de la crise de nerfs. Heureusement, Samuel est arrivé et s'est occupé de conduire Foxy chez le vétérinaire, emmenant David Michael avec lui. Kristy a ramassé tout ce qui traînait dans l'allée. Elle s'est rhabillée, et a aidé Karen et Andrew à faire de même.

Foxy est revenu avec trois points de suture à la patte.

Puis... Jim et la mère de Kristy sont rentrés à leur tour. Ils avaient acheté deux flûtes à champagne à la vente aux enchères.

– Comment s'est passé votre après-midi ? Ma voiture est-elle flambant neuve ?

Kristy, Karen et Andrew se sont échangé un regard penaud.

– Tu devrais aller la voir, s'est contentée de dire Kristy.

Tout le monde est sorti dans le jardin et Kristy a expliqué ce qui était arrivé.

– Oh non ! a failli s'étrangler sa mère.

Jim est devenu tout blanc et il est resté bouche bée un long moment.

– Je suis vraiment désolée, a fait Kristy. J'aurais dû mieux surveiller les enfants.

– C'est le moins qu'on puisse dire, a déclaré Jim. Je sais qu'il y a eu une urgence, mais les enfants étaient sous ta responsabilité, et tu aurais dû garder un œil sur eux. D'un autre côté, ce n'est peut-être pas si mal. Tu vois, j'avais pensé faire repeindre la voiture. J'ai toujours rêvé d'en avoir une violette. Mais, comme nous ne l'utilisons presque jamais, je m'étais dit qu'il n'y avait aucune raison de la faire repeindre. Maintenant, la raison est toute trouvée.

– Repeindre la voiture? a répété Karen, les yeux pétillants. Andrew et moi, on peut le faire !

Jim, Kristy et sa mère les ont regardés droit dans les yeux.

– Non, a dit la mère de Kristy.

– Il n'en est pas question, a confirmé Jim.

– Quand les poules auront des dents, a ajouté Kristy.

Et voilà comment s'est finie sa journée de baby-sitting !

Dimanche
K.
Rien à signaler. Enfants en forme.
B. a toujours peur de l'eau.
L.

Dimanche
Chère Claudia,
Jamais je n'ai été aussi humiliée de toute ma vie.
Je me sens complètement idiote. Mary Anne a essayé
de me prévenir au sujet de Scott, mais je ne l'ai pas
écoutée. J'aurais dû savoir qu'il était trop âgé pour
moi. Zut, il n'y a plus de place, je te raconterai la suite
sur ma prochaine carte.
Bisous, Lucy

J'ai cru que le ciel s'était effondré sur ma tête ou que la terre s'était ouverte sous mes pieds... Le pire, c'est que je ne m'y attendais pas. J'ai dû écrire trois cartes postales pour raconter toute l'histoire à Claudia.

Cela faisait une semaine que nous étions à Sea City. Tout se passait comme dans un rêve. Mes cheveux avaient éclairci, grâce au soleil, au sel et, bien entendu, à ma lotion éclaircissante. J'étais toute bronzée et j'avais acheté un nouveau maillot de bain dans la rue principale. Il était rose, avec des palmiers et des perroquets.

Mary Anne s'était remise de son coup de soleil, mais elle n'était pas très bronzée. Quand elle s'exposait trop longtemps, sa peau se couvrait de taches roses. Elle restait donc habillée et autant que possible sous un parasol.

Mon diabète ne me posait aucun problème. Je respectais mon régime à la lettre et ma mère n'avait appelé que deux fois pour savoir si tout allait bien. Les petits Pike n'avaient rien remarqué et n'avaient pas posé de question, même quand j'étais la seule à ne pas manger de glaces ou de beignets.

Mais surtout, il y avait Scott. Après une journée de pluie, le beau temps est revenu, et je l'ai vu vendredi et samedi.

Le samedi, M. et Mme Pike sont partis en excursion pour la journée. Mary Anne et moi sommes donc restées seules avec les enfants. À la fin de la journée, Mary Anne ne m'adressait pratiquement plus la parole, sous prétexte que je passais beaucoup trop de temps avec Scott.

En fait, je crois qu'elle était jalouse. Et si j'avais été à sa place, je l'aurais été aussi.

De toute façon, elle n'avait pas besoin de moi, puisque

l'autre baby-sitter l'aidait à s'occuper des enfants. Ils ont construit des châteaux de sable, ramassé des coquillages pour aménager un rempart autour des serviettes et fait tout un tas d'activités.

Il fallait bien que quelqu'un s'occupe de surveiller Adam et Jordan qui étaient tout le temps dans l'eau. Et pour cela, le meilleur poste de surveillance est... le poste de garde. J'y ai donc passé une bonne partie de la journée. Je n'y pouvais rien si Scott me parlait de temps en temps, ou me demandait un soda.

– Est-ce qu'on t'a déjà dit que tu étais jolie comme un cœur ?

J'ai senti mes joues virer au rouge vif.

– Non, ai-je murmuré dans un souffle, même si ce n'était pas tout à fait la vérité.

Mes parents me disent souvent que je suis jolie, mais cela ne compte pas. En revanche, qu'un garçon de dix-huit ans beau comme un dieu, blond, aux yeux bleus et bronzé, me le dise, cela comptait bien davantage.

Scott a souri. Il allait ajouter quelque chose, quand il a bondi sur ses pieds.

– Vous êtes trop loin ! Trop loin !

C'étaient des enfants qui voulaient se baigner en dehors de la zone de surveillance.

– Tu étais en train de me dire quelque chose..., ai-je repris quand il s'est rassis.

– Oh, tu es... tu es terrible.

Sa timidité le rendait encore plus craquant. J'en étais sûre, maintenant, il était amoureux de moi.

J'aurais aimé que Mary Anne me parle un peu plus. Plus

tard dans l'après-midi, lorsque je lui ai proposé une limonade, elle s'est contentée de hausser les épaules.

– Je vais retourner à la maison et te ramener une canette bien fraîche.

– Non, merci.

– Eh bien, je vais m'en chercher une.

– Si tu veux.

– À tout de suite.

Nous ne nous sommes rien dit d'autre de tout l'après-midi..

M. et Mme Pike sont revenus de leur excursion de très bonne humeur.

– Que diriez-vous d'une soirée de liberté, les filles ? nous a demandé Mme Pike. Nous nous occuperons des enfants.

– Super ! ai-je fait en essayant de paraître enthousiaste.

La soirée promettait d'être bien morne puisque Mary Anne me faisait la tête.

– Vous pouvez aller vous changer maintenant, si vous voulez. Le couvre-feu est à vingt-deux heures. Vous pouvez dîner avec nous ou grignoter quelque chose en ville.

– On va y réfléchir en se changeant. Viens, Mary Anne !

Nous avons grimpé dans notre chambre.

– Mary Anne, s'il te plaît, ne sois pas fâchée. Il est dix-sept heures et on a cinq longues heures devant nous. On pourrait aller sur la promenade, dîner, traîner un peu, faire les boutiques.

Mary Anne paraissait déjà moins grognon. Après sa douche, elle a même daigné m'adresser la parole.

Nous avons choisi nos vêtements avec soin. Qui sait qui nous allions rencontrer sur la promenade ? De beaux garçons... Scott... J'ai mis un cache-cœur blanc sur ma robe rose et je me suis noué un grand ruban blanc dans les cheveux en le laissant flotter sur un côté. Comme Mary Anne n'aimait rien de ce qu'elle avait amené, je lui ai prêté un pantalon corsaire jaune, un débardeur rayé jaune et blanc et une grande veste blanche. Un coup d'œil dans le miroir et nous sommes parties !

Nous sommes allées directement sur la promenade. Nous avons mangé des hamburgers, puis nous avons flâné dans un magasin de souvenirs. Mary Anne a acheté des visières pour Kristy et Carla, et j'ai pris un T-shirt jaune vif pour Claudia. Il n'y avait pas d'inscription dessus, juste un surfeur qui ressemblait à Scott.

Nous sommes ensuite allées dans la galerie marchande et avons joué aux machines à sous. Nous n'avons rien gagné. Ces jeux sont truqués, je ne vois que ça comme explication.

– Tu veux faire un tour sur la grande roue ? m'a demandé Mary Anne.

– D'accord.

Nous avons acheté des billets.

– Deux tickets pour la grande roue, s'il vous plaît, ai-je fait.

Le vendeur, un garçon d'une vingtaine d'années, nous a tendu les billets en nous faisant un clin d'œil.

– Ok, beauté.

« Beauté ! »

Sea City était décidément peuplée de garçons adorables !

Du haut de la grande roue, la vue était splendide. On voyait scintiller les lumières des maisons, le long de la plage. La lune traçait sur l'océan un chemin lumineux, et la promenade ressemblait à un pays de conte de fées.

Je ne sais pas ce qui m'y a fait penser, mais tandis que nous étions tout en haut, j'ai dit de but en blanc :

– Je devrais acheter un cadeau pour Scott.

Mary Anne n'a pas relevé.

Quoi qu'il en soit, à peine sommes-nous descendues de la grande roue que je l'ai traînée de magasin en magasin. Elle attendait patiemment pendant que j'examinais chaque article : un livre sur les coquillages, une casquette bleue, un T-shirt où on pouvait écrire ce qu'on voulait. Et si je faisais mettre « Lucy + Scott = Amour » ? Non, ce n'était pas une bonne idée, finalement.

C'est en passant devant l'une des nombreuses confiseries de la promenade que je suis tombée sur le cadeau idéal. Il coûtait presque cinq dollars, mais cela m'était égal.

C'était une boîte de chocolats en forme de cœur, recouverte de satin rouge.

– Cela lui fera comprendre ce que je ressens, tu ne crois pas, Mary Anne ?... Mary Anne ?

J'ai cru un instant qu'elle était encore fâchée contre moi, mais en fait, elle paraissait plutôt gênée.

J'ai suivi son regard.

– Attends, Lucy. Non.

Trop tard.

Derrière moi, blottis sur un banc, il y avait un garçon et une fille. La fille était très belle et elle avait au moins dix-huit ans.

Le garçon, c'était Scott.

Ils s'embrassaient.

Je me suis tournée vers Mary Anne.

– Je crois que je n'en aurai pas besoin.

Je lui ai tendu la boîte de chocolats.

– Tiens. Tu la mérites : tu avais raison. Profite de ta récompense.

Et j'ai éclaté en sanglots.

Mary Anne a laissé la boîte sur un banc, sans l'ouvrir. Puis elle a passé son bras autour de mes épaules et nous sommes rentrées chez les Pike.

Dimanche soir

Chère Carla

Lucy est toujours aussi pénible, mais j'ai été triste pour elle car on a vu Scott embrasser une autre fille (une fille de son âge !). Lucy a éclaté en sanglots.

Comment cela se passe en Californie ? Tu me manques.

Je crois que je vais m'acheter un nouveau maillot de bain dans un magasin qui s'appelle Sous-Entendus. Lucy s'en est acheté un.

Bisous,

Mary Anne

P.S.: Lucy s'est décoloré les cheveux !

P.P.S.: Détruis cette carte.

La soirée de samedi a été horrible, mais ça a été encore pire le lendemain matin. Il était hors de question que j'aille à la plage. Je n'avais aucune envie de me retrouver face à Scott après ce que j'avais vu la veille.

Après le petit déjeuner, j'ai pris à part Mme Pike et Mary Anne.

– J'ai mal à la tête. Cela ne vous dérange pas si je reste à la maison, ce matin, pour me reposer ?

– Mais pas du tout, a dit Mme Pike d'un air inquiet. J'espère que ça va vite passer.

– D'accord, a soupiré Mary Anne en levant les yeux au ciel.

Elle a attendu qu'on soit seules dans notre chambre pour exploser :

– Et me revoilà encore une fois avec tous les enfants à garder toute seule. Non seulement tu m'as traînée dans un milliard de magasins pour chercher un cadeau pour ton Scott, mais ensuite, quand tu l'as vu avec cette fille, tu m'as presque fait des reproches. Tu exagères, vraiment. La moindre des choses serait de t'excuser.

– Je suis désolée. Vraiment.

Mais Mary Anne n'avait pas fini.

– Si tu avais vraiment mal à la tête, je ne dirais rien. Mais c'est à cause de Scott, pas vrai ?

J'ai acquiescé d'un signe de la tête.

– Une histoire de garçon...

Mary Anne a poussé un soupir agacé.

Je n'avais pas besoin qu'elle me fasse la leçon.

– Arrête de te plaindre, ai-je riposté. Ton baby-sitter sera sûrement là, de toute façon.

– Il s'appelle Alex.

– Il a l'air niais.

– Eh bien, ce n'est pas le cas ! Il est drôle et gentil. Et il sait s'y prendre avec les enfants.

– Ce sont ses frères et sœurs ?

– Non, il fait du baby-sitting comme nous. Kenny, Jimmy et la petite Ellie sont adorables aussi. Mais ne change pas de sujet !

– Quel sujet ?

– C'est moi qui fais tout le travail pendant que tu te pavanes devant ton Scott.

– Ce n'est pas vrai.

– Mais si.

J'ai poussé un soupir.

– Je suis vraiment désolée, Mary Anne, ai-je fini par dire en descendant les escaliers.

Mary Anne a fait comme si elle ne m'avait pas entendue.

– Venez, les enfants. On va à la plage.

Les enfants se sont précipités dehors, sauf Byron, qui s'est tourné vers moi.

– Lucy ?

– Oui ?

– Je peux rester avec toi, ce matin ?

– Si tu veux. Mais je ne me sens pas très bien. Je voudrais me reposer.

– Je me reposerai aussi.

Il avait l'air terriblement sérieux.

– D'accord. Va prévenir Mary Anne, pour qu'elle ne s'inquiète pas.

Finalement, j'étais assez contente qu'il ait envie de passer la matinée avec moi.

Une fois seuls, il m'a demandé :

– Tu as envie de faire un petit tour ? Ou bien tu es trop malade ?

– Non, une promenade me ferait du bien. À condition que ce ne soit pas trop loin et que ce soit calme.

– Je connais un endroit très calme. Viens.

J'ai laissé un mot sur la table de la cuisine pour dire que nous étions sortis. Byron m'a entraînée par la porte de derrière, puis dans la rue devant la maison, puis dans l'avenue principale... ce qui nous a amenés à l'autre bout de la ville !

– Voici la baie.

Byron a tendu les bras, un sourire radieux sur les lèvres

– On se croirait sur une île, ai-je remarqué.

– Mais non, c'est juste une langue de terre qui s'enroule dans la mer comme la queue d'un chien.

J'ai souri.

– Quelle jolie façon de décrire les choses.

La baie était un endroit calme, à l'écart des foules. Les maisons donnaient sur l'océan mais il n'y avait personne aux alentours. Et la mer était si calme qu'on aurait dit un grand lac.

Byron s'est avancé dans l'eau jusqu'aux genoux. Il a mis ses mains en visière et m'a dit :

– Tu vois ? On voit la terre de l'autre côté. Et c'est toujours le New Jersey !

– Byron ! Mais tu es dans l'eau !

Il a baissé les yeux pour regarder l'eau clapoter contre ses jambes.

– Je sais. Il y a un petit crabe... Oups, il est parti.

– On essaie de le rattraper ?

Byron a secoué la tête.

– Tu as peur de l'eau ?

– Pas vraiment.

– C'est-à-dire ?

– Je n'aime pas les vagues. Elles sont trop... fortes. Et je n'aime pas quand je ne peux pas voir le fond.

Voilà pourquoi il ne voulait pas courir derrière le crabe. Il ne voulait pas s'aventurer plus loin.

Je lui ai pris la main.

– Il n'y a vraiment pas de danger, tu sais.

Nous avons fait quelques pas. L'eau nous arrivait au-dessus des genoux.

– Stop ! Je ne vois plus le fond. Il y a peut-être un gouffre ou quelque chose comme ça.

– Il y a peu de chance. Et si c'était le cas, on pourrait tout simplement nager jusqu'au rivage, pas vrai ?

– Ouais...

Il n'était encore qu'à moitié convaincu.

– Je vais te confier quelque chose, Byron. C'est une preuve d'intelligence d'avoir un petit peu peur de certaines choses.

– C'est vrai ?

– Oui. Parce que si tu n'as pas peur, tu ne te rends pas compte du danger et tu prends trop de risques. Seulement, si tu as trop peur, tu passes sans doute à côté d'un tas de choses très agréables.

Byron semblait réfléchir. Il a longuement pataugé dans l'eau, cherchant des coquillages et des galets pour faire des ricochets. Puis, au bout d'un moment, il a déclaré :

– Qu'est-ce qu'il fait chaud !

Et il a plongé dans l'eau.

Nous avons regagné la maison peu après midi. Grâce à Byron, je me sentais forte, prête à affronter tous les Scott du monde. Enfin... je n'avais qu'à l'éviter. Après tout, il ne savait pas que je l'avais vu avec l'autre fille.

J'avais eu toute la matinée pour réfléchir. Scott m'aimait bien, c'était certain, mais peut-être seulement comme une amie. Mary Anne avait raison : il était trop âgé pour moi. Sa petite copine avait sensiblement son âge. Je me suis sentie un peu stupide. Comment avais-je pu croire que Scott m'aimait ? Il ne m'avait jamais embrassée, ne m'avait jamais pris la main ni invitée à sortir. Il me demandait juste quelques services. Je ne lui en voulais pas. Il avait été gentil avec moi et m'avait même donné son sifflet.

Mais je me sentais trop gênée maintenant pour retourner le voir. Scott allait peut-être se demander pourquoi je l'évitais. Il ne le remarquerait peut-être pas. Il y avait tellement de filles qui papillonnaient autour du poste de garde !

Byron et moi avons déjeuné à la maison. Puis, je lui ai demandé :

– Prêt pour la plage ?

Il a hoché la tête. Je sentais son appréhension, mais il avait l'air déterminé à affronter ses peurs. Exactement comme moi.

Je m'étais fait un sang d'encre pour rien. Au moment où nous sommes arrivés sur la plage, Scott partait, laissant sa place à un autre garçon. Et comme il était en congé le lundi, j'étais tranquille jusqu'à mardi. Mais je ne savais pas encore si je devais me sentir soulagée ou abattue.

Byron, quant à lui, a passé un après-midi formidable. Il est allé dans l'océan presque jusqu'aux genoux. Bien qu'ils n'aient pas réussi à l'entraîner plus loin, Adam et Jordan étaient contents. Ils se sont amusés à s'asperger et courir dans l'eau.

C'est en les voyant jouer que j'ai réalisé combien j'avais négligé les enfants. Il n'y en avait eu que pour Scott. Même lorsque nous étions ensemble, je n'étais pas avec eux. Byron me l'avait fait comprendre. Mary Anne et Alex, le baby-sitter, s'étaient occupés de onze enfants à eux deux. J'ai jeté un coup d'œil vers mon amie et je me suis dit qu'elle avait vraiment l'air heureuse. J'en ai profité pour faire la paix… Enfin, pour me faire pardonner.

À la fin de la journée, les triplés étaient à nouveau inséparables, et Mary Anne et moi étions réconciliées.

Mais Scott et moi, c'était fini.

⑫

Mardi

Chère Kristy,

Byron s'est jeté à l'eau (c'est le cas de le dire) ! Je
sais pourquoi il a peur. On en reparlera à la prochaine
réunion du club. On m'a raconté une blague super drôle,
aujourd'hui. Je te dirai.

Bisous,

Lucy

Mardi

Chère Claudia,

Je suis à nouveau amoureuse. Il s'appelle Toby et je

viens de le rencontrer. Il est brun avec des yeux marron et des taches de rousseur. J'adore comme il s'habille.

Bisous,

Lucy

Il a fait un temps magnifique, lundi et mardi.

J'étais un peu nerveuse en me rendant sur la plage, mais tout s'est passé comme je l'avais prévu. Scott ne s'est absolument pas rendu compte que je l'évitais car il y avait toujours des filles autour de lui. J'ai senti mon cœur se serrer quand il les appelait « ma jolie » ou « ma belle », parce que j'avais cru que cela m'était réservé. Finalement, je n'avais rien représenté pour lui.

J'ai passé tout mon temps avec les enfants et les deux jours ont filé beaucoup plus vite que je n'avais cru.

Mercredi matin, le soleil était au rendez-vous.

– Tu sais ce que je pense ? a fait Mary Anne en s'étirant dans son lit.

– Non.

– Je me dis qu'on ferait mieux de séparer les enfants en deux groupes, aujourd'hui. Ceux qui veulent passer la journée à la plage pourront le faire tandis que les autres pourront se changer les idées en ville ou ailleurs.

– Bonne idée. C'est vrai que Nicky commence à s'ennuyer à la plage.

J'espérais aller en ville, mais Mary Anne avait encore des coups de soleil alors c'est elle qui a emmené Nicky, Mallory, Byron et Margot au parc d'attractions et au golf miniature. Claire leur a donné ses tickets gratuits. Je l'ai donc accompagnée ainsi que Vanessa, Adam et Jordan à la plage.

Je venais de tartiner les enfants de crème solaire et j'étais en train d'installer les sièges et les serviettes, lorsque j'ai entendu Claire traiter quelqu'un de stupide bêbête gluante. Les mains sur les hanches, elle toisait un des enfants dont s'occupait Alex, l'ami de Mary Anne, tout en entonnant inlassablement :

– Stupide, stupide, bêbête gluante !

– Claire Pike ! l'ai-je grondée, au moment où le petit garçon éclatait en sanglots. Qu'est-ce que c'est que ces manières ?

– Personne ne veut jouer avec moi, a-t-elle pleurniché, comme si cela expliquait tout. Ils sont tous dans l'eau et ils ne veulent pas jouer avec moi.

– Ce n'est pas une raison pour te moquer de ce petit garçon.

Claire a haussé les épaules.

– Excuse-toi, puis va t'allonger sur ta serviette pendant dix minutes. Je te dirai quand tu pourras aller jouer.

– Je suis désolée.

Elle ne semblait pas désolée du tout, mais elle a tout même obéi.

J'ai jeté un coup d'œil à Alex. Il jouait avec le bébé sur une couverture, sous un parasol. Ce jour-là, il n'était pas seul avec les enfants. Il y avait un autre garçon de son âge avec lui.

J'ai pris le petit garçon en larmes par la main et l'ai amené à Alex.

– Que s'est-il passé ?

– Claire s'est moquée de lui. Je ne sais pas ce qui s'est passé, mais je suis désolée.

– Ce n'est rien. Les enfants se taquinent souvent. Tu es Lucy, n'est-ce pas ?

Il a souri, et j'ai réalisé qu'il avait un très joli sourire.

– Oui. Et tu es Alex, je suppose.

– Oui. Et voici la petite Ellie, Jimmy, Kenny et Toby. Toby est mon cousin. Sa famille est sur la côte pour quelques jours.

Voilà comment j'ai rencontré Toby. Il a environ quatorze ans. Parfait, ai-je pensé. Il a des cheveux noirs et bouclés, des yeux d'un brun profond, velouté et des taches de rousseur sur le nez et les joues. Il portait un maillot de bain blanc et une chemise très marrante, avec des bottes de cow-boy et des cactus. Ah oui, il avait aussi des lunettes de soleil hyper cool. J'aurais aimé que Claudia soit là.

– Salut.

– Salut.

Il m'a regardé droit dans les yeux et a esquissé un large sourire.

Il y a eu un silence embarrassé.

– Je ferais mieux de retourner près de Claire, ai-je fini par bredouiller.

– D'accord.

Quand j'ai levé la punition de Claire, nous sommes allées au bord de l'eau. Toby nous a rattrapées en courant.

– Hé, a-t-il dit à Claire, tu sais construire un château de sorcière ?

– Non. Comment on fait ?

– Je vais te montrer. Mais avant, il faut changer de place, les vagues vont tout détruire.

Nous nous sommes éloignés. J'ai noté avec soulagement que nous étions à des dizaines de mètres du poste de garde.

Toby a expliqué à Claire comment laisser s'écouler le sable mouillé entre ses doigts pour créer des formes tarabiscotées. Très vite, Claire s'est mise à l'ouvrage. Toby et moi nous sommes assis à quelques pas.

– Au fait, où habites-tu ? lui ai-je demandé.

– À Lawrenceville dans le New Jersey. Et toi ?

– À Stonebrook. Mais j'ai grandi à New York.

– New York !

– Ouais.

– Wouah !

Toby avait quatorze ans. Il allait entrer en seconde. Il jouait au football et l'informatique le passionnait. Il avait deux sœurs plus âgées. Son groupe préféré était Blur. Il adorait le beurre de cacahouètes. Il détestait l'histoire et la géographie. Il aimait les maths. Il adorait raconter des blagues. Et pendant qu'il me parlait, il n'avait pas regardé d'autres filles.

À la fin de la matinée, nous savions tout l'un de l'autre. Tout en papotant, nous avons édifié avec Claire un château et tout un village. Alex, les enfants qu'il gardait, Adam, Jordan et Vanessa sont venus nous prêter main-forte. Les gens qui se promenaient sur la plage s'arrêtaient pour admirer notre œuvre. Nous aurions pu continuer comme ça toute la journée, mais la faim nous a rappelé qu'il était l'heure d'aller manger.

Nous nous sommes retrouvés après le repas. Les vagues avaient détruit une partie de notre village, mais nous avons décidé d'en faire un encore plus grand.

– Tu connais l'histoire d'Al, le mourant, qui voulait qu'une ville porte son nom ? a fait Toby en achevant une magnifique tour.

– Non.

– Eh bien, cet homme sait qu'il ne lui reste que peu de temps à vivre, et il dit à ses amis : « Promettez-moi qu'une ville portera mon nom. » Ses amis promettent et l'homme demande : « Est-ce qu'elle sera grande ? » Ils répondent : « Bien sûr ! » Et l'homme demande : « Est-ce qu'elle sera belle ? » Et ses amis disent : « Compte sur nous ! »

– Et ils ont donné son nom à la ville ?

Toby a souri avant de poursuivre :

– Et l'homme insiste : « Vous me promettez que ce sera bien mon nom ? » Et les amis disent : « Évidemment, monsieur Buquerque. » Tu as compris ? s'est esclaffé Toby. L'homme s'appelait Al Buquerque ? Albuquerque comme au Nouveau-Mexique !

– J'ai compris !

Et je me suis écroulée sur le sable, morte de rire.

Claire s'est jetée à mon cou.

– Lucy stupide bêbête gluante !

Vanessa a déclamé d'une voix enjouée :

– Plaisanter et jouer au soleil. Voilà qui est vraiment une merveille !

Je regardais Toby. Il me regardait aussi Nous nous sommes mis à rire. J'étais de nouveau amoureuse.

13

Vendredi
Chère Kristy,
Les enfants sont déchaînés. Comme c'est notre dernier jour à Sea City, ils veulent tout faire « une dernière fois ». Je te verrai probablement avant que tu ne reçoives cette carte !
Bisous,
Lucy

Chère Claudia,
Je sors avec Toby, ce soir. Pour de vrai ! Nous allons passer la soirée sur la promenade. Je te raconterai tout à mon retour.
Bisous,
Lucy

Nous étions vendredi et c'était notre dernier jour au bord de la mer. Le lendemain matin, on rentrait à la maison. Je ne pouvais pas croire que ces deux semaines étaient presque finies.

- Les filles, vous méritez une seconde soirée de liberté, a déclaré Mme Pike. À partir de dix-sept heures vous êtes libres, à condition d'être rentrées pour vingt-deux heures.

C'était le bonheur ! Mais nous avons essayé de ne pas trop le montrer. Nous ne voulions pas que les enfants pensent que nous n'avions pas envie de nous occuper d'eux. Il ne faisait pas très beau. Le soleil perçait de temps en temps entre les nuages et la météo prévoyait de la pluie pour samedi. Je pensais que ce n'était pas plus mal, qu'il serait plus facile de rentrer à la maison si nous ne laissions pas derrière nous un soleil radieux.

Malgré les nuages, les enfants ont tenu à aller à la plage.

- Je veux faire un dernier château de sorcière, a dit Claire.

- On veut jouer une dernière fois au jeu du requin, a expliqué Jordan.

Pendant que nous étions en train de rassembler les affai res, j'ai proposé à Mary Anne :

- Et si on demandait à Alex et Toby de nous accompagner, ce soir ? On pourrait aller sur la promenade ou en ville.

- Tous les quatre ?

- Oui, une sorte de double rendez-vous.

Mary Anne est soudain devenue toute pâle.

- Mary Anne, ne fais pas cette tête. Ce n'est pas comme si tu ne connaissais pas Alex. Vous avez passé beaucoup de temps ensemble et tu l'aimes bien.

– Les filles ne proposent pas aux garçons de sortir avec elles. Cela ne se fait pas.

– Oh Mary Anne, c'était à l'époque de nos grand-mères ! Et puis c'est notre dernière chance. On risque de ne plus jamais les revoir.

– C'est vrai…

– Va demander à Alex s'il peut sortir ce soir.

– Moi ? Mais c'est ton idée !

– Oui, mais Alex est ton ami.

Je dois avouer que Mary Anne m'a bluffée. Quand nous sommes arrivées sur la plage, elle s'est dirigée droit sur Alex. J'aurais aimé entendre ce qu'elle lui a dit, mais le vent soufflait dans la mauvaise direction. Tout ce que je sais, c'est qu'elle est revenue avec le sourire aux lèvres, l'air plutôt satisfait.

– C'est fait. On les retrouve chez Hercule, le vendeur de hot dogs, à dix-huit heures.

Il nous a fallu près d'une heure pour nous préparer. Nous n'avions pas pris beaucoup d'affaires. Nous avons finalement mis les mêmes vêtements que pour notre première soirée de liberté, en changeant certains petits détails.

– Je vais me limer les ongles, a déclaré Mary Anne. Ils sont tout abîmés.

– Je vais me mettre du vernis. J'en ai du rose et du jaune scintillant. Tu veux du jaune ?

– Oui. Et je vais mettre de la crème pour les mains.

– Mon eau de toilette ! Où est mon eau de toilette ?

– Je ne sais pas. Tu as du brillant à lèvres ?

Tous ces préparatifs ne nous ont pas empêchées d'arriver

cinq minutes en avance au rendez-vous. Les garçons nous ont rejoint à six heures pile. Mary Anne m'a poussé du coude en les voyant s'approcher.

– Tu ne trouves pas qu'Alex a un look super ?

C'était vrai, mais j'avais les yeux fixés sur Toby. Il portait un pantalon de coton blanc et un sweat-shirt large rayé bleu et blanc. Il semblait très décontracté.

– Salut, m'a-t-il dit avec un sourire rayonnant.

– Salut. Je suis contente que tu sois venu, ce soir.

– Moi aussi.

– Et si on commençait par manger quelque chose ?

Alex a acquiescé :

– Je meurs de faim.

Nous nous sommes assis au comptoir et avons passé notre commande. La spécialité d'Hercule, ce sont des hot dogs longs de trente centimètres, mais j'ai pris un hamburger végétarien. Contrairement aux garçons, Mary Anne et moi n'avons pas réussi à finir nos sandwiches tellement ils étaient gros. Alex et Toby se sont fait un plaisir de nous aider avant de... commander un autre hot dog ! Mary Anne avait mal au cœur rien qu'à les regarder manger. Comment faisaient-ils pour engloutir tout ça ?

J'ai profité d'un moment où les garçons parlaient entre eux pour murmurer à l'oreille de Mary Anne :

– Cela te dérangerait si je sortais un moment avec Toby ? Je veux dire... Cela ne t'ennuierait pas de rester seule avec Alex ?

Mary Anne a réfléchi. Puis un petit sourire a éclairé son visage.

– D'accord !

J'ai souri. Si nous n'avions pas été dans un lieu public, je l'aurais embrassée.

Les garçons ont fini par venir à bout de leur hot dog à la choucroute et nous sommes sortis du restaurant.

– Que voulez-vous faire maintenant ? a demandé Alex.

– Allons faire les boutiques, a dit Mary Anne.

– Et si on allait sur la promenade, plutôt, ai-je suggéré.

C'est comme ça que nous nous sommes séparés.

Toby et moi avons joué aux fléchettes. J'ai gagné un chapeau que je lui ai offert et il a gagné un ours en peluche qu'il m'a offert (plus tard j'ai appelé l'ours Toby). Peut-être était-ce la chance des débutants (ou d'un amour débutant), car nous avons rejoué trois fois mais n'avons plus rien gagné.

La nuit commençait à tomber tout doucement.

– Promenons-nous un peu, ai-je proposé à Toby.

J'avais simplement envie de regarder les lumières, d'écouter les bruits et de respirer les odeurs de la promenade pour la dernière fois.

Nous nous sommes arrêtés devant un magasin.

– Entrons, a dit Toby.

À l'intérieur, il y avait des étagères et des paniers remplis de coquillages. J'étais en train de fouiller dans une boîte pleine de petits bijoux quand Toby m'a tendu un petit sachet en papier.

– Qu'est-ce que c'est ?

– Ouvre.

Il y avait une minuscule coquille rose pâle dans le sachet.

– C'est en souvenir de moi.

J'étais heureuse, mais je ne sais pas pourquoi, j'avais envie de pleurer.

– Merci.

Toby m'a pris la main.

– Le Tunnel de l'amour… Achetons des tickets !

Ce n'était pas un manège comme les autres. Il n'était pas bruyant, il ne vous remuait pas dans tous les sens. Nous avons choisi une voiture en forme de cygne où nous nous sommes assis côte à côte. Le cygne est entré dans un tunnel à la lumière tamisé où l'on entendait une musique douce.

Juste avant la fin du tunnel, Toby s'est penché vers moi et m'a embrassée.

Mon premier baiser ! Je ne pouvais pas y croire !

Je savais que jamais je n'oublierais la côte, la promenade et le Tunnel de l'amour.

Ni Toby.

Jamais, jamais je n'oublierais Toby.

14

Si seulement j'avais pu arrêter le temps. J'aurais fait que la soirée de vendredi dure éternellement. Malheureusement, on était samedi matin et il fallait ranger toutes nos affaires.

Je me suis réveillée aux aurores, mais je suis restée allongée dans mon lit à me repasser les images de la veille. Mary Anne dormait encore profondément, roulée en boule dans ses draps, ses cheveux lui cachant le visage.

Dehors, les vagues venaient s'écraser sur le rivage avec un bruit sourd. Le ciel était d'un gris menaçant. Une mouette tournoyait au ras du sable. L'air salé entrait par la fenêtre ouverte. Je me suis enfouie sous mes couvertures. C'était la fin de l'été et la fin de nos vacances.

Tellement de choses s'étaient passées au cours de ces

deux semaines. J'avais quitté la maison. J'avais respecté mon régime, fait mes injections d'insuline toute seule et je n'avais pas été malade. J'avais rencontré deux garçons adorables, et l'un d'eux m'avait embrassée.

J'ai souri. Toby m'avait promis de venir me dire au revoir, ce matin. J'étais à la fois excitée et triste.

– Lucy stupide bêbête gluante? a murmuré une voix dans le couloir.

Je me suis levée et j'ai marché sur la pointe des pieds jusqu'à la porte. C'était Claire et elle était toute nue.

– Claire! Qu'est-ce que tu fabriques toute nue?

– Je cherche mon maillot de bain. Tu veux venir à la plage avec moi?

– D'accord.

Une promenade matinale ne pouvait pas me faire de mal.

– Il fait trop froid pour se mettre en maillot. Habille-toi sans faire de bruit. Je te rejoins en bas dans deux minutes.

Le ciel et l'océan avaient presque la même couleur, gris terne, mais il ne pleuvait pas.

Claire a couru jusqu'au bord de l'eau.

– Ne va pas dans l'eau! Elle doit être glacée.

– D'accord. Je ne fais que regarder.

Claire est restée de longues minutes à contempler l'horizon. Jamais je ne l'avais vue aussi calme aussi longtemps. J'ai ramassé un morceau de bois rejeté par la mer et j'ai tracé sur le sable humide :

LUCY + TOBY = AMOUR

J'ai attendu que les vagues effacent nos noms, mais c'étaient comme si elles les évitaient et quand nous sommes rentrés, mon inscription était toujours visible.

Ce matin-là, au petit déjeuner, M. Pike s'est levé de table et nous a dit d'un air très solennel :

– Devinez ce que nous allons faire maintenant ?

– Quoi, stupide bêbête papillon gluant ?

– Le... tirage au sort des corvées !

– Oh non, a soupiré Mallory.

Les triplés se sont tassés sur leur chaise, les sourcils froncés.

Mary Anne et moi nous sommes regardées et avons haussé les épaules.

– J'ai écrit le nom de huit corvées sur des petits papiers que j'ai mis dans ce chapeau. Chacun va tirer au sort sa corvée. Dépêchez-vous, les enfants, il y a beaucoup de choses à faire et nous devons quitter les lieux à treize heures précises.

Il fallait balayer l'entrée, ramasser les seaux de plage, nettoyer la cuisine, jeter les poubelles... On avait du pain sur la planche !

– Lucy et Mary Anne, a demandé Mme Pike, pourriez-vous vous occuper des bagages des enfants ?

– Pas de problème.

Quelques heures plus tard, les enfants avaient terminé leurs corvées et les bagages étaient prêts. Il y avait encore deux trois choses à faire avant de partir, mais M. et Mme Pike nous ont permis d'aller à la plage. Le ciel était gris, mais il faisait doux et il ne pleuvait toujours pas. Les maîtres nageurs étant à leur poste, les enfants ont pu se baigner une dernière fois.

Mary Anne et moi les avons regardés s'amuser, assises sur nos serviettes.

– C'est bientôt fini, a soupiré Mary Anne.

– J'ai l'impression qu'on est arrivés hier.

– C'est vrai.

Les genoux repliés sous le menton, nous regardions l'océan. Scott était à son poste, mais c'est à peine si j'y prêtais attention. Je pensais à Toby.

Mary Anne avait l'air rêveur. Elle devait penser elle aussi à la soirée de la veille. Alex et elle étaient restés assis face à la mer et avaient bavardé un long moment, avant d'aller, eux aussi, dans le Tunnel de l'amour.

J'ai donné un coup de coude à Mary Anne.

– Tiens, regarde qui arrive.

Toby et Alex venaient d'apparaître sur la plage, avec Kenny, Jimmy et Ellie.

Nous leur avons fait signe.

– On ne peut pas rester longtemps, nous a prévenu Alex. mais on voulait vous dire au revoir.

– Oh non ! s'est écriée Mary Anne. Je déteste les adieux.

Toby et moi nous sommes éloignés.

– Tu m'écriras ?

– Je te promets. Et toi, tu m'écriras ?

J'écris très peu de lettres, mais pour Toby, j'étais prête à le faire tous les jours.

– Bon...

– Bon...

– Il faut que j'y aille.

– Oui, je sais...

Il a posé son front sur le mien et m'a murmuré :

– J'ai envie de t'embrasser, mais il y a trop de monde autour de nous.

Les petits Pike nous observaient de loin. Ils en avaient oublié l'océan.

– Je comprends.

– Tu te souviendras de moi ?

– Bien sûr. Grâce au coquillage et à l'ours.

– Je penserai à toi chaque fois que je mettrai ma casquette.

Il la portait d'ailleurs.

– Au revoir, Lucy.

– Au revoir.

Je suis restée sans bouger à le regarder s'éloigner avec Alex et les enfants. Toby s'est retourné une dernière fois pour me faire un signe de la main. Puis ils ont disparu derrière une dune de sable. J'ai couru vers Mary Anne. Elle pleurait.

– Mary Anne ! Tous les enfants nous regardent.

– Je sais.

Je l'ai prise dans mes bras. Moi aussi, j'avais envie de pleurer.

– On en reparlera ce soir à la maison, d'accord ?

Mary Anne a hoché la tête.

Mon regard a alors glissé sur le poste de garde... et j'ai vu Scott qui me faisait signe.

Je lui ai rendu son salut.

– Mary Anne, ai-je dit, j'ai encore une chose à faire. J'en ai pour une minute.

J'ai couru vers Scott.

– Ça fait longtemps qu'on ne s'est pas vus, ma belle.

– J'étais occupée. Nous partons aujourd'hui.

– C'est vrai ? Oh, mais c'est triste, mon cœur. Tu vas me manquer.

Ce qui va lui manquer, ai-je pensé, c'est quelqu'un qui lui apporte à boire. Mais cela m'était égal, car je savais que Scott m'appréciait vraiment, même s'il n'était pas amoureux.

– Merci encore pour le sifflet. Je le garderai toujours.

Je ne le porterai jamais, mais je le garderai pour me rappeler le premier garçon dont j'étais tombée amoureuse. Je le mettrai dans un tiroir. Pas sur une étagère car c'était la place que je réservais à l'ours de Toby, ni sur ma table de nuit, où j'avais l'intention de poser le coquillage.

– Lucy ! a appelé Byron qui était encore au bord de l'eau. Je crois que maman nous appelle !

Mme Pike nous faisait effectivement signe de rentrer depuis la maison. Mary Anne a ramassé toutes les serviettes.

– Je dois m'en aller. J'espère que tu te plairas à l'université, Scott.

– Merci. Tu es un amour.

Alors que nous courions vers la maison, la pluie s'est mise à tomber.

Claire a alors éclaté en sanglots.

– Je ne veux pas partir !

Je l'ai prise dans mes bras.

– Moi non plus, mais il le faut. Tu sais, tu vas revenir l'année prochaine. Ne l'oublie pas.

– D'accord. Et on ira encore au Jardin du hamgurber.

– Et au golf miniature.

– Et on fera du trampoline !

Claire avait retrouvé le sourire.

Tout le monde s'est rhabillé et nous avons chargé les voitures. Il semblait y avoir beaucoup plus de bagages qu'à l'aller. Mais après un nombre incalculable de soupirs et de grognements, chacun et chaque chose ont trouvé leur place. Nous nous sommes répartis dans les voitures de la même façon qu'à l'aller.

– Premier arrêt : l'agence immobilière où nous déposerons les clés, a déclaré M. Pike. Second arrêt : la pause glace.

– Au clair de la lune, papa mange des prunes, s'est mis à chanter Nicky.

– Je déteste cette chanson, Nicky, s'est énervée Mallory.

– Au revoir la mer, stupide bêbête gluante.

– Où est le seau rouge ? a demandé soudainement Margot.

J'ai poussé un gros soupir. Nous étions bien sur le chemin du retour.

*– Hello maman! Hello papa! Je suis de
retour!*

*J'étais à la maison, épuisée par le voyage.
Entre la pause glace et Stonebrook, Claire
avait demandé trente-neuf fois : « C'est bientôt qu'on arrive ? »*

– Lucy!

Mes parents se sont précipités à ma rencontre et m'ont
serrée dans leurs bras.

– Comment vas-tu ? s'est enquis papa.

– Tu t'es bien amusée ? a demandé maman.

– Raconte-nous ce que tu as fait ?

– As-tu pensé à prendre ton insuline tous les jours ?

– Comme tu es bronzée !

124

– Qu'est-il arrivé à tes cheveux ?

Bien que nous ayons quitté la côte sous la pluie, le soleil brillait à Stonebrook. Maman, papa et moi nous sommes assis dans le jardin et je leur ai raconté mes vacances en détails. Je ne leur ai bien sûr pas parlé de Scott ni de Toby.

Mais moi aussi, j'avais des questions à leur poser.

– Que s'est-il passé, ici ?

– Ça a été très calme, a dit maman. Oh, avant que je n'oublie, Claudia a téléphoné il y a une heure environ. Les Koshi sont rentrés de vacances, et elle aimerait que tu l'appelles.

– D'accord.

Mais je n'avais pas envie de bouger. J'étais trop fatiguée. Papa a préparé un thé glacé et nous l'avons bu en regardant le soleil se coucher derrière les arbres du jardin.

J'ai attendu la fin du dîner pour aller dans ma chambre téléphoner. J'aimerais avoir une ligne avec un numéro de téléphone à moi, comme Claudia, mais je sais que ce n'est déjà pas si mal d'avoir un appareil dans sa chambre. J'ai fermé la porte et je me suis allongée sur mon lit.

J'ai d'abord appelé Mary Anne. Je mourais d'envie de tout raconter à Claudia mais je savais que Mary Anne avait besoin de moi, et j'avais vraiment envie de bavarder avec elle.

– Salut ! C'est moi, Lucy. Je voulais voir si tout allait bien.

– Oh, ça va. Je suis désolée d'avoir pleuré. Je ne me rendais pas compte que lui dire au revoir serait si triste. Je ne savais pas… Oh, je ne sais plus… J'ai honte.

– Mais pourquoi ?

– Je ne sais pas.

– Mary Anne, c'est un garçon. C'est tout à fait normal d'aimer un garçon.

– Mais cela ne m'était encore jamais arrivé. Les garçons m'ont toujours intimidée.

– Alors je suis contente que tu aies rencontré Alex. C'est bien qu'il t'ait fait changer d'avis au sujet des garçons. Ce ne sont pas des extraterrestres, tu sais.

Mary Anne a gloussé. C'était agréable de l'entendre rire.

– Je sais. Je voudrais te dire quelque chose, Lucy. Maintenant, je comprends ce que tu as ressenti pour Scott. Je suis désolée de t'avoir fait des reproches.

– Ce n'est pas grave. Je crois que je te dois des excuses aussi. Je t'ai laissée te débrouiller toute seule. Et ce n'était pas juste. De plus, quand on fait du baby-sitting, il faut penser d'abord aux enfants, quoi qu'il arrive. Est-ce que tu me pardonnes ?

– Bien sûr. Et toi, est-ce que tu me pardonnes ?

– Évidemment.

– Au fait, tu te rappelles quand tous les petits sont venus m'apporter toutes sortes de remèdes contre les coups de soleil ?

– Oui. Et quand Claire a gagné des entrées gratuites au golf miniature ?

– Et la tête d'Adam quand Nicky a mis sa balle dans le trou du premier coup ?

– Et ta réaction quand j'ai proposé d'organiser un double rendez-vous avec Alex et Toby !

Nous nous sommes mises à rire sans pouvoir nous arrêter.

– Je me demande si finalement quelqu'un a trouvé la boîte de chocolats que tu as laissée sur le banc de la promenade ? ai-je lancé.

La pensée de Scott et de sa petite amie me rendait triste, mais j'avais envie de rire en pensant aux chocolats.

– Oh, j'espère.

– Est-ce que toi et Alex, vous avez échangé vos adresses ?

– Oui.

Il y a eu un petit silence.

– Nous avons aussi échangé autre chose...

– Quoi ?

– Sur la promenade, vendredi soir... Je ne t'ai pas tout dit. Il y avait une boutique où on pouvait acheter des bagues et les faire graver. Elles coûtaient cinq dollars. Maintenant, il a une bague avec mes initiales, et moi j'en ai une avec les siennes.

– Oooh, Mary Anne, une bague ! C'est très sérieux alors, entre vous ?

– Eh bien, non. Enfin, pas vraiment.

– Est-ce que tu vas la porter ?

– Je vais la mettre autour du cou, avec une chaîne. Je ne veux pas que papa la voie. Il m'enfermerait sans doute jusqu'à ce que j'aie vingt et un ans.

– Peut-être pas.

– Peut-être pas. Mais on ne sait jamais !

– Bon, il faut que je te laisse. Claudia a téléphoné et je ne l'ai pas encore rappelée.

– D'accord. Je crois que je vais appeler Carla et Kristy.

– Mary Anne ?

– Oui ?

– Je suis contente que nous ayons appris à mieux nous connaître.

– Moi aussi.

– Au revoir.

– Au revoir.

J'ai raccroché pour décrocher aussitôt et appeler Claudia.

– Ah! Salut! Je ne peux pas croire que ce soit toi! Tu en as mis du temps à m'appeler! Comment vas-tu? Comment s'est passé le voyage? Oh, j'ai reçu toutes tes cartes postales! Je suis vraiment désolée pour Scott.

J'ai éclaté de rire.

– Et toi, comment vas-tu?

– Super. Nos vacances ont été géniales! Cela a fait du bien à Mimi. Elle va mieux. Et il y avait des artisans là où nous étions, et j'ai tourné un pot.

– Tu as quoi?

– J'ai tourné un pot.

– Pourquoi?

– Je veux dire, j'ai façonné un pot, tu sais, sur un tour de potier. C'est comme ça que ça s'appelle. Tourner un pot.

– Oh!

– Le professeur a dit qu'elle n'avait jamais vu un débutant réussir un aussi joli pot. Alors maman et papa ont dit que je pourrais peut-être choisir un cours de poterie à la rentrée.

– C'est génial. Tu as rencontré des gens intéressants?

– Tu veux dire, des garçons intéressants?

– Oui.

– Bien entendu.

– Et alors?

– Il s'appelle Skip. Il a trois ans. J'étais sa baby-sitter.

– Non?

– Il n'y avait aucun garçon de notre âge là-bas. Mais ce n'est pas grave, j'étais tellement occupée que j'avais à peine le temps de lire tes cartes postales. Que s'est-il passé finalement avec Scott et Toby ? Et quel est ce cadeau extraordinaire que t'a donné Scott ?

– Oh, Scott m'a donné son sifflet de maître nageur. Je te le montrerai. Je ne le reverrai probablement jamais, on ne s'est pas échangé nos adresses. Quant à Toby... On est...

– Quoi ?

– Le dernier soir sur la côte, Mary Anne et moi avons eu la permission de sortir, et nous avons eu un double rendez-vous avec Toby et son cousin Alex.

– Mary Anne a accepté un rendez-vous ?

Je savais que Claudia serait étonnée.

– Oui.

– Avec un garçon ? Et alors ?

– Et elle l'aime vraiment. Toujours est-il qu'après le dîner, nous nous sommes séparés, et Toby m'a acheté un coquillage rose. Il a aussi gagné un ours en peluche et il me l'a offert On a promis de s'écrire.

– Il a l'air vraiment super.

– Oui...

– Comment vont les petits Pike ?

– Très bien. Je pense qu'ils ont passé de bonnes vacances. J'ai appris à mieux les comprendre. Tu sais pourquoi Nicky est si casse-pieds ?

– Pourquoi ?

– Parce qu'il veut faire partie de la « bande des garçons », mais que parfois les triplés ne veulent pas qu'il joue avec eux. Il se sent alors rejeté. Et Byron est très différent de ce que nous croyions. Il est plus calme qu'Adam et Jordan, plus sérieux. Très sensible. Et Vanessa rend tout le monde fou avec sa manie de la poésie, mais c'est une très gentille petite fille. Oh, Mallory nous a vraiment beaucoup aidées. Il nous est arrivé de lui confier parfois des enfants et elle s'en sort très bien. Dis-moi, quand est prévue notre prochaine réunion du club ? Lundi ?

– Je pense. Tout le monde est rentré de vacances, maintenant.

– Super ! Je suis impatiente de parler à Carla et de savoir ce qui s'est passé en Californie. Je me demande comment Kristy a fait pendant notre absence. Tout le monde a dû l'appeler !

– Il n'y a qu'un seul problème.

– Lequel ?

– L'été est presque fini. C'est bientôt la rentrée.

– Tu exagères, il nous reste deux semaines. Et il peut se passer des tas de choses en quinze jours... Toutes sortes de choses. En deux semaines, j'ai rencontré mon premier grand amour, je l'ai perdu, j'en ai trouvé un autre, et j'ai eu droit à mon premier baiser.

– Ton premier baiser ! Pourquoi tu ne m'en as pas parlé ?

– Je ne t'en ai pas parlé ? ai-je fait innocemment.

– Raconte-moi vite !

– D'accord.

Je savais que nous en avions au moins pour une heure au téléphone, mais quelle importance ? Après tout, j'étais amoureuse.

Le CLUB à New York

Ce livre est dédié à mon nouveau filleul,
Andrew Cleveland Gordon.

1

Chère Lucy,

Salut ! Je suis excité comme une puce. J'ai hâte de te voir. Je n'aurai jamais cru que la première fois qu'on se reverrait, se serait à New York. Plus que cinq jour et on sera là !

Je vais prendre toutes mes économies et on ira faire les boutiques ensemble. J'espère qu'on aura le temps de visité quelques musées aussi. Je n'en peut plus d'attendre.

Je t'embrasse,

Claudia

Cela ne pouvait arriver qu'à New York. Il n'y a qu'à New York que vous pouvez être assise dans votre superbe chambre blanc et bleu, en train de lire une carte postale, et voir un énorme cafard surgir de derrière la coiffeuse et avoir le culot de traverser le tapis avant de disparaître sous la porte du placard. N'importe où ailleurs, un cafard aurait eu le bon sens de s'en tenir à des endroits dégoûtants comme les buanderies ou les cuisines sales. Mais, à New York, ils s'enhardissent et se mettent à envahir les chambres.

Ma première pensée a été : « Oh ! quelle horreur ! Est-ce qu'il faut l'attraper ? »

Ma deuxième pensée a été : « J'espère que mes amies ne le verront pas quand elles viendront ce week-end. » Mes amies vivent à Stonebrook, dans le Connecticut, et le pire insecte qu'elles aient jamais vu, c'est une abeille. Un cafard les rendrait folles. J'ai finalement décidé de laisser le cafard, livré à lui-même, dans le placard. Pas question de lui courir après.

Si j'avais su ce qui allait se passer lors de la venue de mes amies à New York, j'aurais vu dans ce cafard un mauvais présage, le signe que ce week-end allait être une catastrophe. Vous devez vous demander de quoi et de qui je parle depuis le début. Je ferais donc mieux de tout vous expliquer.

Pour commencer, je m'appelle Lucy MacDouglas. J'ai treize ans et je vis à New York. J'ai toujours vécu ici, sauf l'an passé. L'année dernière, mes parents et moi avions déménagé à Stonebrook, où j'ai connu les amies dont je vous parlais, c'est-à-dire Claudia Koshi, Kristy Parker, Mary Anne Cook et Carla Schafer. Nous avons fondé et organisé toutes les cinq le Club des baby-sitters.

Mais, au bout d'un an et quelques mois, je suis revenue avec ma famille vivre à New York. Pour simplifier, je dirais que c'est à cause du travail de mon père.

Je dois avouer que je n étais pas vraiment catastrophée à l'idée de retourner à New York. J'ai toujours adoré cette ville, et elle me manquait énormément quand j'habitais Stonebrook. Croyez-moi, cela m'embêtait vraiment de quitter mes amies du Club des baby-sitters, mais j'étais folle de joie à l'idée de retrouver l'animation d'une grande ville. J'adore la foule, les grands magasins, les musées, les restaurants et les théâtres. Je n'aime pas les cafards, mais je préfère encore ça au calme mortel qui règne à Stonebrook.

Stonebrook est une jolie petite ville avec des gens sympathiques, mais si on a envie d'un peu d'animation, il faut aller jusqu'au centre commercial de Stamford, et ça n'a vraiment rien à voir avec la Cinquième Avenue.

Bref, je suis de retour à New York, et je n'ai pas revu mes amies du club depuis mon déménagement. Claudia m'avait pourtant proposé de venir à Stonebrook un week-end, mais il s'était passé quelque chose.

Ce quelque chose, c'était Judy.

Je ne connais pas le nom de famille de Judy.

C'est une des sans-abri qui vivent dans le quartier. Je n'aime pas les appeler «clochards». Je parie que vous commencez à vous demander où j'habite. Eh bien, je vis dans un quartier très agréable dans le haut de West Side. Comme je l'ai dit, à New York on trouve des cafards partout, et, depuis quelque temps, c'est vrai, il y a pas mal de sans-abri. Il existe des milliers et des milliers de gens comme Judy. Certains vivent dans des refuges ou dans des centres d'hébergement, certains dans les stations de métro, et d'autres dans la rue, comme Judy. Elle dort sous des portes cochères ou sur les grilles d'aération du métro, là où passe l'air chaud. Elle se nourrit de ce qu'elle trouve dans les poubelles, ou bien elle fait la manche.

Ce n'est pas drôle.

Je vois Judy au moins deux fois par jour et j'ai largement eu le temps me faire une certaine idée de la vie qu'elle menait, même si, bien sûr, il est difficile de comprendre sans en avoir fait l'expérience soi-même.

Quand je regarde Judy, je vois une femme qui paraît bien plus âgée qu'elle ne l'est en réalité. Elle paraît avoir cent ans, mais papa dit qu'elle n'en a que quarante-deux. J'ignore comment il le sait.

Elle possède si peu de choses qu'elle refuse de se séparer de quoi que ce soit. Alors elle accumule des boîtes de conserve vides, des capsules, des journaux, des gobelets en plastique qu'elle transporte dans de vieux sacs percés. Elle considère tous ces détritus comme de véritables trésors. Elle a presque toujours faim, et elle a des abcès mal soignés sur les jambes, les cheveux sales et emmêlés, le visage et les mains rougis à force d'être exposés au soleil, au vent, à la chaleur ou au froid.

Judy et moi appartenons à deux mondes complètement différents et pourtant, nous sommes devenues amies. Enfin, en quelque sorte. Quand Judy est de bonne humeur, nous nous sourions et nous nous disons bonjour. Elle m'appelle « ma petite demoiselle ». Quand elle n'est pas de bonne humeur, ce qui est fréquent, alors là, attention ! Elle se plante sur le trottoir et hurle pendant des heures. Quand elle finit par se calmer, elle marmonne d'un air furieux. À ces moments-là, elle ne m'appelle pas « petite demoiselle ». Je crois bien qu'elle ne me reconnaît même pas.

Mais qu'est-ce que Judy a à voir avec la visite de mes amies à New York ? Eh bien, voilà : les gens de notre rue qui voient et entendent Judy tous les jours ont commencé à s'inquiéter à son sujet. Ils ont décidé qu'il était temps de voir ce qu'ils pourraient faire pour elle et les autres sans-abri du quartier. Ils ont donc organisé une réunion samedi après-midi. La plupart des adultes de mon immeuble, y compris papa et maman, souhaitaient y aller. Ce qui voulait dire qu'il allait y avoir des tas d'enfants à garder.

Vous vous souvenez du Club des baby-sitters de Stone-brook dont je faisais partie ? Eh bien, j'ai essayé de transposer ce club à New York, mais j'en suis l'unique membre. Pour je ne sais quelle raison, mes amies d'ici ne s'intéressent pas au baby-sitting. D'un côté, c'est plutôt bien, car il y a plein d'enfants dans mon bloc d'immeubles et comme ça, j'ai beaucoup de travail. Mais, du coup, je suis obligée de refuser pas mal de gardes. Et puis, je regrette les réunions de notre club.

Toujours est-il que cinq parents m'avaient appelée un mois à l'avance pour me demander de garder leurs enfants l'après-midi de cette grande assemblée. Cela m'embêtait d'être obligée de dire non à quatre personnes qui se rendaient au même endroit et à la même heure que la cinquième.

Et c'est alors que j'ai eu cette idée de génie.

J'ai couru dans la cuisine. Pour un appartement new-yorkais, le nôtre est plutôt grand. Ici, si vous pouvez manger dans votre cuisine, c'est que vous avez un grand appartement. Et dans notre cuisine, on peut mettre une table et des chaises.

Maman était en train de régler des factures. Ce n'était peut-être pas le bon moment pour lui parler de mon idée, mais j'ai quand même pris le risque de le faire.

– Maman ?

– Qu'y a-t-il, ma chérie ?

Je me suis assise en face d'elle et lui ai expliqué mon problème. Puis j'ai ajouté prudemment :

– Tu te rappelles quand la mère de Kristy s'est remariée ?

– Oui ?

Maman ne semblait pas comprendre où je voulais en venir.

– Tu te souviens que le Club des baby-sitters avait gardé quatorze enfants pendant toute la semaine qui avait précédé le mariage ?

Oui ?

– Bon, je me disais... En tout, il y aura dix enfants à garder pendant la réunion. Toute seule, je n'y arriverai pas, mais avec les autres membres du club, ce ne serait pas un problème. Et puis j'ai tellement envie de revoir mes copines. Elles pourraient venir pour le week-end. Qu'est-ce que tu en penses ?

– Quatre invitées ? Cela fait beaucoup. S'il n'y avait que Claudia, mais...

– S'il te plaît ! Et en plus, ça pourra aider Judy.

– Tu penses pouvoir te charger de tout ça ?

– Bien sûr ! Cela fait des siècles que je n'ai pas été malade.

J'ai du diabète et mes parents se font beaucoup de souci à mon sujet, mais comme je suis mon régime et que je n'oublie pas mes piqûres, je vais parfaitement bien.

– Bon, c'est d'accord, mais tu devras également demander à ton père.

– Merci, maman !

Je lui ai sauté au cou et l'ai embrassée sur les deux joues.

Puis j'ai attendu le retour de papa.

– S'il te plaît, s'il te plaît ? ai-je supplié, après lui avoir tout expliqué.

Papa a rajusté ses lunettes. Il a réfléchi un instant et a fini par dire :

– D'accord.

Mes parents n'avaient pas l'air très emballés, mais vous auriez dû les voir quelques jours plus tard... Ils m'ont dit que je pouvais manquer le collège le vendredi, car mes amies n'avaient pas cours ce jour-là, à cause d'un conseil de classe. Elles pouvaient donc passer trois jours à la maison. Maman et papa ont pensé que, puisqu'elles venaient à New York sans leurs parents, il fallait qu'elles en profitent au maximum.

Puis ils m'ont même suggéré de faire une petite fête vendredi soir pour que mes amies de Stonebrook et celles d'ici se rencontrent. Je n'arrivais pas à y croire. Le week-end promettait d'être génial : trois jours en ville, une fête, et une superséance de baby-sitting.

Claudia et moi n'avons pas cessé de nous téléphoner et de nous écrire en attendant ce week-end.

– Que faut-il que je porte à New York ? a voulu savoir Claudia.

– Ce que tu portes à Stonebrook.

– Ah bon ?

– Tu sais, on voit de tout ici. Un jour, j'ai même vu un homme habillé en Batman.

– C'était peut-être Batman. Non, sérieusement, comment seront tes amies pour la fête ?

– Tu n'as qu'à mettre ton ensemble noir, c'est le plus cool.

Claudia n'avait pas besoin de se tracasser, elle a des vêtements géniaux. Et je voulais qu'elle porte cette tenue noire et brillante, couverte d'étoiles et de paillettes.

– OK. Oh, je meurs d'impatience ! Encore deux semaines à attendre ! C'est trop long.

Moi aussi, je mourais d'impatience.

Mais ces deux semaines ont passé beaucoup plus vite qu'on ne le pensait et le vendredi matin tant attendu est enfin arrivé. Je suis allée chercher mes amies à la gare centrale en taxi.

Chère Lucy,

Je n'en peux plus d'attendre. J'ai lu tout ce que j'ai pu trouver sur New York. Est-ce qu'on pourra aller au Serendipity ou au Hard Rock Café ? S'il te plaît... Et tu crois qu'on va croiser des gens connus ? Est-ce qu'il y a des célébrités dans ton immeuble ? Tu habites loin de chez Macy's ? C'est juste pour savoir.

À bientôt,

Je t'embrasse,

Mary Anne

Manifestement, Claudia et moi n'étions pas les seules à être surexcitées par cette visite. Mary Anne aussi était folle d'impatience. Elle adore New York. Pour elle, c'était comme de pouvoir rencontrer sa rock star préférée en chair et en os.

J'étais en train de penser à tout ce qu'on pourrait faire ensemble, en partant de chez moi, ce vendredi matin.

– À tout à l'heure, maman !

– À tout à l'heure, ma chérie ! Dis bonjour à tout le monde de ma part.

« Amusez-vous bien et faites bien attention », ai-je pensé en moi-même.

– Amusez-vous bien et faites bien attention !

J'en étais sûre ! Maman me dit toujours ça quand je sors. Parfois, j'essaie de m'échapper avant, mais jusqu'à présent je n'y suis jamais arrivée.

J'ai pris l'ascenseur. Il me soulève l'estomac à chaque fois tellement il descend vite, mais j'aime bien cette sensation. En sortant de la cabine, j'ai traversé le hall, salué Lloyd et Isaac qui étaient de service au bureau de gardiennage et j'ai remercié James qui m'ouvrait la porte.

Certains pensent que je suis pourrie gâtée de vivre dans un immeuble avec un portier, mais au moins, je me sens en sécurité. J'aime les portiers pour la sécurité. Et puis, c'est quand même chouette d'avoir quelqu'un qui vous tient la porte quand vous avez les mains encombrées.

J'ai contourné notre bloc d'immeubles pour aller vers Central Park où on trouve toujours des taxis. Maman me donne de l'argent pour le taxi dès que je m'éloigne de plus de trois mètres, sauf si je suis avec d'autres personnes. Elle n'aime pas que je me promène seule ou que je prenne seule le bus ou le métro. Je ne sais pas si elle me couve trop, mais dans une ville comme New York, on n'est jamais trop prudent.

– À la gare centrale, s'il vous plaît, ai-je dit au chauffeur, qui ne m'a pas répondu car, comme tous les chauffeurs de taxi new-yorkais, il n'était pas très bavard.

Je me suis adossée au siège et j'ai pensé à mes amies que j'allais bientôt revoir. D'une certaine manière, c'est surprenant que nous soyons amies, toutes les cinq, car nous sommes très différentes. Mais c'est peut-être justement pour ça que nous sommes amies. Les contraires s'attirent, non ? Si nous étions pareilles, ce serait sans doute ennuyeux. Mais là, aucun danger. Laissez-moi vous parler un peu d'elles. Commençons par Kristy, puisqu'elle est la présidente du club.

Si vous trouvez que j'ai eu une vie particulièrement dingue l'année dernière (avec tous ces déménagements), attendez de connaître celle de Kristy. Elle, Claudia et Mary Anne habitaient depuis toujours le même quartier. La maison de Kristy se trouvait à côté de celle de Mary Anne, et en face de celle de Claudia. Au début de la cinquième (l'année dernière), Kristy a eu l'idée de créer un service de baby-sitting. Elle s'était rendu compte du temps qu'il fallait à sa mère avant de trouver quelqu'un pour garder David Michael, son petit frère. Quand Kristy et ses frères aînés n'étaient pas disponibles, Mme Parker devait passer quatre ou cinq coups de fil avant de trouver quelqu'un. Kristy donc décidé de faire équipe avec Claudia, Mary Anne et moi, et nous avons formé le club. Carla s'est jointe à nous plus tard. Nous nous réunissions trois fois par semaine et les parents nous appelaient pendant ces réunions. C'était pratique de pouvoir joindre quatre baby-sitters d'un seul coup de téléphone. Comme vous le constatez, Kristy a des tas d'idées géniales. Une autre de ses caractéristiques : elle ne sait pas tenir sa langue. Cette tendance à dire tout haut ce qu'elle pense lui attire parfois des ennuis. J'espérais qu'elle saurait se tenir ici et qu'elle ne dirait rien d'embarrassant. Mais il ne fallait pas que je compte trop là-dessus. Kristy fait un peu bébé encore. D'ailleurs, elle paraît plus jeune qu'elle ne l'est. Elle est petite pour son âge et ne fait pas attention à ce qu'elle a sur le dos. En fait, elle porte presque toujours la même chose : jeans, sweat-shirt et baskets.

Alors pourquoi ai-je dit que sa vie était dingue ? Eh bien, depuis son plus jeune âge, Kristy avait toujours vécu avec ses frères, Samuel, Charlie et David Michael, et sa mère, qui était divorcée. Mais quand Mme Parker a décidé d'épouser Jim Lelland, un milliardaire, toute la famille a déménagé dans la grande maison de Jim. Non seulement Kristy vit dans un luxe inouï, mais elle s'est retrouvée avec un demi-frère, une demi-sœur, qui l'adorent, et un beau-père vraiment super sympa ! Quel changement ça a dû être pour elle ! Kristy ne s'est pas encore tout à fait habituée à sa nouvelle maison, à ses nouveaux voisins et à son nouveau quartier, et elle se sent un peu à l'écart.

Claudia Koshi est la vice-présidente du club. C'est aussi ma meilleure amie. Enfin, ma meilleure amie du Connecticut. J'ai aussi une meilleure amie à New York, Laine Cummings. Claudia est vice-présidente parce que les réunions du club ont lieu dans sa chambre. Elle a sa propre ligne téléphonique et les filles reçoivent les appels des parents directement pendant les réunions. C'est très important.

J'ai dit que toutes les filles du club étaient différentes. mais il existe quand même des ressemblances entre Claudia et moi. D'abord nous avons du goût et nous sommes, il faut l'avouer, plutôt chic. En tout cas, plus que Kristy, Mary Anne et Carla. Nous adorons la mode et n'hésitons pas à mettre des jeans slim et des hauts asymétriques. Nous aimons aussi nous faire plein de coiffures. Avant, je me faisais des permanentes, mais j'ai arrêté. Je me laisse pousser les cheveux, ils sont épais, bouffants et blonds. Mais vous devriez voir ceux de Claudia. Elle est américano-japonaise et a de longs cheveux noirs et soyeux. Il lui arrive de les partager par une raie, de se faire trois ou quatre tresses d'un côté et de laisser l'autre partie flotter sur son épaule. Elle sait toujours comment mettre ses cheveux en valeur avec des accessoires. Elle a aussi un tas de bijoux. Avec ses yeux noirs en amande et son teint crémeux, Claudia est très belle. En plus, elle a la chance de n'avoir jamais de bouton. Ses deux passions sont les arts plastiques et les romans policiers. Malheureusement, elle n'est pas très bonne élève, comme vous avez dû vous en rendre compte en lisant sa carte postale.

Mary Anne Cook est la secrétaire du club et elle a énor mément de travail. C'est elle qui doit tenir l'agenda à jour. Et Kristy exige que les membres du club racontent leurs séances de baby-sitting dans le journal de bord, qui est également confié à Mary Anne, car elle est très soigneuse et commet rarement des erreurs.

Bien qu'elles soient de grandes amies, Mary Anne et Kristy sont très différentes. Il est vrai qu'elles sont toutes les deux assez petites pour leur âge, qu'elles ont les cheveux châtains et les yeux marron, mais les ressemblances s'arrêtent là.

Kristy est vive et un peu cynique, Mary Anne est calme, timide, rêveuse et sensible. Elle pleure facilement. Elle est même un peu romantique. C'est la seule d'entre nous à avoir un petit ami : Logan Rinaldi. Et sa famille est entièrement différente de celle de Kristy. Kristy a une grande famille, et c'était déjà le cas avant le mariage de sa mère avec Jim Lelland, alors que Mary Anne n'a que son père et son chat, Tigrou. Mme Cook est morte quand Mary Anne était toute petite. M. Cook s'est toujours montré incroyablement sévère avec elle, mais depuis l'année dernière, il s'est un peu assoupli. Mary Anne a cessé de porter les jupes plissées et les mocassins auxquels son père la condamnait, et elle s'est mise aux vêtements à la mode. Elle est très proche de Carla, et puis il y a Logan.

Et enfin, il y a Carla Schafer, la nouvelle trésorière. Avant mon départ, Carla avait le rôle d'intérimaire, ce qui veut dire qu'elle devait nous remplacer en cas d'absence. Quand je suis partie, les filles du club ont engagé deux baby-sitters juniors pour me remplacer, Mallory Pike et Jessica Ramsey. Elles ne viennent pas à New York parce que je ne connais pas bien Mallory et pas du tout Jessica. En plus, leurs parents ne leur auraient sans doute pas donné la permission. Elles sont plus jeunes que nous.

La trésorière est chargée d'inscrire les sommes gagnées par les membres du club et de collecter chaque semaine les cotisations qui servent à acheter, entre autres, des fournitures.

Carla ne faisait pas partie du club au début car elle est arrivée de Californie quatre mois après sa création. Ses parents venaient de divorcer. Donc, l'année dernière a également été dingue pour elle. Il lui a fallu s'habituer à vivre sans son père, s'adapter au froid de la côte Est, changer d'école au milieu de l'année et se faire de nouvelles amies. Sa mère a dû trouver un emploi. Elle commençait à s'adapter à Stonebrook, quand son frère David s'est mis à faire des siennes. Il avait des problèmes à l'école, ce qui était difficile pour la mère de Carla. À part cela, elle semble assez heureuse. Elle est très proche de sa mère. Et puis... elle a le Club des baby-sitters pour lui remonter le moral quand ça ne va pas !

Carla fait les choses à sa façon et ne se soucie pas de ce que les autres pensent. D'ailleurs, elle ne passe pas inaperçue avec ses cheveux qui lui vont jusqu'à la taille. Ils sont si blonds qu'ils paraissent blancs. Elle a de magnifiques yeux bleu très clair. Je me souviens d'être restée sans voix la première fois que je l'ai vue.

Plus je pensais à mes amies, plus j'avais hâte de les revoir. Mais le taxi n'avançait pas. Il y avait un embouteillage. Je ne pouvais rien faire d'autre que de m'enfoncer dans mon siège et d'attendre.

Quand nous sommes enfin arrivés à la gare centrale, j'ai réglé ma course et je suis descendue du taxi.

Dans quelques minutes, les membres du Club des baby-sitters allaient être réunis !

3

Chers Andrew et Karen,

Salut ! Alors, comment s'est passé votre week-end ? J'espère que vous vous êtes bien amusés avec votre maman. Moi, je suis dans le train pour New York avec mes amies. C'est drôlement chouette. Il y a un bar où on peut acheter de la limonade, des gâteaux et tout un tas de bonnes choses. On y est déjà allées deux fois !

On a l'impression d'être dans un avion. Les sièges sont super. On peut les incliner et il y a des petites lumières au-dessus de nos têtes que l'on peut allumer ou éteindre. Lucy va venir nous chercher à la gare centrale de New York.

Bisous,

Kristy

« Lucy va venir nous chercher »... Kristy m'a montré cette carte postale, et je suis convaincue que mes amies avaient l'intention de me retrouver comme prévu, mais les choses ne se sont pas tout à fait passées comme ça.

J'ai bien failli me faire marcher dessus en me frayant un chemin dans la gare jusqu'au bureau des renseignements où nous étions censées nous retrouver. J'avais mis un point d'honneur à arriver cinq minutes en avance, au cas où leur train serait arrivé plus tôt, même si cela n'arrivait jamais. Leur train était prévu pour onze heures vingt-cinq. J'étais au guichet à onze heures vingt.

On ne peut pas manquer le bureau des renseignements. Il se trouve en plein milieu du hall des arrivées, avec une énorme inscription en lettres rouges disant : renseignements.

J'ai attendu devant. Mes yeux passaient de l'horloge à la foule de voyageurs.

Onze heures vingt-cinq... Onze heures trente... Onze heures quarante.

Où étaient mes amies ? Je commençais à m'inquiéter. Il leur était peut-être arrivé quelque chose. Leur train était en retard ? Ou bien peut-être qu'en fin de compte elles n'étaient pas parties. J'ai pensé appeler maman pour lui demander si elles avaient essayé de me joindre. Mais j'ai préféré attendre encore un peu. Angoissée comme elle est, maman risquait d'alerter la police. Au bout de cinq minutes, je suis allée demander si le train avait du retard.

– Non, m'a répondu la dame des renseignements. Ce train est arrivé à l'heure pile.

– Ah bon ?

– Vous deviez retrouver quelqu'un ?

– Mes amies. Nous nous sommes donné rendez-vous ici. Elles ne sont jamais venues seules à New York.

– La gare est grande. Je suis sûre qu'elles sont quelque part. Elles ont dû se perdre. Ou alors elles sont en train de regarder les boutiques.

Comme je l'ai dit, il était difficile de ne pas voir le bureau des renseignements, mais, après tout, c'était possible. Mes amies étaient peut-être en train d'errer dans les couloirs du sous-sol ou ailleurs. Mais si elles étaient en train de regarder les boutiques, j'étais prête à les tuer.

Que devais-je faire ? J'ai remercié la dame et me suis éloignée du comptoir. J'ai scruté les environs. Il y avait du monde, mais pas trop. J'étais sur le point de demander à l'employée de lancer un appel, quand j'ai entendu :

– Lucy !

C'était la voix de Claudia, mais je ne la voyais nulle part.

– Lucy !

Je me suis retournée. Les filles remontaient les marches d'une des entrées extérieures menant à la gare. J'ai couru à leur rencontre.

– Pourquoi êtes-vous sorties de la gare ?

– Nous sommes désolées, m'a fait Claudia, essoufflée.

Elle traînait une valise de la taille d'un wagon.

Pendant un instant, j'étais tellement contente de les revoir que je n'ai plus pensé au rendez-vous raté. Il y avait Mary Anne, souriante et l'air incroyablement excitée, Kristy, avec un sourire d'un kilomètre de large, Carla, qui semblait intimidée, et Claudia, qui rayonnait de joie tout en se débattant avec sa valise.

Nous nous sommes rejointes en haut des marches et avons essayé de nous embrasser toutes en même temps.

– Lucy, tes cheveux ! Ils sont fantastiques !

– On s'est perdues. On a marché, je ne sais pas combien de kilomètres !

– Mary Anne, j'adore ta chemise !

– Je n'arrive pas à croire que je suis ici.

– Qu'est-ce qu'on va manger ?

– Mais où étiez-vous passées ? ai-je fini par leur demander. Nous nous sommes éloignées de l'escalier et mes amies ont posé leurs bagages. Kristy et Carla avaient chacune un sac à dos, Mary Anne, un paquetage. Mais Claudia avait une énorme valise.

– Qu'est-ce qu'il y a là-dedans ?

– Qu'est-ce que tu veux savoir en premier ? Où on était passées ou ce qu'il y a dans ma valise ?

– Ta valise, d'abord.

On a éclaté de rire, comme si on ne s'était jamais quittées. Mais je dois avouer que je me sentais un peu... trop voyante. Les gens nous regardaient. Mes amies faisaient du bruit, il y avait la fameuse valise de Claudia, Kristy portait une casquette de base-ball avec un chien colley dessus, Carla regardait autour d'elle comme si elle s'attendait à se faire assassiner d'une seconde à l'autre, et Mary Anne venait de sortir de son sac un gigantesque plan de la ville.

– Range ça ! On dirait une touriste !

– J'en suis une, non ?

– Pas moi. Allez, range ça. Je ne veux pas que les gens s'imaginent que nous sommes perdues. Ça ferait de nous des cibles faciles.

– Pour qui ? a demandé Carla, prise de panique.

– Aucune importance, ai-je répondu, exaspérée.

Qu'avait donc Carla ? Elle était si calme, d'habitude.

– Je croyais que tu voulais savoir ce qu'il y a dans ma valise ?

– C'est vrai. Alors, qu'est-ce qu'il y a dedans ?

– Des vêtements.

– Pour combien de temps ? Les deux années à venir ?

Claudia a levé les yeux au ciel.

– Mais non. Pour le week-end.

J'aurais dû le savoir. Quand nous sommes allées aux Bahamas et à Disney World ensemble, Claudia avait déjà emporté presque toute sa garde-robe.

– Et maintenant, ai-je repris, où étiez-vous passées ?

Kristy a haussé les épaules.

– Je ne sais pas très bien. En descendant du train, on a suivi les gens. On a pris un escalier roulant, traversé des bâtiments et on s'est finalement retrouvées à l'extérieur.

Je n'ai rien dit, mais pour prendre l'escalier roulant, elles avaient dû traverser le hall d'entrée, ce qui signifiait qu'elles avaient dû passer près du bureau des renseignements. J'ai préféré ne pas insister, le principal, c'était que nous étions réunies.

J'ai pris une profonde inspiration, j'ai souri, et leur ai demandé :

– Alors, qu'est-ce que vous voulez faire pour commencer ?

– Eh bien, a aussitôt répondu Mary Anne, j'aimerais voir Central Park et ses quatre cent vingt-deux hectares. Il y a aussi South Street Seaport, que j'adorerais voir, dans le quartier de Wall Street, au sud de Manhattan, avec ses immeubles caractéristiques du XIVe siècle, trois embarcadères et un musée de la Mer.

Mary Anne avait dit ça d'une seule traite, très fière d'elle. Qu'est-ce qui lui arrivait ? Elle parlait comme un guide touristique !

J'ai dû faire une drôle de tête, parce que Kristy a déclaré :

– Je ne sais pas comment elle fait. C'était comme ça pendant tout le trajet et je ne l'ai jamais vue avec un guide dans les mains.

Mary Anne a fait une grimace avant d'enchaîner :

– Et si on allait déjeuner ? On pourrait aller au *Hard Rock Café*, remarquable par toutes sortes de...

– Le *Hard Rock Café* ? a fait Carla. Ce n'est pas dans un quartier dangereux au moins ?

– Carla, ça va ?

– Oh, oui. C'est juste que je ne suis jamais venue à New York. En Californie, on ne vivait pas non plus dans une grande ville. Hier soir, aux informations, et j'ai entendu qu'il y avait eu deux meurtres à New York et qu'un immeuble s'est effondré sur quelqu'un.

– J'ai aussi entendu dire qu'un type était tombé dans une bouche d'égout et s'était fait dévorer par des alligators et des rats, a renchéri Kristy.

– Vraiment ? s'est à moitié étranglée Carla.

– Mais non, c'est pour te taquiner.

– Tu es sûre ? a insisté Carla. On raconte qu'il y a des alligators dans les égouts. Et des pickpockets.

– Dans les égouts ?

– Non. Dans les rues. Et des clochards, des agresseurs, des voleurs à la tire, et des rats et des cafards.

– Et si on allait manger ? ai-je fait pour couper court à la conversation dont la tournure ne me plaisait pas du tout. Vous devez mourir de faim. Je crois que le *Hard Rock Café* est une bonne idée. On pourrait prendre le bus...

– Avec ça ? a objecté Claudia en désignant sa valise.

J'ai poussé un gros soupir. La valise n'entrerait sans doute pas dans un bus, ni même au *Hard Rock Café*.

– Je pense qu'il vaudrait mieux passer d'abord chez moi pour la déposer. Mais ce n'est pas du tout sur le chemin.

Claudia avait l'air penaud.

– Je ne pourrais pas la laisser quelque part ? Dans une consigne ?

– Pas si tu tiens à la retrouver. Il va falloir trouver un taxi qui accepte de nous prendre toutes les cinq avec cette valise. On va devoir laisser un énorme pourboire. Une fois qu'on aura déposé les bagages chez moi, on prendra un bus pour aller au restaurant.

– Je paierai le taxi, a déclaré Claudia en tirant sa valise dans les escaliers.

La valise avait des roulettes. La honte. Comment n'avais-je pas remarqué les roulettes ? Il n'y a que les grands-mères pour avoir des valises à roulettes !

On a réussi à sortir de la gare tant bien que mal. À peine dehors, Carla a poussé un cri.

– Quoi ? Qu'est-ce qu'il y a ?

– Là-àà !

Elle a désigné un tas d'ordures d'où sortait une queue rose, qui s'est aussitôt mise à remuer.

Au bout de la queue, il y avait une petite souris. Kristy s'est mise à rire, et Mary Anne lui a donné un coup de coude.

J'ai préféré les ignorer et j'ai hélé un taxi.

Heureusement, le chauffeur était sympa et il a chargé la valise de Claudia dans son coffre et a bien voulu nous prendre toutes les cinq. Elles se sont entassées à l'arrière tandis que je me suis installée à l'avant, à côté de Philippe, le chauffeur. Quand on est arrivé devant mon immeuble, le portier a eu la gentillesse de garder les bagages devant le bureau du concierge, ce qui nous a évité de monter chez moi. Puis, on est enfin allées manger.

④

Cher David,

New York est une ville effrayante. Je ne crois pas qu'elle te plairait. Il y a des gens partout. Voilà ce qui arrive quand on entasse huit millions de personnes dans un si petit endroit. Pour pouvoir caser tout le monde, ils ont construit des tours immenses. Dans cinquante ans, les gens habiteront sûrement au trois centième étage !

Aujourd'hui, j'ai vu un énorme rat et une femme qui fouillait dans les poubelles. Elle a trouvé un reste de hamburger et l'a mangé, comme ça ! Beurk.

Bisous,
Carla

– Oh, mon dieu ! s'est écriée Claudia. Regardez ça ! Mais regardez ça !

Nous étions arrivées devant le *Hard Rock Café*. Je dois reconnaître que la façade est plutôt spectaculaire, avec l'arrière d'une Cadillac suspendue au-dessus de l'entrée et arborant une plaque minéralogique où est écrit « Dieu est mon copilote ». C'est un endroit super cool. Mais j'aurais aimé que mes amies ne manifestent pas leur admiration aussi bruyamment. On aurait dit des touristes.

– Tu as réservé ? m'a demandé Mary Anne.

– Non, ils ne prennent pas de réservations.

– Oh, j'espère que nous trouverons une table, a fait Kristy sans quitter la Cadillac des yeux.

– J'espère, mais il faudra attendre un peu. Le week-end, il faut faire une queue de quarante minutes sur le trottoir. Venez.

– Quarante minutes ! ai-je entendu Carla murmurer, les yeux ronds.

Je me suis approchée de l'homme derrière le comptoir à l'entrée.

– Cinq couverts, s'il vous plaît.

– Oh, tu parles comme une adulte ! a gloussé Mary Anne. Je l'aurais tuée.

– Dans cinq minutes environ, a répondu l'homme. Merci de patienter sur le côté, votre table sera bientôt prête.

– Très bien, merci.

Nous avons donc attendu les yeux rivés sur la salle. Il y a des tas de trucs terribles à voir.

– C'est exactement comme je l'avais imaginé, a soupiré Mary Anne.

Claudia et moi avons échangé un sourire.

C'est vrai que ce restaurant est intéressant à voir.

D'abord, il est immense. Et puis, c'est une espèce de temple du rock. Il y a des tas de souvenirs accrochés aux murs. Des guitares ayant appartenu à U2, un poster de Bono. Plein d'autres guitares, et des tas de pancartes avec des messages super cool, comme «vous n'êtes pas ici» (Kristy a ri bêtement en la voyant), «tu aimes qui? aimer tout le monde est bon pour tout le monde», et partout sur les menus, les murs, ces mots : «sauvez la planète».

– Ça fait un peu années soixante, ici, non? a fait remarquer Carla.

– En fait, a aussitôt enchaîné Mary Anne, le *Hard Rock Café* a été construit... Mais vous ai-je dit qu'il y en a à Dallas, Londres, Tokyo, Stockholm...

À mon grand soulagement, un serveur est venu nous guider vers notre table et nous n'avons pas dû écouter les interminables explications de Mary Anne. Nous étions installées sous une niche en verre où il y avait une paire de bottes noir et blanc à semelles compensées. Une plaque de cuivre indiquait Chubby Checker.

– Chubby Checker? a lu Carla sans comprendre.

Tout le monde a haussé les épaules, même Mary Anne, qui nous a épargné un truc du genre «Chubby Checker. Vous ne savez pas qui c'est? C'était un groupe qui accompagnait Elvis Presley en 1956.»

Une serveuse qui, d'après son badge, s'appelait Meddows, s'est avancée vers nous et nous a tendu des menus.

– Oh, génial! s'est exclamé Mary Anne, qui avait déjà dû répéter ça au moins six mille fois depuis son arrivée.

On a étudié les menus, et Meddows est revenue prendre nos commandes.

– Je prendrai de la salade d'avocats au pamplemousse, a dit Carla qui n'a pas pu s'empêcher d'ajouter : Ça me rappelle tellement la Californie.

– Moi, le sandwich au rôti de porc, a fait Claudia.

– Moi aussi, a déclaré Mary Anne.

– Pour moi, ce sera la salade du chef, ai-je annoncé.

– Et pour moi, a fait Kristy, un fillette mignon.

– Un quoi ?

La serveuse a souri.

–Je vois ce qu'elle veut dire, ne vous inquiétez pas.

Elle a écrit quelque chose sur sa fiche, a noté ensuite les boissons avant de s'éloigner.

– Kristy, ai-je murmuré d'un ton de reproche, on dit « filet mignon », c'est un plat français.

– Désolée, a soupiré Kristy en haussant les épaules.

J'étais morte de honte. Nous étions dans un des endroits les plus branchés de tout New York, et mes copines n'arrêtaient pas de se faire remarquer.

J'avais envie de ramper sous la table et de mourir...

Le repas s'est déroulé sans autre incident et on a payé l'addition. Mais nous ne sommes pas parties tout de suite. À la sortie, il y avait un petit stand où l'on vendait des T-shirts avec *Hard Rock Café* écrit dessus. Mary Anne s'y est précipitée.

– Ooh, regardez ! Il faut absolument que j'achète un T-shirt pour Logan. Je lui ai promis de lui rapporter un souvenir de New York.

Mary Anne a donc acheté un T-shirt pour Logan, et un

pour elle, puis Kristy, Claudia et Carla en ont pris pour elles et pour Mallory et Jessica. Elles ont même réussi à me convaincre d'en acheter un.

– Ça pourrait être l'uniforme du club, a lancé Kristy. Nous porterions ces T-shirts à nos réunions.

– Trop cool! a acquiescé Mary Anne.

Le vendeur nous regardait d'un air amusé.

Je ne savais plus où me mettre.

Quand enfin, on s'est retrouvées dehors, un clochard nous a barré le chemin. Il tendait une petite coupelle.

– Une petite pièce, s'il vous plaît.

Mary Anne s'est tournée vers moi, d'un air interrogateur tandis que Kristy ouvrait déjà son sac à main pour sortir son porte-monnaie.

Je le lui ai pris des mains pour le fourrer au fond de son sac et j'ai fait signe à mes amies de s'éloigner de l'homme.

– N'ouvre jamais ton sac en pleine rue, surtout quand quelqu'un te demande de l'argent, l'ai-je tancé.

– Mais il avait l'air d'en avoir besoin...

– Je sais, ai-je fait plus gentiment. Moi aussi, ça me fait mal au cœur. Mais ouvrir ton sac, c'est le meilleur moyen de te faire voler. Il aurait pu t'arracher ton porte-monnaie et s'enfuir. Ou quelqu'un d'autre aurait pu en profiter. Vous êtes à New York, ici, les filles, faites attention.

Carla est devenue toute blanche. J'ai bien cru qu'elle allait s'évanouir.

– Bon, qu'est-ce qu'on fait maintenant? a demandé Mary Anne pour faire diversion. Et si on allait dans les grands magasins, ou au musée d'Art moderne? Tu voulais y aller, pas vrai, Claudia? Et après ça...

– Attendez. Il est plus tard que je ne le pensais.

Je n'ai pas précisé que c'était parce que nous avions perdu beaucoup de temps à la gare et que nous avions dû faire un détour par chez moi à cause de la valise de Claudia.

– Il va falloir choisir une seule chose. Ensuite, il faudra rentrer chez moi pour préparer la fête de ce soir. Oh, et j'ai encore un truc à faire, mais je vous expliquerai plus tard.

– Une seule chose? a fait Claudia, déçue. J'imagine que je suis la seule à avoir envie d'aller au musée.

Elle avait raison. Toutes les autres voulaient faire du shopping, alors nous sommes allées chez *Bloomingdale's*.

Franchement, je dois dire que je ne raffole pas de ce magasin, il y a toujours un monde fou et même quand il fait dix degrés dehors, il en fait deux cent trente-six à l'intérieur.

Mais les filles étaient en extase. C'est gigantesque. Moi, je m'y sens totalement perdue. Et il y a tellement de choses à voir qu'on ne sait plus où regarder. Des comptoirs, des présentoirs à n'en plus finir. Les bijoux, les vêtements, les fourrures, la lingerie, les jouets, les meubles, les articles ménagers, les appareils électriques, il y a de tout. Des vendeurs viennent vers vous, vous donnent des échantillons ou vous font des offres spéciales. On se sent facilement submergé.

Nous nous sommes promenées dans le rayon parfumerie, et une démonstratrice nous a aspergées de parfum. Nous avons essayé des eaux de toilette en les vaporisant sur nos poignets, comme les adultes.

Ça a été le dernier bon moment de notre expédition.

Alors que nous étions en train de tester des gloss à lèvres, un agent de la sécurité du magasin a surgi derrière

Mary Anne. Il lui a demandé d'ouvrir son sac. Elle a obéi, et il en a sorti un pot de fard à paupières à demi vide.

– Je crois que ceci appartient au stand Clinique, mademoiselle.

– Je... Je croyais que c'était un échantillon.

Tout le monde nous regardait.

– Ces produits sont là pour qu'on puisse les essayer, pas pour qu'on les emporte, lui ai-je expliqué.

Heureusement que l'agent était gentil et qu'il nous a laissées partir, en se contentant de nous prévenir que cela ne devait plus se reproduire. Je suis sûre qu'il nous a prises pour des provinciales demeurées, ce en quoi il avait raison aux quatre cinquièmes.

Après cet incident très embarrassant, Carla s'est pris les pieds dans l'Escalator et a failli faire tomber tout le monde. Sans compter que partout où nous allions, Kristy poussait des exclamations du genre : « Vous avez vu comme c'est cher ! À Stonebrook, ça coûterait moitié moins » ou « Mary Anne, viens voir. Regarde ça : cent soixante dollars pour une paire de chaussures ! »

J'ai croisé les doigts en espérant que nous allions sortir du magasin vivantes.

(5)

Cher papa, maman, Mimi et Jane,
Bonjour! Comment allait-vous? Moi, ça va. New York
est super. Les gens sont super aussi. On a l'impression d'être
dans un magazine de mode tellement ils sont bien habillé. On
est allé au Hard Rock Café, un restaurant branché, et après
dans un grand magasin. J'ai acheté des chaussettes et Mary
Anne a failli se faire arrêter, mais ne le dite pas a son père.
On a aussi rencontré les enfants qu'on va garder demain. Ce
soir, Lucy organise une fête pour nous dans son apartement.
Je vous embrasse,
Claudia

L'autre chose que nous devions faire, mes amies et moi,
avant de nous préparer pour la fête, c'était de rendre visite

aux enfants que nous allions garder le lendemain. J'avais promis à leurs parents de leur présenter mes amies. Ils étaient un peu inquiets et je peux comprendre pourquoi. Ce n'est pas parce que je leur avais dit que nous avions créé un club de baby-sitting qu'ils devaient d'emblée faire confiance à Kristy, Mary Anne, Claudia et Carla. Mais ils avaient confiance en moi. Tout ce qu'ils voulaient, c'était faire la connaissance des autres. Donc, à notre retour, nous avons déposé nos affaires dans ma chambre puis nous sommes montées au vingtième étage. Il valait mieux commencer par le haut et descendre au fur et à mesure.

– Salut, maman, ai-je lancé, tandis que je rassemblais mes amies dans l'entrée.

– Bonjour, les filles, a dit maman. Amusez-vous bien et faites bien attention.

– Ne t'inquiète pas !

J'ai appelé l'ascenseur.

– On ne pourrait pas prendre les escaliers ? a demandé Carla au bout d'un moment.

J'ai secoué la tête.

– Si on va jusqu'au vingtième par les escaliers, on ne pourra plus jamais marcher.

– Mais… tu n'es jamais restée coincée dans l'ascenseur ?

– Jamais. Tu n'es pas claustrophobe, quand même ?

– Elle est anxieuse de naissance, est intervenue Kristy. Voyons, Carla, il y a des choses pires que d'être coincée dans l'ascenseur. Qu'est-ce que ça serait si le câble se cassait et que la cabine s'écrasait au sous-sol ?

– Kristy ! nous sommes-nous exclamées en chœur, à part Carla, qui était pétrifiée de peur.

L'ascenseur est arrivé et on a dû promettre à Carla qu'il n'y avait aucun danger.

Comme c'est le cas dans de nombreux immeubles anciens, il y a au dernier étage un seul grand appartement. Sur mon palier, il y a six appartements, c'est dire la taille de celui de M. et Mme Reames! En plus, l'ascenseur arrive directement dans leur entrée, qui est décorée de tableaux, de vases et de tas de choses. Bien entendu, la porte entre le hall et l'appartement lui-même a au moins trente-cinq verrous, mais c'est génial de sortir de l'ascenseur et de se retrouver dans un endroit aussi chic. Aux autres étages, quand vous sortez de l'ascenseur, vous êtes dans un couloir vide avec rien d'autre que les portes des appartements et celle du vide-ordures.

– Bon, c'est le plus grand et le plus cher des appartements de l'immeuble, ai-je prévenu les autres. M. et Mme Reames sont très riches et ils ont beaucoup d'objets de valeur. Ils sont gentils, mais ne touchez à rien.

– On va bien se tenir, a fait Claudia, espiègle.

– Ils n'ont qu'un enfant, Leslie. Elle a quatre ans. Elle ressemble un peu à Jenny Prezzioso, vous voyez ce que je veux dire.

– Encore une gamine gâtée? a soupiré Mary Anne.

– Un peu difficile... mais pas méchante.

La bonne est venue nous ouvrir.

– Bonjour, Martha.

– Bonjour, Lucy. Entrez. Leslie meurt d'envie de vous voir.

Les filles sont restées bouche bée.

– Vous avez vu? On dirait un musée, a fini par murmurer Kristy.

Je crois que Martha a fait semblant de ne pas entendre.

167

Mais c'est vrai que l'appartement des Reames ressemble à un musée. C'est encore plus luxueux que dans le quartier résidentiel où habite Kristy. Mais ce n'était pas une raison pour s'extasier comme des bécasses. On aurait dit qu'elles n'avaient jamais vu d'objets d'art.

– Lucy !

La petite Leslie s'est jetée à mon cou. Quand je dis la petite Leslie, c'est qu'elle est vraiment toute petite. Elle pesait moins de deux kilos à la naissance, parce qu'elle est née prématurément et elle n'a toujours pas rattrapé les enfants de son âge. Elle est toute menue, avec des bras et des jambes tout fins.

Mais elle compense sa petite taille par une langue aussi bien pendue que celle de Kristy.

– Hello, Leslie !

Ses parents sont arrivés et j'ai fait les présentations. Après quoi, les Reames m'ont répété pour la énième fois la liste des recommandations.

– N'oubliez pas son allergie au froment, a rappelé Mme Reames.

– Et elle devra absolument garder son manteau tout le temps demain, a ajouté son mari.

– Même à l'intérieur ? ai-je entendu Kristy souffler à l'oreille de Mary Anne.

– Elle ne doit pas trop courir, a repris Mme Reames.

Leslie y est allée de son grain de sel :

– Et faites attention aux chiens.

Mes amies avaient dû subir l'examen avec succès, puisqu'au final M. Reames a déclaré :

– Martha déposera Leslie chez vous vers midi moins le quart environ, Anastasia.

M. Reames est adorable, mais il a la mauvaise manie de m'appeler par mon premier prénom.

Les filles, qui n'avaient quasiment pas dit un mot, ont attendu d'être dans l'ascenseur pour faire des commentaires.

– Wouah! s'est exclamé Mary Anne. Une allergie au froment.

– Ne pas trop courir? a fait Carla d'un air perplexe, oubliant complètement qu'elle se trouvait dans un ascenseur.

– Ils n'ont pas l'air commode, a ajouté Claudia. Qu'est-ce qu'ils sont angoissés!

Kristy m'a lancé un clin d'œil.

– N'est-ce pas, Anastasia?

Elle riait tellement, qu'elle s'est écroulée par terre. On a été obligées de la tirer par les pieds une fois arrivées au dix-huitième étage.

– Bon maintenant, on se calme, l'ai-je grondée alors que nous approchions de l'appartement 18 E.

Une séduisante jeune femme noire est venue nous ouvrir.

– Bonjour, madame Walker. J'ai amené mes amies pour qu'elles fassent connaissance avec Henry et Grace.

Mme Walker nous a souri et nous a fait entrer dans un appartement disposé exactement comme le nôtre, mais dont la décoration n'avait rien à voir avec le nôtre. M. et Mme Walker sont tous les deux artistes et ils travaillent chez eux. Ils ont transformé leur salle à manger en atelier. Leur appartement est rempli d'œuvres d'art contemporain, de tableaux, sculptures et tapisseries. Certaines me plaisent, d'autres non, mais c'est peut-être parce que je ne les comprends pas.

– Henry! Grace!

Quelques instants plus tard, deux petites têtes sont apparues à la porte de la cuisine.

– Ils sont timides, ai-je expliqué à mes amies avant de dire à voix haute : Devinez ce qu'on va faire demain, les enfants ? On va aller au Muséum d'histoire naturelle voir les dinosaures. Et si on a le temps après, on ira se promener dans Central Park.

Le visage des enfants s'est illuminé. Ils sont sortis de la cuisine.

– Voici Kristy, Mary Anne, Claudia et Carla. Je vous présente Henry, qui a cinq ans, et Grace, trois.

Grace a confirmé en levant trois doigts.

– J'aurai bientôt six ans, a précisé Henry dans un murmure

M. Walker est sorti de l'atelier à ce moment-là. Il était couvert de peinture et j'ai compris que nous l'avions interrompu en plein travail, mais il a souri et nous avons bavardé un moment avec lui et sa femme. Un quart d'heure plus tard, on a repris l'ascenseur. Mary Anne paraissait sous le choc.

– Je n'arrive pas à y croire. Mme Walker est illustratrice. J'ai rencontré une célébrité.

– Vous avez vu ce tableau au-dessus de leur canapé ? a demandé Claudia. Il est génial. J'aimerais bien pouvoir discuter d'art avec eux. M. Walker a même fait une exposition à New York, vous vous rendez compte, c'est dément !

Nous nous en rendions compte, oui, mais nous n'avions pas vraiment le temps d'en parler, car nous devions nous arrêter au seizième étage.

– Les Golding, ai-je annoncé. Deux filles. Natalie a dix ans et Peggie huit. Natalie sera la plus âgée du groupe, demain. Attendez de voir l'appartement des Golding. Mais surtout, ne dites rien. Ah et il n'y a pas de Mme Golding. Les parents sont divorcés et les enfants vivent avec leur père, d'accord ?

– D'accord, a dit Kristy, qui pense toujours que c'est à elle qu'on s'adresse quand on recommande de se taire.

Je savais que les petites Golding étonneraient mes amies, et ça n'a pas loupé. Ce sont des petites New-Yorkaises, très futées et débrouillardes. Elles ne sont pas insolentes, je dirai plutôt qu'elles ont de la répartie. Je devais beaucoup leur ressembler quand j'étais petite.

Natalie nous a ouvert la porte. L'appartement des Golding est entièrement décoré en noir et blanc avec des meubles en chrome tout à fait hideux. Comme je les avais prévenues, les filles n'ont fait aucun commentaire.

M. Golding est venu nous rejoindre et nous avons discuté de notre expérience de baby-sitting et de ce que nous avions prévu de faire le lendemain. Puis Natalie et Peggie nous ont parlé du groupe de théâtre créatif dont elles font partie.

– Nous exprimons nos émotions à travers des actions, a déclaré Peggie.

– Nous avons appris que le théâtre est en fait une représentation de la vie, a renchéri Natalie.

Une fois dans l'ascenseur, Kristy a exprimé ses craintes :

– J'espère que Natalie et Peggie pourront se contenter de quelque chose d'aussi terre à terre que des squelettes de dinosaures dans un musée.

On a gloussé. Puis nous sommes descendues au huitième, pour aller chez les Barrera. J'ai présenté mes amies à Carlos, neuf ans, Blair, sept ans, et Cissy, cinq ans. Cissy connaît Leslie Reames et ne peut pas la supporter. Puis nous sommes allées au cinquième, notre dernier arrêt.

171

– Il n'y a pas d'autres célébrités dans l'immeuble, Lucy ? a voulu savoir Mary Anne.

– Mary Anne, c'est un immeuble normal, tu sais. Nous avons déjà la chance d'avoir M. et Mme Walker. Si tu espères voir des stars de cinéma, tu peux faire une croix dessus.

– Désolée, a fait Mary Anne, vexée.

Dennis et Sean Deluca, neuf ans et six ans, étaient les derniers enfants que nous devions voir cet après-midi. Les Deluca ne vivent pas à New York depuis très longtemps et, d'une certaine façon, Dennis et Sean sont un peu dans la même situation que mes amies : tout était nouveau pour eux... et beaucoup de choses les effrayaient. Je me suis dit qu'il ne fallait surtout pas laisser Carla trop longtemps avec eux. Enfin, nous avons repris l'ascenseur pour regagner mon appartement.

– Tu sais, m'a dit Claudia, je viens de penser à un truc. Il fait beau aujourd'hui, et tous ces enfants sont cloîtrés dans leur appartement...

– Je sais, mais il n'y a pas d'aire de jeux à proximité.

– Je croyais que Central Park n'était pas loin, est intervenue Carla.

– Oui, mais les enfants ne peuvent pas y aller seuls, même à l'âge de Natalie. Ce n'est pas prudent. C'est pour ça qu'ils ont hâte d'être demain. Le muséum et le jardin, deux sorties en une seule journée ! Maintenant, venez. Nous avons une fête ce soir !

6

Cher papa,

New York est absolument fabuleux. Est-ce qu'on pourrait venir y vivre ? Je plaisante, bien sûr. Nous avons rencontré une célébrité. Deux, en fait : M. et Mme Walker. Ce sont des artistes. M. Walker a fait une exposition et Mme Walker illustre des livres. Bon, je vais te laisser car je dois me préparer pour la fête que Lucy a organisée pour nous. Ne t'inquiète pas, ses parents seront là. Demain, nous emmènerons les enfants au Muséum d'histoire naturelle et à Central Park. Je sais tout ce qu'il faut savoir dessus. J'ai hâte d'y être.

Je t'embrasse,

Mary Anne

– Bon, il est dix-sept heures. J'ai dit aux invités de venir vers dix-neuf heures, nous avons donc deux heures pour tout préparer. Il faut s'occuper des sandwiches, choisir les CD que nous passerons et nous habiller. Ah, Laine arrivera dans une heure pour nous aider, alors il vaudrait peut-être mieux nous habiller d'abord.

– Laine vient plus tôt ? s'est étonnée Claudia.

Laine est ma meilleure amie ici, à New York. Claudia était ma meilleure amie à Stonebrook. Chacune connaît l'existence de l'autre, mais elles ne se sont jamais rencontrées. Ce soir, ce sera la première fois. J'étais certaine qu'elles s'entendraient bien, puisque moi, je les aimais autant l'une que l'autre ; mais, quand j'y réfléchissais, je me rendais compte qu'elles n'avaient pas grand-chose en commun. Laine est un peu surdouée, Claudia est sans doute intelligente, mais elle ne réussit pas en classe. Claudia aime tout ce qui touche à l'art et à l'artisanat, Laine les films étrangers. Claudia lit des romans d'Agatha Christie, Laine de la poésie française. Claudia raffole des frites et des trucs sucrés, Laine préfère la cuisine raffinée. Malgré tout, je savais que Claudia et Laine s'entendraient à merveille. Et puis, elles avaient au moins un point commun : moi !

– Je voulais que Laine et toi fassiez connaissance avant le début de la soirée. Et puis, Laine vient toujours m'aider quand il y a une fête.

Claudia a hoché la tête.

– Allons nous habiller, a suggéré Mary Anne.

– Ça veut dire que je dois me lever ? a gémi Carla.

Nous étions étendues par terre dans le séjour et Carla paraissait épuisée.

– Oui, lui a répondu Mary Anne. Kristy, Claudia et Carla, vous allez mettre ce que Lucy vous dira. J'en ferai de même.

– Ce que Lucy vous dira ? ai-je répété sans comprendre. Vous pouvez mettre ce que vous voulez.

– Ah, non, a rétorqué Mary Anne. Pas question. Nous sommes à New York. Je ne veux pas qu'on ait l'air de ploucs.

– Et si on mettait nos T-shirts du *Hard Rock Café* ? a fait Kristy avec enthousiasme. On ne peut pas trouver plus new-yorkais.

Mary Anne l'a fusillée du regard.

– Toi surtout, Kristy, tu ne portes que ce Lucy te dira de mettre.

– J'espère qu'elle dira qu'un jean, un sweat-shirt et des tennis feront l'affaire, parce que c'est tout ce que j'ai apporté. Et d'abord, qui t'a nommée directrice en chef de la mode ?

– Et si je vous disais de mettre une robe de chambre, des chaussures à semelle compensée et une casquette avec un moulin à vent en papier au sommet ? ai-je lancé pour détendre l'atmosphère.

– Lucy, c'est sérieux, m'a grondée Mary Anne. Tu n'as pas peur de ce que vont penser tes copines new-yorkaises de nous ?

– Non. Mais si tu y tiens, Mary Anne, je vais te dire ce que tu dois mettre. Voyons ce que vous avez apporté.

J'ai jeté un coup d'œil sur la tonne de vêtements de Claudia. Il y avait au moins une vingtaine de tenues.

– Et si tu as besoin d'emprunter quoi que ce soit, je suis sûre que Claudia a ce qu'il faut.

– Lucy, a aussitôt contre-attaqué Claudia, pour ton in...

– Hé, hé, l'a interrompu Carla, tout le monde se calme.
On perd du temps. Habillez-vous et c'est tout.

Une demi-heure plus tard, tout le monde était prêt. Peut-
être pas tout à fait, mais du moins nous étions habillées.
Mary Anne nous considérait toutes d'un œil critique.

– Kristy, emprunte une autre tenue à Claudia.

Kristy portait un jean, un sweat rouge et des tennis.

– Claudia et moi ne sommes pas exactement de la même
taille, a objecté Kristy, qui est non seulement très petite,
mais complètement plate. Maintenant, fiche-moi la paix
avec ça.

– Bon, bon... Lucy, est-ce que Kristy peut rester comme
ça ?

– Évidemment.

Mary Anne a poursuivi son inspection. Claudia avait mis
l'ensemble dont nous avions parlé au téléphone. Et elle
s'était coiffée simplement, pour une fois, les cheveux bros-
sés en arrière et retenus par un bandeau blanc orné de
perles. Carla avait choisi une robe-tunique couleur pêche et
des ballerines noires. Quant à moi, je portais une mini-robe
jaune bouffante, des petites socquettes jaunes et ces nouvelles chaussures que mes parents détestent. C'était une tenue
que j'avais improvisée pendant que nous nous préparions.

Et que portait Mary Anne, notre critique de mode ? Eh
bien, pour vous donner une idée, elle semblait sortir tout
droit de *La Petite Maison dans la prairie*. Je lui avais choisi
un sweat-shirt turquoise près du corps et un pantalon noir.
Elle les avait regardés, avait secoué la tête et les avait remis
dans sa valise, pour prendre une blouse blanche à volants,

une longue jupe imprimée et des petites bottines marron. L'ensemble était très comme il faut, mais...

Mary Anne était la seule de mes amies qui avait vraiment l'air de débarquer du Connecticut. Mais comme on voyait bien que ces vêtements étaient neufs et qu'elle tenait absolument à les porter, aucune de nous n'a fait de réflexions, malgré ses remarques à elles.

– Bien, ai-je repris sur un ton enjoué. Puisque tout le monde est reçu à l'examen, venez. On ferait bien de s'occuper de la cuisine. Claudia, est-ce que tu veux te charger de choisir les CD ? Tu n'auras qu'à mettre ceux qui te semblent bien près de la chaîne, avant de nous rejoindre, d'accord ?

– D'accord.

Je savais qu'elle serait contente d'avoir cette responsabilité.

Mary Anne, Carla et Kristy m'ont suivie dans la cuisine. On a mis des chips, des biscuits salés, des cubes de fromage et des friandises dans des coupes ou sur des assiettes.

– Maman ?

Maman était là, mais elle préférait rester dans le bureau, pour nous laisser tranquilles.

– Oui ?

– Tu as rappelé à papa qu'il devait rapporter les sandwiches ?

– Je lui ai téléphoné cet après-midi. Il les apportera en rentrant ce soir.

– Entendu. Merci !

Je n'avais pas invité mes amis à dîner, mais je savais que la plupart d'entre eux seraient affamés, surtout les garçons.

– Lucy ? Qu'est-ce qu'on fait, dans une fête, à New York ?

J'ai essayé de ne pas prendre un air exaspéré.

– Exactement ce qu'on fait à Stonebrook, Mary Anne.

On a sonné à la porte au même moment.

– Ce doit être Laine !

D'habitude le portier sonne chez nous quand quelqu'un arrive et nous allons à l'interphone demander qui c'est. Mais Laine vient si souvent que le portier la connaît et la laisse monter sans nous prévenir. Je me suis précipitée à la porte.

– Laine ?

– C'est moi !

Je lui ai ouvert.

– Salut ! Je suis contente que tu sois là ! Entre, je vais te présenter mes amies.

J'ai fait les présentations, en gardant Claudia pour la fin.

– Et voici Claudia Koshi. Laine, Claudia. Claudia, Laine.

Laine a enlevé son manteau sous le regard observateur des filles. Je savais qu'elles se demandaient ce qu'elle portait... Eh bien, même moi, j'ai été surprise.

Laine était plus que chic. Elle avait choisi une robe noire et courte, des bas noirs et des bottines noires à talons plats. Elle portait un bracelet en argent et avait épinglé sur sa robe une petite broche en argent également. Ses cheveux châtains ondulaient sur ses épaules.

Elle était magnifique et paraissait au moins dix-neuf ans. Mes amies sont restées sans voix. Claudia n'était pas mal non plus, mais elle ne paraissait pas plus de quinze ans.

– Alors, vous êtes les membres du Club des baby-sitters, a fait Laine en souriant. Lucy m'a parlé de vous.

– Elle nous a parlé de toi aussi, a dit Claudia. C'est bien

avec toi qu'elle s'est disputée quand elle a appris qu'elle était diabétique, non ?

C'était vrai, Laine et moi nous nous étions disputées, mais où Claudia voulait-elle en venir ? Je l'ai fixée du regard, les sourcils froncés.

– Et c'est bien toi avec qui elle s'est disputée quand votre petit club a failli fermer ? a aussitôt riposté Laine.

Oh non ! La soirée s'annonçait comme une grosse erreur.

7

Chère maman,

Ce soir, Lucy a donné une fête chez elle. Nous avons fait la connaissance de ses amies new-yorkaises. Le choc des cultures ! Elles étaient gentilles, mais on a eu du mal à s'entendre. Et toi, te disputais-tu avec tes amies quand tu avais mon âge ? Peut-être pourrions-nous en parler quand je rentrerai.

Tu recevras sans doute cette lettre après mon retour.

New York n'est pas si horrible que ça, mais cette soirée l'était un peu.

Je t'aime,

Carla

P.S.: Ici, ils ont des portiers pour éloigner les assassins.

Je dois reconnaître que je me suis sentie bien embêtée pour Carla et Kristy ce soir-là. Vous avez déjà dû comprendre que la fête ne s'est pas très bien passée. Chacune de mes amies faisait tout pour m'exaspérer. Mary Anne était insupportable. Elle prétendait être incollable sur New York et essayait d'impressionner tout le monde. Claudia et Laine n'arrêtaient pas de s'envoyer des piques. J'ai été naïve de croire qu'elles s'entendraient bien. Chacune savait que l'autre était ma meilleure amie, alors elles étaient jalouses.

J'aurais dû le prévoir.

Pour être honnête, Carla et Kristy me rendaient folle, elles aussi. Carla avait peur de tout et Kristy ne réfléchissait jamais avant de parler. Mais j'étais quand même désolée pour elles à la fin de la soirée, et vous allez comprendre pourquoi.

Laissez-moi d'abord en revenir à l'arrivée de Laine. J'avais du mal à croire que Claudia avait pu lui dire ça. Si elle était jalouse de Laine, pourquoi ne me l'avait-elle pas dit avant ? Mais, voilà, Laine n'est pas du genre à se laisser faire, alors les choses ne pouvaient que s'envenimer.

Carla, Mary Anne, Kristy et moi nous sommes consultées du regard, inquiètes, et j'étais sur le point de confier à Laine une tâche dans la cuisine quand Mary Anne a déclaré :

– Laine, Lucy dit que tu viens d'emménager dans un super immeuble, le Dakota, situé entre la Soixante-douzième Rue et Central Park, construit en 1884. Ce n'est pas là qu'a été tourné le film *Rosemary's Baby* ?

Laine l'a dévisagée comme si c'était un extraterrestre.

– Je... Je ne sais pas. Je crois que l'histoire se passe en effet dans mon immeuble, mais je n'ai jamais vu le film ni lu le livre. Je n'ai pas le droit.

– Vraiment ? Moi non plus, a déclaré Mary Anne en hurlant presque. Ça nous fait un point commun. J'ai entendu dire qu'il y avait des gens célèbres dans cet immeuble. Tu les connais ?

Laine m'a lancé un regard interrogateur. J'avais envie de ramper sous le canapé. Mary Anne était surexcitée.

– Il y a eu John Lennon. Il vivait au septième étage. Et Yoko Ono y est toujours.

J'ai bien cru que Mary Anne allait s'évanouir.

– Tu plaisantes ? Non, tu ne plaisantes pas !

– Seigneur, a marmonné Claudia, qui ajouta à haute voix : devine qui habite à Stonebrook, dans le Connecticut, Laine ?

– Qui ?

– Hubert von Knuffelmacher.

– Je... je ne sais pas qui c'est.

– Normal. Personne ne le sait.

Je ne savais pas ce que Claudia avait derrière la tête, et je ne voulais pas le savoir.

– Regardez l'heure ! ai-je fait pour changer de sujet. Les autres ne vont pas tarder à arriver. Claudia et Carla, vous voulez bien débarrasser la table du séjour, puis disposer les assiettes en papier dessus ? Mary Anne, je te laisse ouvrir quelques bouteilles de jus de fruits. Tu n'auras qu'à les poser près des gobelets. Oh, il faudrait mettre des glaçons dans le seau aussi. Quant à vous deux, Kristy et Laine, venez m'aider à la cuisine.

Comme chacune avait quelque chose à faire, la demi-heure qui a suivi s'est passée sans incident, personne n'a pipé mot. L'ambiance était glaciale. J'ai mis de la musique pour détendre l'atmosphère, mais cela n'a rien changé. Puis papa est arrivé avec les sandwiches. Ils étaient gigantesques, alors on les a découpés en morceaux plus petits. À peine avions-nous fini les préparatifs qu'on a sonné à l'interphone.

– Super ! Le premier invité !

– Je croyais que c'était moi ta première invitée, m'a fait remarquer Laine.

– Je croyais que c'était nous, les premières invitées. Tu sais ? Le Club des baby-sitters ? a renchéri Claudia d'un air renfrogné.

J'ai préféré ignorer leur remarque pour courir vers l'interphone.

– Oui ?

– Jim Fulton est là, m'a annoncé Isaac.

– Merci. Isaac, à partir de maintenant, vous pouvez laisser monter toutes les personnes qui sont sur la liste que je vous ai donnée, vous n'avez pas besoin de sonner à chaque fois.

– Bien, mademoiselle. Bonne journée.

Isaac dit toujours ça, qu'il fasse jour ou qu'il fasse nuit.

– Jim Fulton ? a répété Mary Anne soudain prise de panique. Tu n'avais pas dit que tu avais invité des garçons...

– Mais si, je l'avais dit. Pourquoi ?

– Je ne sais pas... Les garçons, à New York...

– Qu'est-ce qui t'inquiète ? Tu as Logan. Tu sais comment te comporter avec les garçons, non ?

183

– J'imagine. De quoi allons-nous parler à...

La sonnerie a retenti et j'ai ouvert la porte. Il y avait Jim Fulton et Pam Marcus (Jim et Pam sont sortis quelquefois ensemble).

– Salut !

Je les ai fait entrer, déposer leurs manteaux dans ma chambre, et les ai présentés à tout le monde.

Les invités sont arrivés les uns après les autres et pendant un bon moment, j'ai été occupée à les accueillir. En plus de Laine et des filles du club, j'avais invité une vingtaine d'amis, dont treize garçons. J'avais peur qu'il y ait trop de filles. Je trouvais que ce serait plus sympa et délicat de ma part. Je ne cherchais pas à caser mes amies. Je voulais juste qu'elles ne restent pas dans leur coin.

Une fois tout le monde arrivé, je suis allée les rejoindre dans le séjour. C'est vrai que dans la plupart des fêtes, les filles et les garçons commencent toujours par faire bande à part. Mais ça ne dure qu'un moment. Les gens finissent en général par se sentir plus à l'aise pour se mélanger.

Ce soir-là, il y avait effectivement deux groupes, mais ce n'était pas les filles d'un côté, les garçons de l'autre. Non, c'était New York d'un côté, Stonebrook de l'autre, à une exception près. Alors que Claudia, Kristy et Carla s'étaient réfugiées sur le canapé et que mes amis new-yorkais s'étaient regroupés près du buffet, Mary Anne bavardait avec Jim et Pam. J'étais contente de voir que certains d'entre eux, au moins, essayaient de faire connaissance. Mais j'ai vite déchanté. En fait, il n'y avait que Mary Anne qui parlait.

– Imaginez... à l'origine, l'Empire State Building, avec

ses quatre cent cinquante mètres de haut, était l'édifice le plus haut du monde. De nos jours, il existe un monument encore plus élevé, le Sears, je pense, mais il n'est même pas à New York.

– Mm-mm, murmuraient poliment Jim et Pam.

Quand Jim a croisé mon regard, il avait l'air de me supplier de le tirer de là. Mais que pouvais-je faire ?

– Et vous avez vu cette maison à deux pas de Bedford Street ? a enchaîné Mary Anne à toute vitesse. Je parie qu'elle est géniale.

– Euh…, a essayé de l'interrompre Jim.

Mais elle ne l'écoutait pas.

– Vous savez cette maison ne fait que trois mètres de large. Edna St Vincent Millay y a vécu. Vous savez ? Le poète.

– Mary Anne, me suis-je interposée, j'ai l'impression que tu n'as encore rien mangé. Viens prendre un sandwich.

– Mais je n'ai pas faim.

Tandis que je l'entraînais de force, j'ai entendu Jim murmurer à Pam :

– Quelle casse-pieds.

J'ai songé prévenir Mary Anne, mais j'ai finalement décidé de ne rien faire. Du moins, pour le moment. Je ne voulais pas lui gâcher sa soirée. Puis, je me suis dirigée vers le canapé.

– Ben, les filles, ai-je dit à Kristy, Claudia et Carla, qu'est-ce que vous faites là ?

– La même chose que les autres, a murmuré Carla en désignant les invités près du buffet, seulement, ils sont plus nombreux… et ils s'amusent.

– Bon, eh bien, ne restez pas là. Allez leur parler. Vous avez oublié comment on fait ? C'est très simple On ouvre la bouche et on laisse sortir les mots.

– Ce n'est pas si simple que ça, et tu le sais, a marmonné Kristy.

– Mais si, ça l'est.

J'ai pris Kristy par le coude et l'ai conduite vers Coby Reese.

Coby et moi sommes amis, pas de grands amis, mais de bons amis, depuis l'âge de un an, depuis l'époque où nos mères nous emmenaient jouer au square ensemble. Coby est très mignon. De plus, c'est un garçon sympa, avec qui il est facile de parler.

– Hé, Coby, l'ai-je appelé pour l'éloigner de Carl Bahadurian, qui s'apprêtait à démontrer que si vous louchez et que quelqu'un vous frappe sur le dos, vous ne loucherez plus. Je te présente Kristy Parker. C'est une grande sportive. Kristy, Coby est le champion de notre équipe de basket-ball. Il détient le record de l'école.

– Vraiment ?

Les yeux de Kristy se sont illuminés. Pas de doute, elle s'intéressait à un garçon ! C'était une grande première.

Je les ai laissés seuls. La soirée se passait tant bien que mal. Mes amis de New York et mes amies de Stonebrook ont fini par se parler. Mais à mesure que la soirée avançait, je me suis rendue compte que Mary Anne pouvait foncer sur un groupe de personnes auxquelles elle n'avait même pas été présentée pour leur demander combien de fois elles avaient pris le ferry de Staten Island. Les autres se consultaient du regard d'un air de dire : « Elle est bizarre. » Et je ne pouvais pas leur en vouloir.

J'ai vu Carla jeter un regard inquiet par la fenêtre et demander à Pam où était la sortie de secours en cas d'incendie.

– Il y en a plusieurs, lui a répondu Pam. L'immeuble est trop haut pour qu'on puisse sortir par l'extérieur. Les escaliers de secours ont une porte à chaque étage.

– Oh, Dieu merci.

Plus tard, j'ai cru que Mary Anne s'était enfin intégrée parce qu'elle papotait gaiement au milieu d'un petit groupe qui, pour une fois, ne paraissait pas s'ennuyer. Je me suis dit qu'elle avait cessé de parler comme un guide touristique. Je me suis approchée.

– ... jamais venue à New York avant. Elle a aperçu une souris et a cru que c'était un rat ! Et elle a une peur bleue de rester coincée dans l'ascenseur. Et elle voit des gangsters partout ! C'est complètement dingue, non ?

Les autres ont éclaté de rire en se tournant vers Carla. Par malheur, Carla se trouvait à proximité, et je savais qu'elle avait tout entendu.

« Mary Anne, attends un peu que je t'attrape », ai-je pensé, furieuse.

Cependant, chacun avait fini par se détendre et beaucoup dansaient. Devinez qui avait dansé le plus longtemps ? Kristy et Coby ! Je n'arrivais pas à le croire. Il y avait au moins une de mes amies de Stonebrook qui s'était sentie à l'aise avec mes copains de New York.

Puis, il y a eu un slow. Kristy a passé ses bras autour du cou de Coby et ils se sont souri. Mais il a fallu que Claudia choisisse ce moment pour taper sur l'épaule de Coby et demander :

– On danse ?

Kristy a fait un pas en arrière. Si les regards pouvaient tuer, Claudia serait morte et enterrée. Sans un mot, Kristy est allée s'affaler sur le canapé et s'est mise à bouder.

Il était vingt-trois heures, et certains commençaient à partir. Avant de s'en aller, Coby s'est approché de Kristy et ils ont échangé leurs numéros de téléphone et leurs adresses.

Au final, il ne restait plus que Laine et les filles du Club des baby-sitters.

Un grand silence tendu s'est installé.

8

Chers maman, Jim, Samuel, Charlie
et David Michael,

Nous nous amusons comme des folles à New York !
Lucy a donné une soirée très cool et tout le monde s'est
très bien entendu. J'ai rencontré un garçon super
sympa. Il s'appelle Coby. Et nous avons toutes fait la
connaissance de Laine, la meilleure amie de Lucy à
New York. Laine et Claudia sont comme deux sœurs.
C'est étonnant. Je n'aurais jamais cru que Mary Anne,
Carla, Claudia et moi nous adapterions aussi bien à la
vie new-yorkaise !

Je crois que je n'ai pas besoin de vous dire que la carte
de Kristy était un tissu de mensonges. En réalité, personne

ne s'était entendu. Laine et Claudia ressemblaient plus à des sœurs ennemies qu'à de vraies sœurs, mes amis new-yorkais prenaient Mary Anne pour une cinglée et, à cause d'elle, pensaient que Carla était tout aussi dérangée. Kristy et Coby auraient pu devenir amis, mais Claudia avait tout gâché en se jetant au cou de Coby et en flirtant avec lui.

Une fois tout le monde parti, nous nous sommes longuement dévisagées en silence dans le couloir de l'entrée.

– Quel désordre ! ai-je fini par dire. Il va falloir ranger tout ça.

– Juste une chose, m'a interrompu Laine. Tu m'as invitée à passer la nuit ici. Ça tient toujours ?

– Bien sûr.

– En même temps, s'est empressée d'ajouter Claudia, Laine ne doit rester que si elle en a vraiment envie. Il ne faut pas la forcer.

– Je ne resterai que si ma présence est souhaitée.

– Moi, j'ai envie que tu restes, ai-je déclaré avec impatience.

– Moi aussi, a fait Kristy.

– Moi aussi, a acquiescé Carla.

– Moi aussi, a lancé Mary Anne.

Claudia a gardé le silence.

– Claudia ?

Elle ne desserrait pas les dents.

– Qu'est-ce que je t'ai fait ? lui a alors demandé Laine. Rien. Je ne t'ai rien fait et tu te conduis comme si tu me haïssais.

– Ne fais pas comme si tu ne savais pas ce que tu m'as fait, a répliqué Claudia d'un ton hautain.

– Quoi ?

– Tu ne le sais donc pas ?

– Non.

– Eh bien, ce n'est pas moi qui te le dirai.

– Mais tu es complètement cinglée.

– Et toi, tu es snob et prétentieuse.

– Tu sais quoi ? est intervenue Kristy. Laine a raison. Tu es cinglée, Claudia.

– Pardon ?

– Tu racontes et tu fais n'importe quoi, Claudia. Tu es cinglée.

– J'avais bien entendu, a aboyé Claudia.

– Oh ! C'est parce que tu as dit pardon, d'habitude, ça veut dire qu'on n'a pas entendu, a fait Kristy avec un sourire qui en disait long.

– Kristy, ferme-la. Ou alors dis-moi pourquoi je suis cinglée, d'après toi.

– Tu veux un exemple ? C'est simple. Tu es venue te mettre entre Coby et moi. Tu as gâché ma soirée en flirtant avec lui.

– Je n'ai pas flirté avec lui ! C'était le seul garçon ici qui... ne me faisait pas peur. Et je ne voulais pas faire tapisserie. Personne ne m'invitait.

– Pas étonnant, a marmonné Laine.

Ce qui arrivait était horrible. Tout ce que j'avais voulu, c'était que mes amies se rencontrent et s'apprécient. Résultat : c'était la guerre, même entre les filles du club.

– Est-ce que... vous ne pourriez pas un peu baisser la voix ? leur ai-je supplié. Sinon, mes parents vont nous entendre. Ils vont vouloir essayer de calmer le jeu et...

– Cela ne servira à rien, a déclaré Mary Anne.

– Bon, allons au moins dans la salle de séjour.

J'espérais qu'en voyant le désordre, elles se mettraient à ranger et finiraient par oublier leurs différents, avant d'aller tranquillement se coucher.

Je devais avoir perdu la tête.

À peine avons-nous mis le pied dans le séjour que Carla, la douce Carla, a lancé d'un ton accusateur :

– Claudia et Laine ne sont pas les seules cinglées, ici.

Elle avait dit ça en fixant Mary Anne qui, soit dit en passant, est sa meilleure amie.

– Pourquoi tu me regardes comme ça ? s'est étonnée Mary Anne. Est-ce que tu es en train de dire que je suis cinglée, moi aussi ?

– Oui.

– Pourquoi ?

– Tu n'as pas une petite idée ?

Mary Anne a secoué la tête. Je voyais sa confiance en elle fondre à vue d'œil. Ses yeux se sont remplis de larmes.

– Alors écoute, ça ne te rappelle rien ? « Elle a aperçu une souris et a cru que c'était un rat. Et elle a une peur bleue de rester coincée dans l'ascenseur. Et elle voit des gangsters partout. N'est-ce pas complètement dingue ? » Je t'épargne les ricanements et les éclats de rire.

Mary Anne pleurait à chaudes larmes, la tête baissée. Pour pleurer, elle est championne. Laine a poussé un soupir d'exaspération.

– Pourrions-nous en revenir au problème initial ?

J'étais tellement bouleversée et contrariée que je n'ai pas compris où elle voulait en venir.

– Quoi ?

– Tu m'as demandé de passer la nuit ici, m'a-t-elle expliqué en détachant chaque mot, comme si elle s'adressait à un enfant.

– Oh, oui. Eh bien, tu es toujours invitée.

– Merci.

Elle a parcouru la pièce du regard. Mary Anne reniflait en séchant ses larmes. Carla était affalée dans un fauteuil, l'air mortifié. Claudia et Kristy se fusillaient du regard. Claudia ne détachait ses yeux de Kristy que pour lancer des regards furibonds à Laine.

– Merci, a répété Laine, mais je crois que je préfère rentrer. Je vais appeler mon père pour qu'il vienne me chercher.

Puis elle a ajouté dans un souffle :

– On s'amuserait mieux à un enterrement.

En attendant son père, Laine nous a aidé à ranger. Dans un silence de mort, nous avons ramassé les assiettes en carton, les gobelets et les serviettes en papier dans des sacs-poubelle. Puis nous avons emporté les restes de nourriture dans la cuisine. Nous étions en train d'emballer les sandwiches dans du papier d'aluminium quand on a sonné à l'interphone.

– Oui ?

– M. Cummings est là.

– Laine descend tout de suite.

Laine a rassemblé ses affaires et je l'ai accompagnée jusque sur le palier.

– C'était génial, a-t-elle lancé à Kristy, Claudia, Carla et Mary Anne.

– Tu parles, a murmuré Claudia.

– Laine, je suis désolée, ai-je dit à voix basse.

– Ne t'inquiète pas. Je t'appellerai demain.

L'ascenseur est arrivé et les portes se sont refermées sur elle. J'aurais voulu ne pas avoir à rentrer chez moi. Vous imaginez? Ne pas avoir envie de rentrer dans son propre appartement. Mais que pouvais-je faire d'autre si ce n'est rentrer. D'un côté, j'étais furieuse contre mes amies, même Kristy et Carla, et de l'autre, j'avais de la peine pour elles.

J'ai verrouillé la porte derrière moi et j'ai déclaré avec fermeté :

– Kristy et Carla, vous dormirez sur le canapé-lit du bureau. Mary Anne et Claudia, sur celui du séjour. Moi, je dors dans mon lit.

Mes amies ont acquiescé en silence. Une demi-heure plus tard, nous étions prêtes à nous coucher. Aucune de nous n'avait plus prononcé un mot.

Avant d'aller me coucher, je les ai réunies dans le séjour.

– Écoutez les filles, la journée a été longue. La soirée n'a pas été une réussite. Nous sommes toutes fatiguées. Mais je demande une trêve. Cette trêve devra durer au moins jusqu'à demain soir. Parce que demain nous aurons dix enfants à garder et que nous ne pourrons pas le faire sans nous parler. D'accord pour la trêve ?

– D'accord, ont marmonné Kristy, Mary Anne, Carla et Claudia.

Je me dirigeais vers ma chambre, quand Carla m'a demandé :

– Lucy ? Est-ce que les gardiens sont là la nuit ? Et vos verrous, ils sont solides ? Au fait, vous avez une alarme ?

– Oui, ai-je répondu à toutes ses questions, même si nous n'avons pas d'alarme.

9

Chère Mimi,

Tu te rappelles la fois ou le club des Baby-sitter s'était occuper de 14 enfants chez Kristy? Eh bien, aujourd'hui, on en a garder 10. Quel travail! On a rencontré les enfants hier pour faire connaissance et aujourd'hui leurs parents les on amené chez Lucy. Ils la connaissent tous, mais certains se sont senti perdu en voyant autant de monde et il y a eu des larmes.

Je t'embrasse,
Claudia

Le lendemain matin, je me sentais plutôt abattue. Je me demandais ce que les autres ressentaient. J'avais délibérément séparé Kristy et Claudia, Carla et Mary Anne, mais je savais que cela n'avait pas réglé le vrai problème.

Mais quel était le vrai problème ? J'y ai réfléchi, allongée dans mon lit. En fait, il y avait plusieurs problèmes, trois précisément :

1. Les gens sont déboussolés quand ils sont en voyage. Leur emploi du temps est différent et ils passent plus de temps ensemble. Ces changements peuvent les rendre nerveux.

2. Mes amies de Stonebrook voulaient impressionner mes amis de New York. C'était surtout vrai pour Mary Anne.

3. Laine et Claudia étaient jalouses l'une de l'autre, mais aucune ne voulait le reconnaître.

Ce n'étaient pas mes problèmes, mais comme je recevais tout le monde chez moi, je devais trouver un moyen de les résoudre.

Seulement voilà, ce jour-là, nous devions garder dix enfants tout un après-midi. Ils devaient commencer à arriver vers onze heures et demie et il était déjà neuf heures. J'ai sauté de mon lit et je suis allée à la fenêtre voir s'il faisait beau. Le ciel était dégagé et d'un bleu profond. Parfait. Nous allions pouvoir emmener les enfants dehors.

Je me suis dirigée vers le séjour sur la pointe des pieds. Mes parents m'avaient laissé un message disant qu'ils étaient allés prendre le petit déjeuner dehors. Mary Anne et Claudia dormaient encore.

J'ai passé la tête dans le bureau. Kristy et Carla étaient encore couchées, mais réveillées.

– Bonjour, ont-elles lancé d'un air penaud.

– Bonjour. Comment ça va ? Vous avez bien dormi ?

– Comme une bûche, a répondu Carla. Je ne pensais pas que j'y arriverais. Je croyais, tu sais…

– Qu'il y aurait des vampires et des fantômes ?

– Plutôt des cambrioleurs et des rats.

– C'est vrai qu'il arrive des tas de choses dans une grande ville comme New York, mais si on se met à avoir peur de tout, on risque de devenir fou, ou de ne plus vivre du tout.

– Je sais.

– En plus, a ajouté Kristy, je parie qu'il y a des choses vraiment effrayantes auxquelles tu n'as même pas pensé.

– Kristy ! l'ai-je grondée.

– Mais c'est vrai. Par exemple, être victime d'une intoxication alimentaire dans un restaurant. Ou se faire renverser par un bus. Ou se faire mordre par un animal au zoo de Central Park…

Je ne savais pas si je devais étrangler Kristy ou éclater de rire. Je me suis contentée de hausser les épaules et je suis allée réveiller Claudia et Mary Anne. J'étais à nouveau toute crispée. Kristy allait-elle être odieuse pendant le reste du week-end ? Carla continuerait-elle à s'inquiéter pour tout sans raison ?

Le séjour, du moins la partie du séjour qui se trouvait autour du canapé, était un champ de bataille.

Je savais que la responsable de ce désordre était surtout Claudia. Mary Anne est assez soigneuse, d'habitude. En réalité, Claudia l'est aussi. C'est seulement qu'elle avait emporté des vêtements pour deux ans.

– Debout, les marmottes !

– Oooh, a gémi Claudia. S'il te plaît.

Je me suis rappelée alors comme je détestais que ma mère passe la tête par la porte de la chambre en me disant de me lever.

– Il est neuf heures. Neuf heures six, exactement. Les enfants vont arriver dans deux heures et demie. On ferait mieux de se préparer. Il faut faire un programme.

– Ça va, chef. On se lève, a grommelé Claudia.

J'ai poussé un gros soupir.

– Rappelle-toi, c'est la trêve.

Une heure plus tard, maman et papa étaient rentrés, mes amies et moi nous étions habillées, avions pris notre petit déjeuner, replié les canapés et rangé le séjour, le bureau et ma chambre.

– C'est un peu comme autrefois, non ? ai-je fait remarquer en nous voyant toutes installées en cercle dans ma chambre. On se croirait à une réunion du club. Cette chambre pourrait être celle de Claudia, et je pourrais être à nouveau la trésorière…

Kristy s'est levée d'un bond, m'a chassée de mon fauteuil, a empoigné un bloc de papier et un stylo sur mon bureau, a coincé le stylo derrière son oreille et a déclaré :

– Bien que je n'aie pas ma visière, je déclare ouverte la réunion du Club des baby-sitters.

À Stonebrook, Kristy préside les réunions assise dans le fauteuil de Claudia et porte toujours une visière et un stylo derrière l'oreille.

Claudia a claqué la langue, mais Kristy a lancé d'un ton sec :

– Trêve.

Puis elle a repris :

– Vous vous rappelez la fois où on avait quatorze enfants à garder, avant le mariage de ma mère et de Jim ? On avait fait une liste des enfants, par âge. Ça nous avait pas mal aidées. On va faire la même chose. Mary Anne, tu es la secrétaire, à toi de noter le nom et l'âge de chaque enfant. Lucy, on t'écoute.

– D'accord.

Nous nous sommes aussitôt mises au travail. Une fois terminée, la liste de Mary Anne se présentait ainsi :

LISTE
Natalie Golding : 10 ans
Dennis Deluca : 9 ans
Carlos Barrera : 9 ans
Peggie Golding : 8 ans
Blair Barrera : 7 ans
Sean Deluca : 6 ans
Cissy Barrera : 5 ans
Henry Walker : 5 ans
Leslie Reames : 4 ans
Grace Walker : 3 ans

– Cela nous donne une bonne idée d'ensemble, a fait Carla.

– On devrait peut-être faire des étiquettes avec leurs noms, a suggéré Kristy. C'est ce qu'on avait fait pour les quatorze enfants. Vous vous souvenez comme ça avait été utile ?

J'ai secoué la tête.

– Pas d'étiquettes. Ce n'est pas une bonne idée. Il ne vaut mieux pas que les gens dans la rue voient le nom des enfants.

– Pourquoi ? s'est aussitôt inquiété Carla, qui devait déjà s'imaginer le pire.

– Oh non ! a soufflé Claudia en lui lançant un regard exaspéré.

– Trêve ! a riposté Kristy, ainsi que Mary Anne et moi-même, simultanément.

Si nous n'avions pas été aussi tendues, ça aurait pu être drôle. Mais personne n'a ri ou n'a dit quoi que ce soit.

– Alors, qu'allons-nous faire aujourd'hui ? a repris Kristy au bout d'un moment. Tu as parlé du muséum et du parc, Lucy, mais on devrait établir un horaire. Et puis à quelle heure doit-on ramener les enfants ? Combien de temps va durer la réunion à laquelle les parents vont assister ?

– Je ne sais pas exactement. Personne ne le sait. Mais maman a dit que ça durerait sans doute trois ou quatre heures. Je pense qu'on devrait ramener les enfants vers quinze heures trente ou seize heures.

Kristy a hoché la tête. On décida plus ou moins d'un horaire pour l'après-midi, qui comprenait un déjeuner au muséum. Les parents nous donneraient de l'argent pour le repas et les billets d'entrée.

À onze heures trente-cinq, on a sonné à la porte.

– Bon, c'est parti. J'espère qu'on sera à la hauteur.

Je disais cela sérieusement. La réunion s'était déroulée de manière civilisée, la trêve avait été respectée, mais c'était à peu près tout ce qu'on pouvait dire. Il n'y avait eu ni rires, ni plaisanteries, ni taquineries. Strictement rien d'autre que le boulot.

– Venez. Allons voir qui est là.

C'était Leslie Reames, accompagnée par Martha.

– Au revoir, a lancé joyeusement Martha en s'éloignant.

C'était son jour de congé, et elle avait l'air disposée à en profiter au maximum.

Leslie est entrée.

– N'oubliez pas mon allergie au froment. Et je ne dois pas trop courir et j'ai horreur des chiens.

On a dû se retenir de ne pas rire. Puis, malheureusement, les Barrera sont arrivés. Malheureusement, parce que Cissy déteste Leslie. Je ne pouvais pas vraiment le lui reprocher, mais il allait falloir les séparer le plus possible. Cissy est un vrai garçon manqué, robuste et vive, qui ne supporte pas le côté poupée fragile de Leslie. Cissy et ses frères sont assez agités. Pas brutaux, simplement dynamiques et pleins de vie.

Heureusement, les Walker sont arrivés avant qu'une dispute ait eu le temps d'éclater. Natalie et Peggie n'ont pas tardé à suivre et quelques minutes plus tard, ça a été le tour des Deluca.

La salle de séjour était pleine à craquer. M. et Mme Walker, de même que M. et Mme Deluca, étaient encore là. Henry, Grace et Sean étaient en larmes, et Leslie hurlait parce que Carlos Barrera l'avait invitée à venir voir leur nouveau petit chien. Carlos essayait de se montrer gentil ; Leslie pensait qu'il l'avait fait par méchanceté.

– Il est temps de se débarrasser des grandes personnes, ai-je murmuré à Kristy.

– La réunion va commencer dans dix minutes, est intervenu mon père en s'adressant aux parents. Nous devrions y aller.

À contrecœur, les Walker ont laissé Henry et Grace et les Deluca, Sean. Les trois enfants pleuraient toujours.

– Amusez-vous bien et faites attention, m'a dit maman.

La porte de l'appartement s'est refermée sur les adultes. Je l'ai verrouillée et j'ai regagné le séjour. J'ai dévisagé tour à tour les dix enfants et les quatre baby-sitters. Chacun d'eux sans exception semblait inquiet, effrayé même.

Salut Mallory,

Devine ce qu'on a fait, aujourd'hui? On est allés au Muséum d'histoire naturelle. C'était super. Tu aurais adoré. Tes frères et sœurs aussi. Surtout les triplés, je pense. Il y avait des squelettes de dinosaures partout et des animaux empaillés...

On a aussi eu la peur de notre vie. On a perdu un des enfants! On a commencé à paniquer jusqu'au moment où Mary Anne nous a rappelé qu'une bonne baby-sitter devait garder son sang-froid en toutes circonstances. Heureusement, tout s'est bien terminé.

À bientôt à la prochaine réunion du club!

Carla

– Bien, ai-je fait. Commençons par le commencement.

J'avais décidé de diriger les opérations, mais cela me faisait une drôle d'impression. Habituellement, c'était Kristy qui prenait tout en main. C'est elle la présidente, la chef, celle qui a toujours des idées de génie. Mais j'étais la seule à connaître tous ces enfants, la seule à connaître le chemin du Muséum d'histoire naturelle et de Central Park. J'étais également la seule à posséder les clés de l'appartement et la seule à habiter ici. En plus, j'étais la seule que les gardiens laissaient sortir avec les enfants.

– Kristy, tu veilleras à garder Leslie éloignée des Barrera. Carla, Mary Anne et moi allons essayer de calmer ceux qui pleurent. Claudia, tu es chargée de surveiller les autres. Dès que le calme sera revenu, nous partirons.

Mes amies ont suivi mes instructions, mais je sentais que Kristy n'appréciait pas trop. Quinze minutes plus tard, nous étions prêts à quitter la maison. Au moment de franchir la porte, j'ai eu une idée géniale.

– Je sais comment faire pour garder les enfants groupés pendant la visite du muséum, ai-je murmuré à mes amies.

Puis, à haute voix, j'ai demandé aux enfants :

– Combien d'entre vous connaissent l'histoire de Madeline ?

– Moi ! ont-ils crié en chœur, sauf Grace qui était trop petite.

– C'est l'histoire de douze petites filles qui font tout en rang par deux, ai-je expliqué à Grace et aux filles. Elles dorment dans deux rangées de lits et mangent des deux côtés d'une longue table. Et quand elles vont se promener, elles marchent sur deux files. C'est également ce que nous allons faire. Je veux que chacun d'entre vous choisisse un partenaire et lui donne la main. Et chacune de nous accompagnera deux enfants. Comme ça, il y aura deux rangées d'enfants et une rangée de baby-sitters. N'oubliez pas de vous donner la main.

C'était une excellente idée. On aurait dit une armée à l'exercice, mais les enfants semblaient aimer ça, même les plus grands. Dans le hall d'entrée, Dennis Deluca a fait :

– En avant, marche !

Nous avons traversé le hall et nous sommes entassés dans l'ascenseur tout en continuant à marcher sur place tandis que la cabine descendait lentement vers le rez-de-chaussée.

Et nous avons défilé au pas devant les gardiens.

– Une, deux, martelait Blair en se tournant vers Isaac et Lloyd.

– Bonne journée, nous a fait Isaac.

Nous nous sommes dirigés vers la porte d'entrée, que James nous a aidés à ouvrir, nous avons tourné à gauche et avons pris la direction de Central Park. Nous sommes passés devant Judy, la sans-abri.

– Une, deux ! criait Blair gaiement.

Mais Judy était dans un mauvais jour.

– Ils vous feront manger des légumes pourris ! Méfiez-vous de ces gens de théâtre ! a-t-elle hurlé en guise de réponse.

Grace s'est mise à pleurnicher. Mais Carla a réussi à la calmer tout de suite. Une fois arrivés à Central Park, nous nous sommes dirigés vers l'entrée du Muséum d'histoire naturelle. C'était particulièrement amusant : les baby-sitters étaient plus impressionnées par le muséum que les enfants. Je pense que c'est parce que la plupart des enfants passent devant au moins deux fois par jour, mais pas mes amies.

– Wouah, a soufflé Mary Anne, les yeux écarquillés. J'étais déjà venue, mais je ne me rappelais plus comment c'était. C'est si… si, je ne sais pas, impressionnant.

– C'est magnifique, a acquiescé Carla.

– Tu vois, New York, ce n'est pas seulement des cambrioleurs, des rats, des pickpockets et de la saleté. C'est aussi la culture : les musées, les galeries d'art, les théâtres et l'architecture.

Mais les enfants se souciaient assez peu de culture.

– Si on allait au théâtre Naturemax ? a demandé Carlos. Il y a le plus grand écran de New York.

– Je veux aller au planétarium, a fait Natalie.

– Ouais, ils ont un spectacle au laser, a renchéri Dennis.

– Oui, d'après un feuilleton télé, a ajouté Cissy.

– J'aime bien regarder les étoiles, a déclaré Natalie. Elles me donnent l'impression de ne faire qu'un avec l'univers.

– Quoi ? avons-nous fait en chœur.

– S'il vous plaît, est-ce qu'on peut entrer pour voir les dinosaures et tout ça ? a murmuré Henry.

Pour finir, c'est au muséum que nous avons décidé d'aller. Le planétarium et les spectacles spéciaux coûtaient trop cher. Nous avons pris les billets, et avons trouvé un plan. J'avais emporté un petit guide que papa avait acheté quand nous étions venus. Il pourrait nous être utile pour répondre aux questions des enfants.

– Que voulez-vous voir en premier ?

– Attends, je n'arrive pas à mettre mon badge, m'a dit Blair.

On nous avait donné à chacun un badge en métal sur lequel était représenté un squelette d'animal et un squelette humain. J'ai aidé Blair à accrocher le sien sur son col de chemise.

– Alors, les enfants ?

– Les dinosaures ! se sont-ils écriés, sauf Peggie qui a dit :

– La boutique des souvenirs, s'il te plaît ?

– Avant de partir, lui ai-je expliqué.

Carla étudiait le plan du muséum.

– Les dinosaures sont au quatrième étage.

– Allons-y.

On est entrés dans une immense salle très haute de plafond. Tous les enfants étaient déjà venus, mais ils étaient tout aussi impressionnés que si c'était la première fois. Des squelettes entiers de stégosaure et d'allosaure et, surtout, d'un gigantesque brontosaure se dressaient devant nous.

Henry est resté planté devant le brontosaure, les yeux grands ouverts.

– J'aurais aimé voir un vrai bronto, a-t-il déclaré de l'air de celui qui n'ignore rien des petits noms des dinosaures et autres créatures préhistoriques.

Mais Grace avait l'air effrayé et s'est mise à pleurer. J'ai dû la prendre dans mes bras, tandis qu'elle se cachait les yeux pour ne plus voir les os de monstres.

Après un long moment à admirer ces gigantesques squelettes, nous sommes passés dans la salle suivante. Je portais toujours Grace dans mes bras. Personnellement, je préfère les derniers dinosaures. Ils sont tellement étranges. Et ils ont des noms géniaux.

– Monoclonius, a lu Peggie à voix haute.

– Styracosaurus, a lentement déchiffré Carlos.

Le préféré de Blair, dont il n'arrivait pas à prononcer le

nom, était le corythosaurus, un dinosaure aquatique à bec de canard.

Henry écarquillait les yeux devant les reconstitutions de squelettes au milieu de la salle : deux trachodontes, un tyrannosaure et un tricératops.

Nous avons eu du mal à l'arracher à sa contemplation, mais au bout d'un quart d'heure, les autres enfants, surtout Grace, avaient envie de poursuivre la visite.

– S'il vous plaît, s'il vous plaît, est-ce qu'on peut aller voir les poissons ? a imploré Cissy.

Les animaux marins se trouvaient dans un autre bâtiment.

– Allons-y, ai-je dit à mes amies. Il y a une énorme réplique de baleine bleue suspendue au plafond. C'est vraiment stupéfiant. Les petits l'adorent.

Nous sommes donc repartis vers le premier étage. Nous n'étions plus en rang par deux, c'était plus amusant de marcher librement à travers le muséum, c'est pour ça que nous ne nous sommes aperçus de l'absence de Henry qu'en arrivant devant la baleine bleue.

Nous avons recompté les enfants trois fois. Nous sommes revenus sur nos pas. Mais pas de Henry. J'ai senti mes jambes se dérober et mon estomac se nouer.

– On a perdu un enfant !

– Oh, mon Dieu ! s'est exclamée Claudia, horrifiée.

– Attendez, a dit Mary Anne, qui garde généralement son sang-froid en cas d'urgence. Je crois que chacune de nous devrait prendre deux enfants avec elle, moi j'emmène Natalie, parce que c'est la plus grande. Nous irons au premier étage. Toi Lucy, tu iras au premier niveau, Claudia, tu restes à cet étage. Carla, tu vas au deuxième. Kristy, au troisième.

Puis Natalie et moi retournerons au quatrième. Vérifiez les moindres recoins et rendez-vous au bureau d'information près de l'entrée principale dans un quart d'heure. Compris ? Si nous n'avons pas retrouvé Henry à ce moment-là, il faudra prévenir le gardien, un responsable ou quelqu'un d'autre.

Personne n'a discuté ses ordres. Nous nous sommes aussitôt séparés. Sean Deluca, Grace et moi avons cherché dans les restaurants et la boutique de souvenirs au premier niveau.

Toujours pas de Henry. Le quart d'heure écoulé, nous avons couru vers le guichet. J'étais dans un état de panique totale. Je n'avais encore jamais perdu un enfant. Pourquoi fallait-il que je perde le premier en plein milieu de New York ?

La porte l'ascenseur s'est ouverte et je me suis sentie mieux d'un coup ! Le bureau d'information se trouvait droit devant nous. Et il y avait Mary Anne, Natalie et… Henry. Je me suis précipitée vers lui et je l'ai serré dans mes bras. Grace a également sauté au cou de son frère.

– Oh, merci, Mary Anne !

Puis je me suis tournée vers Henry, sur le point de le gronder, mais Mary Anne m'a prise de vitesse.

– Il est retourné voir le brontosaure, et il a eu très peur de ne plus nous retrouver. Il a promis de ne plus s'éloigner du groupe sans nous prévenir, n'est-ce pas Henry ?

Le petit garçon a acquiescé d'un air penaud.

Les autres n'ont pas tardé à nous rejoindre. Mes amies et moi avons échangé un grand sourire. Nous étions soulagées.

Bonjour mamie,

Me voici à New York! On l'appelle la Grosse Pomme, je me demande pourquoi. Est-ce que tu es déjà venue ici? Nous avons emmené dix enfants au Muséum d'histoire naturelle et à Central Park. Je ne savais pas qu'il y avait autant de choses à voir dans ce parc. Il y a un zoo, des manèges, des jeux pour enfants, un étang, une statue d'Alice au pays des merveilles, une patinoire et pleins de choses encore. On peut faire du roller, du cheval, du vélo, du bateau... Je m'arrête, je n'ai plus de place.

Je t'embrasse,
Kristy

Dès que nous avons retrouvé Henry, j'ai décidé de quitter le muséum. Nous avions vu suffisamment de choses, et il faisait tellement beau que les enfants seraient mieux d'être à l'extérieur.

Mais nous avions oublié une chose essentielle : personne n'avait déjeuné ! Nous sommes allés dans un fast-food, immense, au premier niveau du muséum, et avons commandé des hamburgers, des sandwiches et des boissons. Leslie, Carla et moi avons mangé des salades. C'est plus sain, et pour Leslie, plus sûr, à cause de son allergie au froment. Je pensais qu'elle allait faire des histoires, mais elle a avalé sa salade sans se plaindre.

Après le déjeuner, tout le monde était prêt à aller au parc. Malheureusement, il y a une grande boutique de cadeaux à côté du fast-food, et j'avais promis à Cissy que nous irions.

Les enfants ont poussé des cris d'admiration devant les dinosaures en peluche, en plastique, en bois ou sous forme de puzzles. Mais nous n'avions pas assez d'argent pour acheter des souvenirs, alors nous nous sommes contentés de regarder, puis de pousser les enfants vers la sortie, les mains vides.

– Maintenant, ai-je annoncé triomphalement à mes amies, vous allez voir le parc des parcs de New York.

– Je suis déjà venue, a déclaré Mary Anne.

– Alors tu as vu la statue de la panthère à l'affût ?

– Euh... Non.

– S'il te plaît, Lucy, est-ce qu'on peut faire quelque chose d'amusant ? a demandé Cissy.

– Quoi, par exemple ?

– Aller au zoo.

– Je croyais que le zoo était fermé en ce moment pour travaux, est intervenue Carla.

– C'est vrai, ai-je fait, mais pas le zoo des enfants.

– Oh, allons-y tout de suite ! s'est écriée Grace.

Enfin une activité qui convenait à Grace, me suis-je dit. Elle n'avait pratiquement fait que pleurnicher pendant la visite du musée. Et lorsque Mary Anne lui avait demandé ce qu'elle voulait manger, elle avait répondu :

– Un hangourbeur.

Il a fallu marcher un peu pour aller au zoo. Mais c'était le moyen le plus rapide et le moins cher. Nous avons reformé les rangs et nous sommes engagés dans le parc vers le sud et l'ouest. Nous avons zigzagué à travers le parc, empruntant allées et chemins. Mes amies n'en croyaient pas leurs yeux.

Kristy marchait les yeux levés vers les arbres.

– Si on n'entendait pas les bruits de la circulation, on pourrait se croire dans une immense forêt. On ne voit plus du tout la ville.

C'était vrai. Nous marchions à travers un bois. Les feuilles crissaient sous nos pas, et nous respirions des odeurs de terre et d'aiguilles de pin. C'était le genre d'odeur qu'il y avait à Stonebrook, ou au jardin botanique de Brooklyn.

Là où nous étions, nous ne voyions aucun immeuble, ni rues, ni voitures, ni même personne.

Nous avons enfin émergé dans une allée plus fréquentée. Devant nous s'étendait un immense plan d'eau. Dans un stand, un marchand vendait des hot dogs.

– Ouf ! C'est pas trop tôt, ai-je entendu Carla murmurer.

– Quoi ? Mais tu détestes les hot dogs.

Elle a eu l'air gêné.

– Ce n'est pas ça.

– Tu avais peur que qu'on se fasse agresser dans ces allées ou quelque chose comme ça ?

– Écoute, on entend toujours parler d'histoires d'agressions à Central Park, m'a-t-elle expliqué avec un petit frisson. Même en plein jour. Et puis, il y a plein de sans-abri qui vivent dans ces parcs, pas vrai ?

– Et alors ? Ce n'est pas parce qu'ils sont sans-abri qu'ils vont t'attaquer. En général, ils sont inoffensifs.

Carla a détourné les yeux. J'ai cru qu'elle allait ajouter quelque chose, mais elle a pincé les lèvres et, en regardant droit devant elle, s'est éloignée avec Natalie et Peggie.

Nos rangs s'étaient plus ou moins dispersés, mais ce n'était pas grave, du moment que nous nous tenions la main par groupes de trois, il n'y avait pas de danger.

Nous avons traversé une route et suivi un chemin à travers ce qui semblait être un parc normal avec des arbres çà et là, des bancs, des aires de jeux, un terrain de base-ball, des bacs à sable, des toboggans. Je ne faisais pas attention à tout parce que je traverse très souvent le parc. Mais mes amies, et même les enfants, qui connaissent bien le parc, ne cessaient de s'exclamer à tout propos.

– Regardez ! Regardez cet homme ! Il promène… neuf chiens ! s'est écrié Sean, après les avoir scrupuleusement comptés.

– Là ! Une dame qui donne à manger aux pigeons ! nous a montré Grace, surexcitée.

– Ouais, il y a plein de monde ! a commenté Henry.

– Oh, Seigneur, regardez-moi ça ! s'est mise à glousser Claudia.

Je dois avouer que le spectacle était étrange et plutôt inhabituel, même pour New York. Un vieux monsieur avec une longue barbe blanche pilotait un tricycle pour adultes. À l'arrière du tricycle était attaché un petit chariot rouge. Et dans le chariot étaient assis trois chats persans de la même couleur que sa barbe.

– C'est dément !

Mes amies se sont tournées vers moi en souriant.

– Tu ne l'avais jamais vu ? s'est étonnée Kristy.

– Non. Enfin, pas depuis des années. J'avais oublié.

– C'est chouette de te voir enfin excitée par quelque chose, a fait remarquer Claudia.

– Qu'est-ce que tu veux dire ?

– Eh bien, tu fais comme s'il n'y avait rien de neuf ni d'excitant dans cette ville. Comme si tu avais déjà tout vu et que plus rien n avait vraiment d'intérêt.

– Moi ?

Il y avait là matière à réflexion. Nous étions arrivés devant l'entrée du zoo réservé aux enfants et nous apprêtions à prendre des billets d'entrée quand Peggie s'est écriée, les yeux pétillants :

– L'horloge ! Les animaux vont danser !

L'horloge Delacorte. Encore quelque chose que j'avais oublié. Comment était-ce possible ? Était-ce parce que je grandissais ? Ou bien parce que j'étais devenue une petite snob new-yorkaise ? Quelqu'un qui vivait dans cette ville depuis si longtemps qu'il se croyait tout permis ? Soudain, une pensée troublante m'est venue à l'esprit : peut-être mes amies étaient-elles aussi exaspérées par mon attitude que moi par la leur.

J'ai chassé cette pensée tandis que nous courions vers la tour de l'horloge. J'adorais venir ici quand j'étais petite. À l'heure précise, des petits animaux en cercle, tenant chacun un instrument de musique, se mettraient à effectuer une lente révolution. Nous avons attendu solennellement la fin de la sonnerie. Peggie soupirait de bonheur. Moi aussi. Puis nous avons pris les billets pour le zoo, qui de l'extérieur, ressemble à un immeuble banal. Mais quelques mètres plus loin, on se retrouve à nouveau dehors au pays des rêves. Les animaux vivent dans des constructions de couleurs vives. Il y a un château, une maison de pain d'épice, et même une arche de Noé avec une fausse tête de girafe qui dépasse du toit. Et on peut caresser les bêtes. J'ai regretté de ne pas avoir emporté mon appareil photo. Tout comme mes amies, je montrais les animaux du doigt en riant de plaisir.

– Regarde ! a fait Claudia en me poussant du coude.

Une chèvre avait réussi à attraper un bout de papier qui dépassait de la poche de Blair et le dévorait à pleines dents.

Nous avons regardé Leslie plisser le nez devant un petit lapin pour l'intimider et Natalie parler aux oiseaux.

– Tu crois qu'elle communie avec la nature ? m'a demandé Kristy.

On a éclaté de rire. J'ai senti la complicité qui nous unissait refaire surface. C'était à nouveau « comme avant ».

Quand les enfants en ont eu assez, j'ai décidé qu'il était temps de se reposer un peu, et peut-être de goûter. Il y avait toutes sortes de stands aux alentours, et c'était difficile de résister plus longtemps.

– Qui veut quoi pour le goûter ? ai-je demandé alors que nous passions devant un marchand de glaces, un marchand de pop-corn et un marchand de jouets.

Question stupide. Les enfants voulaient tout. Les jouets étaient trop chers, mais on a acheté treize cornets de glace et deux énormes paquets de pop-corn. Bien sûr, Carla et moi n'avons pas pris de glace ou de pop-corn. Puis nous nous sommes installés sur des bancs pour manger.

– Lucy ? a dit Leslie, une fois le goûter avalé. Je ne me sens pas bien.

Zut, ai-je pensé. Je ne supporte pas de voir quelqu'un vomir.

Carla s'en est souvenue. Sans que j'aie besoin de dire quoi que ce soit, elle a emmené Leslie à l'écart. Elle l'a bercée et lui a parlé calmement. Dix minutes plus tard, Leslie allait mieux.

– Ça va ! Je n'ai plus mal au cœur. On peut y aller !

Un autre drame a donc été évité.

– Merci, Carla. Tu sais quel effet ça me fait de...

– Oh, ce n'est rien. Je ne me sens peut-être pas très à l'aise en ville, mais je peux supporter hum... quelqu'un qui a mal au cœur, et de toute façon, elle n'a pas été malade.

– Mais elle aurait très bien pu l'être.

– Allons-y ! a crié Mary Anne. Il nous reste plein de choses à explorer dans le parc, et nous devons ramener les enfants à la maison dans une heure.

Mais à présent, nous étions si détendues que nous avons laissé les enfants courir en avant. Mes amies et moi, bras dessus, bras dessous, les suivions. Le Club des baby-sitters était à nouveau soudé.

Chère Jane,

Salut, comment ça va ? Moi, ça va très bien. Nous sommes allé à Central Park, aujourd'hui et avons visiter le zoo avec les enfants. C'est une sorte de mini-ferme. Les enfants se sont bien amusé. Nous avons vu la statue d'Alice au pays des merveilles. Les enfants ont grimpé dessus. Ils ont le droit de le faire. Je serai rentrer avant que ne ressoives cette carte. J'espère que tu as passé un bon week-end.
   Bisous de la part de ta sœur Claudia.

Il y avait longtemps que je ne m'étais pas promenée vraiment dans le parc. En général, mes amies et moi le traversons vers l'est à toute allure en rentrant du collège. C'est à

217

peine si je regarde autour de moi, alors que petite, je m'émerveillais pour la moindre chose.

Mais c'est comme des enfants que nous avons passé le reste de notre après-midi. D'abord, nous avons obliqué vers l'ouest et sommes arrivés devant...

– Le manège ! a hurlé Leslie. S'il vous plaît, s'il vous plaît, s'il vous plaît, on peut faire un tour ?

Elle s'est mise à sautiller malgré ses jambes maigrelettes. Le manège ne coûte pas trop cher, et j'avais de quoi offrir des tours à tous les enfants. Puis, après réflexion, j'ai tendu à l'homme le prix de cinq billets supplémentaires.

– Venez, les filles. Nous allons faire un tour de manège.

Mes amies m'ont d'abord regardée comme si j'avais perdu la tête. Puis elles ont souri et ont pris d'assaut les chevaux de bois.

Et nous voilà en train de monter et de descendre, et de tourner sur un manège au milieu du parc. J'avais l'impression d'être un personnage de *Mary Poppins*, qui est, soit dit en passant, mon film préféré. C'était comme si Mary Poppins, Jane et Michael Banks avaient sauté dans un des dessins à la craie de Bert sur les trottoirs de Londres et s'étaient retrouvés dans un monde imaginaire.

– Lucy ? m'a appelée Mary Anne.

– Oui ?

J'ai eu peur un moment qu'elle ne se mette à nous débiter des chiffres, l'âge du manège, son prix de fabrication, ou combien de chevaux il y avait.

Mais elle a tout simplement dit :

– C'est vraiment amusant. Je suis contente que nous soyons venues ici.

– Moi aussi.

Le manège s'est arrêté, et c'est à contrecœur que nous sommes tous descendus de nos montures, petits et grands.

– Je ne savais pas que ce parc était si grand, a déclaré Kristy.

– Et nous n'avons pas tout vu, ai-je répliqué.

– Voilà les «joueurs de chèques»! s'est exclamé soudain Henry.

– Les joueurs de chèques?

Puis j'ai compris ce qu'il voulait dire. Il y a tout un ensemble de tables qui ressemblent à des tables de pique-nique, mais en moins long. Sur chaque table, il y a un damier gravé. Beaucoup de personnes apportent leur jeu d'échecs ou de dames, quand il fait beau, pour disputer des parties amicales. Blair Barrera m'a tirée par la main. Il voulait me dire quelque chose à l'oreille.

– Ils sont sérieux, m'a-t-il soufflé en désignant du menton les «joueurs de chèques». Ça ne rigole pas!

Il avait raison. Les joueurs avaient même des sabliers ou des chronomètres pour limiter leur temps de réflexion avant chaque coup. Ils étaient silencieux, aussi concentrés que s'ils étaient en train de passer un contrôle de maths.

Certains ont levé les yeux, les sourcils froncés, quand Leslie s'est mise à glapir:

– Cela suffit! Arrête, Cissy. Arrête! Tu n'es qu'un vieux crapaud!

– Crapaud toi-même! Parce que moi, je suis en caoutchouc, et toi tu es un pot de colle, et tout ce que tu dis rebondit sur moi et se colle sur toi. Et toc.

– C'est pas vrai, a contre-attaqué Leslie, les mains sur les hanches. C'est moi le caoutchouc et toi le pot de colle.

– Non, c'est moi…

– Les filles !

Quatre joueurs de dames et deux joueurs d'échecs nous fixaient avec colère. J'ai eu l'impression d'avoir hurlé dans une bibliothèque.

– Venez, ai-je dit à mes amies. Emmenons les petits plus loin.

Nous avons poussé notre petite troupe vers une allée latérale et nous nous sommes retrouvés sur une vaste pelouse. Un groupe d'enfants jouait au ballon. Un couple se renvoyait un Frisbee. Claudia a éclaté de rire.

– Qu'y a-t-il ? ai-je demandé.

– Il y a un chien qui joue au Frisbee !

Un berger allemand bondissait en l'air pour rattraper le frisbee lancé par son maître.

– Et il est plus doué que moi ! a ajouté Claudia.

Nous avons marché encore. Et encore. Nous sommes arrivés près de l'étang. Les enfants commençaient à être fatigués et nous aussi. Nous nous sommes assis sur des bancs. Il y avait plein de choses à voir. Pour commencer, cet épagneul doré qui plongeait sans arrêt, nageait, revenait sur la rive et s'ébrouait en arrosant copieusement ceux qui passaient à proximité, avant de replonger…

– J'aurais dû emporter mon bateau avec moi, a dit Carlos en apercevant des bateaux télécommandés.

– Tu as un bateau comme ça ? a voulu savoir Dennis, envieux.

– Bien sûr que j'en ai un. Pas toi ?

– Non, mais j'aimerais bien. Tu as déjà eu des accidents avec le tien ?

– Seulement un million, à peu près. Mais il n'est pas cassé.

– Comme la petite souris qui avait toujours des ennuis, a déclaré Peggie.

– Comme qui ? a fait Sean.

– Tu ne connais pas l'histoire ?

– Peggie, tout le monde ne lit pas autant que toi, est intervenue sa sœur.

– Mais je lis beaucoup ! a protesté Sean.

– Alors tu devrais connaître la petite souris qui a toujours des ennuis, a dit Peggie.

– Moi, je ne la connais pas, a confié Leslie.

– Moi non plus, a murmuré Grace.

– Très bien, ai-je fait. Je vais vous la raconter. C'est l'histoire d'un bébé souris qui naît chez des humains. Ils attendaient un bébé humain, bien sûr, mais ils eurent une souris. Ils vivaient à New York et, un jour, la petite souris est venue jouer près du bassin.

J'ai poursuivi mon récit, racontant comment le souriceau avait failli se noyer. Même les enfants qui, comme Peggie, connaissaient déjà l'histoire, écoutaient rêveusement, en partie parce qu'ils étaient fatigués, je pense, mais quelle importance ?

Une fois l'histoire terminée, j'ai dit :

– Il est temps de rentrer à la maison, les enfants. Il va falloir traverser à nouveau le parc, et c'est assez long.

– Oh, Lucy, on est vraiment obligés ? a geint Cissy.

– Absolument.

Je ne savais pas si elle geignait parce qu'elle ne voulait pas quitter le parc ou parce qu'elle n'avait pas envie de marcher. Mais je lui ai proposé de grimper sur mon dos. Kristy a fait de même avec Grace, Carla avec Leslie, Mary Anne avec Henry et Claudia avec Sean. Puis, nous nous sommes mis en route. En chemin, nous nous sommes arrêtés pour regarder des patineurs et un homme qui faisait des tours de magie. Mais impossible de tomber sur la statue de la panthère à l'affût; j'avais oublié où elle se trouvait. Je savais seulement que je l'avais souvent aperçue en faisant du patin dans les allées, avec Laine.

À la sortie du parc, les petits sont descendus de nos épaules et ont marché devant nous avec les grands. Serrés les uns contre les autres, ils chuchotaient comme des conspirateurs.

– Ils mijotent quelque chose, ai-je dit à Claudia. Je le sens.

– Eh bien, tant qu'ils le font en silence, je ne me plaindrais pas.

Au moment même où elle terminait sa phrase, les enfants se sont retournés d'un bloc et se sont mis à chanter à tue-tête :

– Car ce sont les meilleures baby-sitters, oui ce sont les meilleures baby-sitters, les meilleures du mon-onde.

J'ai senti mes joues s'enflammer. Kristy, Claudia, Mary Anne et Carla étaient cramoisies. Les passants nous ont regardées en souriant. Ma première réaction a été d'éloigner nos petits monstres, de ne pas nous faire remarquer. Puis je me suis dit : « Pourquoi suis-je tout le temps gênée ? Pourquoi serais-je gênée par ça ? C'est adorable. Les petits font ça parce qu'ils nous aiment bien et qu'ils ont passé un bon après-midi. »

– Merci, les enfants !

Je les ai tous embrassés.

– Oui, merci ! ont répété les filles.

Puis, nous avons reformé nos rangs pour traverser la rue, épuisés mais heureux. Nous avancions le long du trottoir en marchant au pas, une-deux, une-deux.

Au coin de la rue, on a croisé Judy.

– Une, deux ! a fait Blair à son attention.

– Une, deux ! lui a-t-elle fait écho pour son plus grand bonheur.

En me voyant, elle a même lancé :

– Bonjour, ma petite demoiselle.

Un immense sourire a illuminé le visage de Blair.

Nous sommes entrés dans mon immeuble, avons défilé devant James et Isaac et nous sommes engouffrés dans l'ascenseur. Notre aventure touchait à sa fin.

Cher Logan,

Comme dirait Claudia : « Oh Seigneur ! » Tu ne croiras pas ce que nous avons fait hier soir. C'était le samedi soir le plus fabuleux, le plus excitant de l'histoire universelle : nous sommes allées voir une comédie musicale à Broadway. Nous étions assises dans les premiers rangs, juste face à la scène. Et nous avons dîné dehors, toutes les cinq, plus l'amie de Lucy, Laine. Et nous avions une voiture AVEC CHAUFFEUR. Je t'assure que c'est vrai.

Zut, je n'ai plus de place. Je te raconterai le reste à mon retour.

Je t'embrasse,

Mary Anne

Après ce qui s'était passé entre Laine et Claudia la veille, je n'aurais jamais cru que nous passerions la soirée du samedi avec Laine. Mais c'est ce qui s'est arrivé. Et quelle soirée !

Nous nous sommes amusées comme jamais. Vous voulez savoir pourquoi ? Parce que j'ai fait semblant d'être une touriste, et non une New-Yorkaise de naissance. J'ai tout redécouvert avec des yeux neufs. Mais avant de continuer, laissez-moi vous raconter comment s'est terminée notre séance de baby-sitting.

En rentrant dans mon appartement, nous l'avons trouvé bondé. Tous les parents étaient là, attendant leurs enfants. La réunion s'était achevée plus tôt que prévu, et tout le monde discutait du problème des sans-abri. À notre retour, tout le monde parlait en même temps, c'était à en avoir le tournis.

Grace s'est jetée sur sa mère. Les Deluca parlaient sans pouvoir s'arrêter. Leslie a annoncé :

– J'ai failli vomir, mais je ne l'ai pas fait.

Mme Reames a eu un air horrifié.

– As-tu mangé quelque chose à base de froment ?

Elle s'adressait à Leslie mais c'était moi qu'elle regardait, d'un air accusateur.

– Non, non, l'ai-je rassurée. Un peu trop de crème glacée, je crois. Et trop d'énervement.

Henry a choisi ce moment pour dire à son père :

– Je me suis perdu ! Mais après j'ai été retrouvé.

Mary Anne a dû lui expliquer ce qui était arrivé.

Dans l'ensemble, les enfants étaient ravis et les parents satisfaits. Quand tout le monde est parti, papa, maman, mes amies et moi nous sommes écroulés sur les sièges de la salle de séjour. Mes parents semblaient aussi fatigués que nous.

– Cette réunion n'en finissait pas, a déclaré maman.

– Mais nous avons beaucoup avancé, a fait papa. Nous avons élaboré un projet pour aider Judy et les gens comme elle. Pour commencer, nous allons ouvrir une soupe populaire.

– Et les gens de la paroisse nous aideront.

Le téléphone a sonné.

Je suis allée répondre dans la cuisine.

–Allô ?

– Salut, c'est moi, Laine.

– Salut !

Laine avait bien dit qu'elle m'appellerait mais, étant donné la façon dont les choses s'étaient passées, j'étais un peu surprise de l'entendre.

– Alors, cette séance de baby-sitting ?

Je lui ai tout raconté.

– Devine quoi. Tu ne vas pas le croire.

Elle a marqué une pause théâtrale avant de reprendre :

– Je ne sais pas si je dois te le dire mais papa peut avoir des places gratuites, de très bonnes places, pour *Starlight Express*, ce soir... Tu sais, la comédie musicale. Maman et lui n'ont pas envie d'y aller, alors ils m'ont offert les billets. Ce n'est peut-être pas une bonne idée, mais vous n'aimeriez pas voir ce spectacle, tes amies et toi ? Papa peut avoir six places. Et on aurait la limousine. Je ne sais pas si Claudia est comme moi, mais je suis terriblement embêtée pour hier soir, et j'aimerais bien qu'on efface tout et qu'on recommence.

Le père de Laine est dans le show business. C'est pour

226

cela qu'ils habitent dans ce superbe immeuble Dakota, et c'est aussi pour ça que le père de Laine a toujours des places gratuites pour les spectacles. En plus, ces places sont toujours très bien situées, dans les premiers rangs, et face à la scène. Enfin, le père de Laine possède une superbe limousine avec chauffeur : c'est une énorme voiture, avec bar et téléviseur, et assez de place pour embarquer un million de personnes.

J'étais complètement emballée par l'offre de Laine. Des places gratuites ? Six ? La limousine ? Mais je devais d'abord demander l'avis de mes parents et de mes amies. J'ai dit à Laine que je la rappellerais. Puis, après avoir obtenu l'autorisation de mes parents, j'ai réuni les filles dans ma chambre et je leur ai rapporté l'invitation de Laine.

– Alors, qu'en pensez-vous ?

J'ai vu leurs yeux s'élargir comme des soucoupes et j'ai su qu'elles étaient folles de joie. On aurait dit que Mary Anne avait été frappée par la foudre. Elle restait bouche bée, incapable de parler ou de bouger.

– Laine a dit qu'elle voulait tout recommencer à zéro.

Claudia s'est éclairci la gorge.

– Eh bien, a-t-elle dit calmement, si Laine veut repartir de zéro, moi aussi. Et je promets de lui donner une chance.

– Youpi ! a crié Kristy, en se levant d'un bond.

– Broadway ! a réussi à bredouiller Mary Anne.

Carla s'est tournée vers Claudia.

– Oh, Seigneur, a-t-elle fait en imitant l'intonation de Claudia.

J'ai rappelé Laine. On a décidé de se retrouver pour dîner dans un petit restaurant à mi-chemin. Ensuite, la limousine nous emmènerait jusqu'au théâtre, puis nous reconduirait chez moi.

Mary Anne est aussitôt devenue hystérique à propos des vêtements qu'il fallait mettre. Cette fois, j'ai décrété :

– Les filles, mettez ce que vous avez de plus chic.

En fait, les gens ne s'habillent plus vraiment pour aller au théâtre. On y voit de tout, depuis les jeans jusqu'aux manteaux de fourrure, qui sont d'ailleurs parfois portés par la même personne. Mais comme nous devions arriver et repartir en voiture avec chauffeur, je trouvais qu'il serait amusant de nous mettre sur notre trente et un.

Kristy a dû emprunter une robe à Mary Anne, quelques accessoires à Carla et à Claudia, et une de mes paires de chaussures. Au final, elle était superbe. Quand nous sommes sorties de ma chambre, mes parents ont applaudi.

– Je vais vous prendre en photo, a fait ma mère, qui en a pris au moins douze.

– Passez une excellente soirée, nous a souhaité mon père en me glissant un peu d'argent de poche. Et s'il arrive quoi que ce soit, appelez-nous. Tu as des pièces de monnaie ? Je ne veux pas que vous preniez un taxi seules la nuit. S'il y a un problème avec la voiture, essayez de trouver un café bien fréquenté et bien éclairé, et appelez-moi de là-bas. Ne restez pas dans la rue.

– On pourrait tout simplement attendre dans le hall du théâtre, ai-je dit. Je suis sûre qu'il y a un téléphone là-bas.

Mais papa était en plein dans ses recommandations et il n'a même pas entendu ma suggestion. Il n'était pas très rassuré de nous laisser sortir seules le soir. Maman m'a rappelé pour la dix millième fois :

– Amusez-vous bien et faites très attention.

Mes inquiétudes étaient d'un autre ordre. La soirée se déroulerait-elle sans disputes ? Je n'ai pas arrêté d'y penser sur le chemin du restaurant. Mais la perspective des places gratuites et de la limousine avec chauffeur avait dû adoucir l'humeur de mes amies. Quand nous sommes arrivées au restaurant, Laine était déjà là. Claudia et elle se sont échangé des sourires un peu gênés. Nous avons pris place autour d'une table ronde et avons commandé de quoi manger. Personne n'a fait d'excuses, car cela ne semblait pas nécessaire. Mais personne n'a lancé de piques non plus. Laine nous a parlé du spectacle que nous allions voir.

– C'est l'histoire d'une course de trains. Mon père dit que le décor est vraiment stupéfiant, les costumes aussi. Et tous les acteurs se déplacent en rollers !

– Non ? s'est exclamée Claudia. Génial !

Je ne sais plus comment nous en sommes venues à parler des endroits que nous avions visités ou que nous aimerions visiter, mais Laine devait aller en Californie pour Noël. Elle n'y était jamais allée avant. Carla lui a indiqué des endroits à découvrir absolument. Puis Laine nous a raconté son voyage au Japon. Claudia était fascinée.

Quand j'ai consulté ma montre, il était déjà dix-neuf heures trente-cinq. Le temps avait filé si vite !

– Nous ferions mieux de partir ! Le spectacle commence à vingt heures.

– Oui, la voiture nous attend, a dit Laine.

La limousine était en effet garée juste devant le restaurant. Nous sommes montées, avec l'impression d'être des stars, et l'espoir que quelqu'un nous verrait. Puis nous avons allumé la télé juste pour quelques secondes, afin que Mary Anne puisse dire qu'elle avait regardé la télé dans une voiture. Nous avons examiné le bar et nous sommes enfoncées dans nos sièges pour regarder défiler les rues éclairées. Le Gershwin Theatre n'était pas loin, nous y sommes arrivées en moins d'un quart d'heure.

Une ouvreuse nous a conduites à nos places. Le décor était époustouflant. Il n'y avait pas de rideaux.

Le spectacle a commencé à vingt heures cinq.

Les acteurs traversaient le décor à toute vitesse, prenant les virages pratiquement sur l'extrême bord de leurs roulettes. Parfois, on avait l'impression qu'ils allaient s'envoler et atterrir parmi les spectateurs. L'histoire n'avait rien d'original, mais il y avait tellement d'action que nous sommes restées cramponnées à nos sièges du début à la fin.

À la fin, Mary Anne a soupiré de plaisir.

– Un spectacle à Broadway... Une limousine avec chauffeur... Je dois être au paradis !

Nous avons quitté le théâtre et sommes montées à nouveau dans la voiture. Nous étions fatiguées, mais nous avons parlé sans nous arrêter pendant tout le trajet. Claudia et Laine se sont mises à me taquiner.

– Un jour, Lucy a oublié son repas sur le radiateur, a raconté Laine, et ça a empesté toute la classe.

– Une fois, elle devait garder des enfants très snobs, et elle a utilisé une méthode psychologique tout à fait bizarre, a fait à son tour Claudia. Elle les a apprivoisés ! Ils l'ont prise pour une folle.

On a éclaté de rire. Et puisque nous nous entendions si bien, j'ai proposé :

– Laine? Veux-tu rester dormir ici? Pour rattraper la nuit dernière.

Laine a réfléchi.

– J'aimerais bien, mais je crois que vous avez besoin de vous retrouver entre vous. Nous nous sommes bien amusées ce soir et, Claudia, je suis heureuse d'avoir pu découvrir ta véritable personnalité. Maintenant, je vais rentrer chez moi.

Elle avait raison. J'étais contente que Laine se montre aussi franche envers nous. Cette soirée avait été parfaite. Non seulement on s'était bien amusées, mais maintenant que les filles du club étaient détendues et commençaient à s'habituer à New York, elles se montraient très à l'aise en présence de Laine.

La limousine a traversé West Side et nous a déposé devant mon immeuble avant de repartir avec Laine vers l'immeuble Dakota.

À ma grande surprise, Claudia et Laine se sont échangé leurs adresses et leurs numéros de téléphone.

⑭

Chère Louisa,

Bonjour! Comment va notre intérimaire? As-tu eu des séances de baby-sitting intéressantes pendant ce week-end? Attends que nous te racontions le nôtre. Il y avait dix enfants et ça s'est passé à Central Park, mais je t'en dirai davantage quand nous nous reverrons. Après, nous sommes allées dîner, puis assister à un spectacle dans une limousine AVEC CHAUFFEUR. Ensuite, nous avons fait semblant de tenir une réunion du club, en souvenir du « bon vieux temps ».

Dommage que tu n'aies pas mieux connu Lucy. Je pense que vous auriez pu devenir amies toutes les deux.

À bientôt,
Kristy

Notre « réunion pour rire » s'est super bien passée, beaucoup mieux que celle qui s'était tenue le matin, mais ce n'était pas une vraie réunion. C'était simplement pour nous amuser. Nous avons « fait semblant », comme Kristy l'a écrit à Louisa Kilbourne, un membre intérimaire du club. Louisa n'assiste pas aux réunions, mais on fait appel à elle quand il y a trop de travail. Du renfort, en quelque sorte. Il y a deux intérimaires : Louisa et Logan Rinaldi, le petit ami de Mary Anne.

Lorsque Carla, Claudia, Kristy, Mary Anne et moi avons regagné l'appartement, maman et papa nous attendaient. Ils n'avaient pas l'air trop inquiets. Ils nous ont demandé brièvement comme s'était passée notre soirée et sont allés se coucher.

Mes amies et moi nous sommes regardées. Super ! La nuit était à nous. Vous vous rappelez comme nous étions fatiguées après la séance de baby-sitting ? Et après le spectacle ? Eh bien, tout à coup, nous n'avons plus ressenti aucune fatigue. Bien au contraire ! Nous étions en pleine forme.

– Mettez-vous en pyjama les filles, et venez dans ma chambre.

– Oh, oui, a dit Kristy. Faisons une réunion du club.

Un quart d'heure plus tard, Claudia et moi étions couchées à plat ventre en travers de mon lit. Mary Anne et Carla étaient assises en tailleur sur le sol, et Kristy trônait dans mon fauteuil.

– Je déclare cette réunion du Club des baby-sitters ouverte, a déclaré Kristy à voix basse.

D'habitude, elle parle plutôt fort, mais comme papa et

maman dormaient non loin de là, elle s'est efforcée de ne pas les réveiller.

– Y a-t-il des problèmes administratifs ?

– Non.

– Des problèmes avec l'agenda ou le journal de bord ?

– Non.

– On ne les a pas, a fait remarquer Claudia dans un murmure.

– Joue le jeu, lui ai-je soufflé.

– Quelqu'un désire-t-il parler d'une de ses séances de baby-sitting ?

Bon, ça commençait à devenir n'importe quoi. C'était fou. Personne ne faisait vraiment attention à Kristy. Carla et Mary Anne essayaient mon vernis à ongles argenté. Claudia convoitait du regard un magazine de cinéma posé sur mon bureau.

Kristy a senti qu'elle n'avait pas le contrôle de cette « réunion ».

– Ceci n'a pas grand-chose à voir avec le baby-sitting, Kristy, mais comment ça va chez Jim ? lui ai-je demandé. Comment vont Andrew et Karen ?

– Oh, super !

Comme elle adore parler de son demi-frère et de sa demi-sœur, je savais qu'ainsi, j'arriverais à la détourner du baby-sitting.

– Et je vais te dire un truc, a-t-elle enchaîné. Pour moi, ce n'est plus seulement chez Jim. C'est chez nous. C'est notre maison à nous tous : maman, Jim, Samuel, Charlie, David Michael, Andrew et Karen, moi, et même Boo-Boo et Louisa.

Boo-Boo, c'est le chat de Jim, et Louisa, le petit chien de David Michael. Il porte le nom de Louisa Kilbourne, notre intérimaire. Mais c'est une longue histoire, je vous la raconterai peut-être un jour.

– C'est génial. Alors, tu as l'impression de t'être bien adaptée ? Je veux dire, au quartier ?

– Presque.

– Et toi, Carla ?

- Quoi, moi ?

Elle s'était verni les ongles des mains et s'appliquait maintenant à poser un minuscule point argenté au centre de chaque ongle de ses orteils. Elle a relevé la tête.

– Oh, tu veux savoir si je me suis adaptée à Stonebrook ? J'ai acquiescé.

– Je n'y pense même plus. Le plus dur, c'est que David n'est plus là.

– Comment ça ?

Silence. Quatre têtes se sont tournées vers moi.

– Tu n'es pas au courant ? a demandé Claudia, étonnée. J'étais pourtant sûre de te l'avoir dit.

– Dis quoi ? Je ne me rappelle pas que tu m'en aies parlé. Mais raconte, Carla !

Tous les regards ont convergé vers Carla, qui avait fini de vernir ses ongles.

Elle a tendu le flacon à Mary Anne et a poussé un long soupir.

– Mon frère est reparti chez mon père.

– En Californie ?

J'ai mis ma main sur la bouche, car j'ai réalisé que j'avais parlé trop fort.

– Je savais qu'il n'allait pas bien. Je crois que j'avais même entendu dire que ta mère envisageait de le laisser repartir, mais j'ignorais que cela avait fini par se faire. Oh, Carla, je suis vraiment désolée.

Je ne sais pas si Carla et son frère sont très proches l'un de l'autre, mais, étant fille unique, je rêve parfois d'avoir un frère ou une sœur. Cela me paraît être la chose la plus merveilleuse au monde. Alors, vivre sans son frère me semblait la chose la plus horrible au monde. Les yeux de Carla se sont emplis de larmes. Elle les a refoulées d'un clignement de paupières.

– Pas étonnant que tu n'aies pas été au courant. Vous vous rappelez ce qui s'est passé juste avant le départ de David ?

Claudia, Mary Anne et Kristy ont éclaté de rire.

– Le concours de Mini-Miss Stonebrook !

– Quelle histoire !

– Racontez-moi ! les ai-je implorées.

– Bon, a fait Carla, remise de ses émotions, tout a commencé avec un concours de beauté organisé pour les petites filles de cinq à huit ans. Claire et Margot Pike mouraient d'envie d'y participer. Leur mère m'a demandé de les préparer à ce concours. Chaque enfant devait présenter un numéro. Tu sais ce que Margot avait décidé de faire devant tout le monde ? Éplucher une banane avec ses pieds en récitant *La Maison que Jack a bâtie*.

Nous nous sommes toutes mises à hurler de rire. Nous avons chacune pris soit un oreiller, soit un coussin dans lesquels nous avons enfoui notre visage pour étouffer le bruit.

Mais Carla était sur sa lancée :

– Et tu sais ce que devait faire Claire ? Chanter : *C'est moi Popeye le matelot, j'mange des épinards pour être costaud...*

Nous étions mortes de rire.

– Je vais faire pipi dans ma culotte ! a lancé Claudia qui riait tellement qu'elle en pleurait.

Carla a soudain pris un air de conspirateur.

– Les filles, je viens d'avoir une idée de génie. Appelons David en Californie pour lui faire une blague.

– D'accord, ai-je dit. Mais pas longtemps. Les communications coûtent cher. Mais qu'est-ce qu'on va lui dire ?

– Voyons s'il va se laisser prendre à la plus vieille blague téléphonique du monde, a suggéré Mary Anne. Oh, s'il te plaît, Carla, je peux l'appeler ?

– Bien sûr, a acquiescé Carla.

Mary Anne a composé le numéro.

– Ça sonne, nous a-t-elle fait savoir, la main sur le combiné. C'est David qui a décroché !

Elle a enlevé sa main et dit d'une voix assurée :

– Allô ? Est-ce que votre réfrigérateur marche ?

– Oui, je crois, a répondu David.

– Alors vous feriez mieux de lui courir après !

Elle a raccroché dans l'hilarité générale. Je riais tellement que je suis tombée du lit. Puis, je me suis redressée, soudain prise de panique.

– Carla ! Et si David croyait que c'est toi qui viens d'appeler, et qu'il téléphonait chez toi ? Que dirait ta mère ?

Après un long silence horrifié, nous nous sommes remises à rire. C'était plus fort que nous.

– Je parie, a déclaré Mary Anne, que s'il téléphonait chez moi maintenant, la ligne serait occupée. Vous savez pourquoi ?

– Parce que ton père a une petite amie et qu'il passe des heures à bavarder avec elle au téléphone ? l'ai-je taquinée.

– Non. Parce que Tigrou sait décrocher le téléphone et qu'il le fait tout le temps.

– Non, tu rigoles ? Tigrou n'est qu'un chat.

– C'est pourtant vrai ! a confirmé Carla. Je l'ai déjà vu faire. Il pousse le combiné avec la patte jusqu'à ce qu'il tombe.

J'ai craint un moment que mes parents ne viennent nous dire d'arrêter de faire du bruit (impossible de nous calmer), alors j'ai suggéré d'aller dans le séjour.

– Parfait, a fait Claudia en longeant le couloir sur la pointe des pieds. J'ai faim et la cuisine est juste à côté. Qu'est-ce que tu as à m'offrir ?

– Des restes de la fête d'hier.

Nous avons pillé le réfrigérateur. Puis nous nous sommes installées dans la salle de séjour manger nos restes de sandwiches, nos chips et nos biscuits salés. Enfin, c'est ce qu'elles ont mangé, moi, je me suis contentée d'un soda sans sucre. Carla, quant à elle, a préféré grignoter des bretzels et les tomates des sandwiches.

– Si seulement on s'était autant amusées hier soir, a soupiré Kristy après avoir ingurgité une poignée de chips.

– Je suppose que vous étiez trop intimidées. Ce n'était peut-être pas une bonne idée d'inviter des gens le premier jour.

– Je ne sais pas pourquoi j'étais si énervée, a confié Claudia. Peut-être parce que je voulais à tout prix m'intégrer. Désolée pour Coby, Kristy.

– C'est pas grave. De toute façon, Coby a mon numéro de téléphone et mon adresse, et moi j'ai ses coordonnées. Je crois que j'aurai bientôt de ses nouvelles.

Kristy a rougi, mais j'ai vu qu'elle était ravie à l'idée d'écrire ou de parler à... un garçon !

– Puisque c'est l'heure des excuses, a bredouillé Mary Anne, je regrette d'avoir été aussi pénible. Je veux dire, avec mes discours sur New York. Mais c'est une ville si formidable...

– Eh bien moi, je regrette d'avoir été aussi peureuse, a dit Carla. Mais pour moi, New York est un lieu effrayant.

– Je regrette de n'avoir pas été plus compréhensive, ai-je ajouté.

– Et moi, de ne pas avoir su tenir ma langue, a renchéri Kristy.

Nous avons ri de plus belle. Nous avons bavardé tout en riant jusqu'à ce que maman se lève et nous demande de nous calmer. Puis nous sommes allées nous coucher.

Chère Jessi,

C'est un peu ridicule de t'écrire maintenant, parce que nous sommes dans le train qui nous ramène à la maison.

Aujourd'hui a été une journée magnifique et triste à la fois. Magnifique parce que nous étions redevenues nous-mêmes et que nous nous sommes bien amusées. Triste parce qu'il a fallu dire au revoir à Lucy.

Kristy s'est assise à côté de moi et elle s'est endormie. Sa tête n'arrête pas de retomber sur mon bras. Je vais te laisser car Claudia veut aller dans le wagon-restaurant acheter des bonbons.

Bisous, Carla

C'était notre dernière journée ensemble et devinez un peu à quoi nous avons passé la moitié de la matinée ? À dormir ! Nous étions exténuées. Nous ne nous étions pas endormies avant une heure du matin. Je déteste perdre mon temps au lit, mais c'était si agréable d'étirer les jambes et de se laisser rouler sur le côté pour « cinq petites minutes de plus » qui duraient en fait un bon quart d'heure. Et j'ai dû faire ça à huit reprises au moins.

Bref, à 10h08, j'ai décidé de me réveiller pour de bon. Je suis allée dans la salle de séjour et j'ai trouvé un mot de mes parents disant qu'ils étaient partis faire leur jogging. J'ai eu soudain un certain remords. Avec mes copines dans le séjour et dans le bureau, mes parents n'avaient plus que la cuisine pour se réfugier, ou la rue. J'ai entrepris de réveiller tout le monde. Il le fallait. Le train des filles partait à deux heures et demie cet après-midi, et c'était dommage de gaspiller les dernières heures à dormir.

J'ai fait du bruit dans la cuisine, mis une bouilloire à chauffer pour le thé, sortis des tasses, des assiettes et des couverts, puis ouvert le réfrigérateur, espérant bien y trouver ce que j'y trouve généralement le dimanche matin : du saumon fumé et du fromage à la crème. Il y avait également ment des petits pains frais sur la table. Miam !

– Le petit déjeuner est servi ! ai-je lancé à la cantonade.

Les filles ont vaguement grommelé quelque chose, puis se sont rendormies aussitôt.

J'ai disposé les petits pains dans une corbeille, le saumon fumé sur une assiette, et le fromage sur une autre. Tout était prêt, si quelqu'un voulait bien se lever.

– Ou-ouh !

– Ou-ouh! a crié Kristy. Qu'est-ce qu'il y a? Tu joues à cache-cache, ou quoi?

– Allez. Levez-vous. Un délicieux petit déjeuner vous attend à la cuisine. Même toi, Carla, tu aimeras ça.

Il y avait des petits pains complets, ainsi Carla ne s'empoisonnerait pas l'organisme avec du pain blanc.

J'ai fini par entendre des bruits de pas et de vêtements, et bientôt mes amies sont apparues dans la cuisine, les yeux encore gonflés de sommeil.

Kristy fixait l'assiette de saumon d'un air circonspect.

– Qu'est-ce que c'est?

- Du saumon fumé.

– C'est comme le sushi? a demandé Mary Anne, le nez froncé.

– Non, ce n'est pas du poisson cru, si ça peut te rassurer, même si cela y ressemble.

– Bon, je vais essayer, a déclaré Carla. Comment ça se mange?

– Je vais te montrer. C'est un petit déjeuner que tu n'es pas près d'oublier.

– Ça, c'est sûr…, a murmuré Kristy.

J'ai coupé un petit pain en deux, j'ai fait griller les deux moitiés et je les ai recouvertes de fromage à la crème avant de placer un peu de saumon fumé dessus. Puis, j'ai mis le tout sur une assiette et l'ai présentée à Carla.

Elle a goûté une bouchée.

– C'est, a-t-elle dit en fermant les yeux, c'est divin, absolument divin!

– Je te déclare désormais vraie New-Yorkaise.

– Tu veux dire qu'on n'est pas une vraie New-Yorkaise si

on n'a pas mangé du saumon fumé ? s'est étonnée Mary Anne.

– Exactement.

– Oh, Seigneur ! s'est écriée Claudia.

À la fin, toutes mes amies voulaient devenir de vraies New-Yorkaises, et elles ont englouti du saumon fumé et des petits pains. Même Kristy. Puis nous nous sommes habillées. Nous avons mis nos T-shirts du *Hard Rock Café* et nous nous sommes assises dans le séjour et avons lu le *New York Times*, que papa et maman avaient rapporté entre-temps.

– Un dimanche matin typiquement new-yorkais, ai-je déclaré.

– C'est vrai ? a demandé Mary Anne.

Elle était aux anges. Puis elle a consulté sa montre et son visage s'est rembruni d'un coup.

– Qu'y a-t-il ? a voulu savoir Carla.

– Il est midi.

– Ouh, là. Dans moins de deux heures, il faudra partir pour la gare, leur ai-je rappelé.

On a sonné à la porte au même moment.

Bien. Une diversion. J'ai couru ouvrir.

– Qui est là ?

– Mme Walker.

J'ai ouvert la porte. Devant moi se tenaient Henry, Grace et leur mère.

– Bonjour !

– Bonjour, m'a répondu Mme Walker.

Henry et Grace étaient cachés derrière leur mère et me regardaient timidement, mais en souriant.

– Entrez, je vous en prie.

Henry et Grace tenaient chacun une feuille de papier.

– C'est pour toi… et tes amies, a expliqué Henry.

– Les filles, venez voir !

Kristy, Carla, Mary Anne et Claudia nous ont rejoints.

– Ils se sont levés de bonne heure pour faire ces dessins, a déclaré Mme Walker. Et ils tiennent à vous les offrir. Ils se sont tellement amusés hier !

– Merci ! avons-nous fait en chœur.

Sur le dessin de Henry, on pouvait reconnaître un dinosaure. Un stégosaure, a-t-il précisé. Grace avait dessiné un cercle bleu zébré de vert et de rose et nous a expliqué que cela représentait Central Park.

Après le départ des Walker, les filles ont décidé de dire au revoir aux autres enfants que nous avions gardés. Cette fois-ci, nous avons commencé par les étages inférieurs, pour terminer avec Leslie Reames. Carla appuyait sur les boutons de l'ascenseur comme si elle avait passé toute sa vie dedans. Mary Anne n'a mentionné aucune statistique sur New York, Kristy n'a fait aucune réflexion sarcastique, et Claudia nous a annoncé qu'elle allait écrire à Laine dès son retour.

Les filles ont donc fait leurs adieux à Dennis et Sean, à Carlos, Blair et Cissy, à Natalie et Peggie.

Quand nous sommes sorties de l'appartement des Golding, Kristy s'est arrêtée net.

– Vous savez quoi ? Je n'ai aucune envie d'aller dire au revoir à Leslie Reames. On va encore se retrouver coincées au milieu de leurs œuvres d'art à écouter une conférence sur les allergies au froment… ou sur ce qui arriverait à Leslie si elle mangeait du fromage de chèvre.

On s'est mises à rire.

– Oui, mais il faut y aller, ai-je rétorqué d'une voix ferme. Vous ne pouvez pas dire au revoir à tous les enfants et ignorer Leslie.

C'est à contrecœur que nous sommes montées au dernier étage. Martha était seule dans l'appartement. Hourra !

Malheureusement, il était grand temps de faire les bagages. Mes amies allaient bientôt partir.

Elles ont bouclé leurs valises et leurs sacs en silence, non pas parce que nous étions fâchées, mais parce que nous étions tristes.

Nous avons traîné l'énorme valise de Claudia au milieu du séjour. Les filles ont dit au revoir à mes parents. Mon père m'a donné de l'argent pour le taxi et nous sommes parties.

– Merci pour tout ! ont dit mes amies.

– Revenez bientôt, leur a fait mon père.

– C'était un plaisir de vous avoir chez nous, a ajouté ma mère.

Claudia m'a lancé un regard malicieux et a murmuré :

– Amusez-vous bien et faites bien attention.

– Amusez-vous bien et faites bien attention ! nous a rappelé ma mère, au moment où l'ascenseur arrivait.

Au rez-de-chaussée, nous sommes passées devant Isaac.

– Bonne journée, nous a-t-il lancé.

Le taxi nous attendait. Le chauffeur a mis la malle de Claudia dans le coffre. Comme elle prenait déjà toute la place, nous avons dû tasser les sacs à dos, fourre-tout et souvenirs à l'intérieur du taxi.

Le trajet s'est déroulé en silence, mais dès notre arrivée à la gare, nous nous sommes mises à parler toutes en même temps.

– Quel week-end ! s'est exclamée Mary Anne.

– Oh, Seigneur, c'était grandiose ! a fait Claudia.

– Je suis contente d'avoir fait la connaissance de Laine, a déclaré Carla.

– Qu'il fait chaud dans cette gare ! s'est plainte Kristy.

– Plus que chez *Bloomingdale's* ? lui ai-je demandé.

– Mmm. Cela se vaut.

Quand l'annonce du départ a résonné sur le quai, nous nous sommes toutes mises à pleurer, même Kristy.

Nous nous sommes embrassées en sanglotant et en nous disant combien nous allions nous manquer et en nous promettant de nous écrire, de nous téléphoner et de nous rendre visite dès que possible.

– Au revoir ! m'ont-elles fait de la vitre baissée de leur compartiment.

– Au revoir. Amusez-vous bien et faites bien attention !

Les vacances de CARLA

Mon petit soleil,

Le compte à rebours a commencé. Il ne reste plus que quelques jours avant que tu prennes l'avion et que tu atterrisses sur le sol de notre merveilleuse Californie. Je suis terriblement impatient de te voir, ma chérie. David, lui, est tellement excité qu'on se croirait un matin de Noël. Californie, te voilà ! À dimanche soir à l'aéroport.

Gros bisous,

Papa

Un voyage sur la côte ouest, c'était le clou de mes vacances de Pâques. Tout s'est passé à merveille, alors pourquoi ai-je fini par me sentir si troublée ? Croyez-moi, il y a beaucoup à raconter et je ferais mieux de commencer mon histoire par le début.

Tout d'abord, vous vous demandez sans doute qui est «mon petit soleil»? Eh bien, c'est moi. Bien sûr, plus personne ici ne m'appelle comme ça. Ici, dans le Connecticut, tout le monde m'appelle par mon véritable nom : Carla Schafer. Mais pas mon père. Il a commencé à m'appeler «mon petit soleil» quand j'étais petite et, malheureusement, c'est resté. Il m'a sans doute donné ce surnom à cause de mes longs cheveux blonds. Ils sont très clairs et m'arrivent presque aux fesses. Ou peut-être que papa m'a donné ce surnom parce que j'adore le soleil. J'adore aussi la chaleur et la plage.

Je suppose que je suis, en fait, une véritable Californienne. Après tout, c'est l'endroit d'où je viens. Et j'y suis retournée pour les vacances !

J'ai reçu la carte postale de papa en rentrant de l'école le jeudi après-midi. J'avais encore beaucoup de choses à faire avant d'être prête. J'ai tiré ma valise hors de mon armoire, l'ai jetée sur mon lit et j'ai commencé à étaler mes vêtements. J'ai décidé de prendre ma jupe blanche en coton parce que je peux la mettre avec n'importe quoi. Et, bien sûr, mon maillot de bain (un deux-pièces), mon jean et mes baskets. Par contre, je n'étais pas sûre de vouloir emporter ma salopette jaune. Et puis avais-je vraiment besoin de trois robes ?

Vous vous demandez sûrement pourquoi je vis dans le Connecticut et mon père en Californie. De temps en temps, je me le demande aussi. Croyez-moi, ce n'est pas comme ça que j'aurais souhaité que les choses se passent. Mais maintenant ça va mieux. Vous voyez, il y a un an et demi, mes parents ont divorcé. Papa est resté dans notre maison en

Californie et maman nous a emmenés, mon frère David et moi, ici à Stonebrook, dans le Connecticut. Je pense que maman voulait venir ici parce que mes grands-parents y vivent et qu'elle a grandi dans cette ville. Pour dire la vérité, au début je n'étais pas très contente mais, après, je me suis adaptée. Je me suis trouvé une meilleure amie, Mary Anne Cook, et on m'a proposé de rejoindre le Club des baby-sitters, qui est le club le plus extra du monde entier.

Mon frère, David, en revanche, ne s'est pas acclimaté aussi facilement. En fait, il ne s'est jamais acclimaté. Il a commencé à devenir insupportable avec maman et moi, et ensuite à se battre à l'école. C'était vraiment pénible. Sa maîtresse n'arrêtait pas de convoquer maman qui, je crois, ne savait vraiment pas quoi faire. Finalement, nous avons décidé de laisser David repartir en Californie pour quelque temps. Il voulait juste retrouver ses amis et vivre avec papa. Je ne pense pas que maman était ravie à cette idée, mais elle a décidé de laisser David essayer pendant six mois.

Je n'aimais pas beaucoup non plus cette idée. C'était encore pire que le divorce de papa et maman. Notre famille était déjà divisée, mais quand David nous a laissées, maman et moi, ça a été comme un abandon. Et puis, une autre partie de moi pensait : « Et pourquoi devrais-je être la seule à rester ici ? »

Maintenant, je me suis faite à tout ça. Je comprends bien pourquoi les choses sont devenues telles qu'elles sont. Mais, de temps en temps, je trouve étrange la façon dont la famille est partagée : garçons contre filles, ou côte ouest contre côte est. J'aime maman, et toutes les deux nous allons rester ensemble, mais bien sûr j'aime aussi papa et

David, et ils me manquent souvent. Et je sais que je leur manque aussi.

Maman est géniale, après tout ça nous sommes devenues beaucoup plus proches et nous avons organisé notre nouvelle vie. Nous habitons dans une vieille, très vieille ferme qui a été construite en 1795. Sans blague ! Les pièces sont toutes petites et les portes sont tellement basses que certains de nos invités doivent se baisser pour les franchir. Maman dit que les gens devaient être plus petits dans les années 1700.

Ce que je préfère dans notre maison, c'est la trappe secrète qu'il y a dans la grange. Elle ouvre sur un tunnel long et sombre, et il faut une lampe électrique pour le parcourir. Le tunnel mène jusqu'à notre maison et ressort... juste dans le mur de ma chambre ! Sur le mur, il y a une moulure qu'il faut presser pour que la paroi pivote. C'est excitant. Vous auriez dû voir la tête de mes amies du Club des baby-sitters quand je le leur ai montré.

Je devrais peut-être vous en dire un peu plus sur le club. Nous sommes six membres permanents plus deux intérimaires. Qu'est-ce que c'est au juste ? Comme je l'ai déjà dit, un club de baby-sitters. C'est Kristy Parker qui a eu cette idée géniale. C'est notre présidente. Elle a pensé que ce serait formidable s'il existait un club auquel tous les parents du voisinage pourraient s'adresser quand ils auraient besoin de faire garder leurs enfants. Nous avons créé le club au début de la cinquième, mais nous sommes en quatrième, maintenant.

Claudia, c'est notre vice-présidente. Claudia et Kristy sont complètement différentes. Kristy est petite pour son âge et c'est un véritable garçon manqué. Elle porte tout le temps la même chose – un jean, un sweat-shirt et des baskets. Mais pas Claudia. Vous pouvez toujours compter sur elle pour avoir des tenues originales. Claudia est américano-japonaise et elle a de merveilleux cheveux noirs, longs et brillants qu'elle coiffe de façon différente tous les jours. Elle adore l'art, aussi, et elle a donc un style bien à elle.

Il y a aussi Mary Anne Cook, la secrétaire du club, et qui est, comme je l'ai déjà dit, ma meilleure amie. Mary Anne vit toute seule avec son père, sa mère est morte quand elle était toute petite. Son père était très strict et beaucoup de gens pensaient que Mary Anne était très réservée. C'est vrai, elle peut être très timide quelquefois. Mais le croirez-vous ? C'est la première d'entre nous qui ait un petit ami !

En parlant de petit ami, quand je suis arrivée à Stonebrook et que je suis devenue amie avec Mary Anne, on a découvert quelque chose de vraiment drôle : ma mère et son père étaient sortis ensemble quand ils étaient au lycée ! Puis, pendant un moment, ils ont recommencé ! Imaginez, ma mère sortant avec le père de ma meilleure amie ! Avec Mary Anne, nous étions au septième ciel. Nous avons espéré que nos parents allaient se marier. Nous serions devenues sœurs ! Maintenant, leur relation s'est quelque peu refroidie mais, comme dit Mary Anne : on ne sait jamais...

Nous avions un autre membre permanent, Lucy, mais elle est retournée vivre à New York. Nous étions très tristes, et nous avons dû prendre quelqu'un pour la remplacer.

C'est à ce moment-là que Mallory et Jessica sont entrées au club. Mallory et Jessica ont deux ans de moins que nous et sont en sixième. Elles n'ont pas le droit de faire du baby-sitting le soir, sauf pour garder leurs frères et sœurs. Elles sont vraiment bien. Nous connaissions déjà Mallory car nous allions faire du baby-sitting chez elle. Les Pike ont huit enfants, et comme Mallory est l'aînée, elle nous aidait pendant nos gardes.

Jessica est l'amie de Mallory et elle vient d'emménager à Stonebrook. Sa famille est l'une des premières familles noires du voisinage, et je pense qu'au début, Jessica se sentait comme une étrangère. Quand elle est arrivée ici, elle n'était plus sûre de vouloir continuer les cours de danse. C'est une danseuse très talentueuse – gracieuse et avec de très longues jambes.

Quand j'y pense, j'ai une super bande d'amies à Stonebrook. En faisant ma valise, ce jour-là, j'ai commencé à penser à mes amies de Californie : Jasmin et Capucine, des enfants que je gardais et, bien sûr, Sunny, qui était ma meilleure amie en Californie. Cela m'a fait penser que je ferais mieux de mettre de la crème solaire dans ma valise. Avec Sunny, nous irons sans doute à la plage. Puis j'ai commencé à faire une liste de toutes les affaires dont j'aurais besoin.

Ma mère est rentrée à la maison au même moment. Normalement, elle n'est jamais là avant dix-sept heures quarante-cinq, mais aujourd'hui elle était en avance.

– Salut, Carla ! a-t-elle crié du bas des escaliers.

Je l'entendais marcher dans le salon, poser son sac sur le canapé et ses clés sur la table de la cuisine. C'est bien ma mère. Je l'adore, mais elle est un peu désordonnée. Elle est montée et s'est laissée tomber sur le seul coin de mon lit qui n'était pas envahi par mes affaires.

– Qu'est-ce que c'est ? a-t-elle demandé en prenant ma liste.

Quand elle a vu ce que c'était, elle s'est mise à rire.

– Je suppose que tu n'as pas appris à faire ça avec ta vieille mère !

C'est vrai. Je suis sûre que si maman faisait une liste, elle la perdrait aussitôt.

– Alors, tu as bien travaillé, aujourd'hui ?

Maman a acquiescé puis a regardé d'un air vague toutes mes affaires.

– Tu vas bien t'amuser.

J'ai soudain réalisé que maman allait rester toute seule à Stonebrook quand je partirais en Californie.

– Maman, tu crois que ça ira ? Je veux dire, toute seule ?

Elle a replié ses jambes sous elle, comme elle le fait souvent quand nous discutons dans ma chambre.

– Bien sûr, ma chérie. Que se passe-t-il ? Tu es inquiète pour moi ? Ne t'en fais pas. Bonne Maman et Bon Papa sont là, et puis Théodore m'a déjà invitée à dîner…

– Théodore…, ai-je grommelé.

Théodore est l'homme qui sort avec ma mère. Il est très coincé. Le genre avec des lunettes en écaille, si vous voyez ce que je veux dire. Comment pouvais-je laisser maman seule avec lui ?

– Maman, ça me fait bizarre de partir voir papa et David et que toi tu restes ici.

– C'est juste pour les vacances de Pâques. Et puis pense à toutes les aventures que je vais pouvoir vivre sans toi. Je vais probablement perdre mes clés et ne pas les retrouver avant ton retour. Et quand je sortirai avec Théodore, je porterai sûrement une chaussure marron et une chaussure rouge.

J'ai mis mes bras autour d'elle et l'ai embrassée.

– Oh, maman, je suis vraiment heureuse que nous soyons restées ensemble. Que ferions-nous si j'étais là-bas et toi ici ? Que se passerait-il si notre famille était encore plus divisée que maintenant ? Je ne te laisserai jamais. Non, jamais.

Maman n'a rien répondu, elle a regardé ma valise et tous mes vêtements. Ses yeux étaient un peu embués, mais elle s'est immédiatement tournée vers moi et m'a dit :

– Tu n'as encore rien préparé pour le dîner, n'est-ce pas ?

En semaine, c'est à moi de préparer le repas.

– Pas encore, je pensais que peut-être un ragoût d'orge...

– Non, allons dîner dehors, plutôt.

– Ah bon ?

– On va aller chez *Cabbages et Kings* et on va se régaler avec un merveilleux dîner de tofu.

– Ou avec de la salade d'avocats.

– Aaah, des avocats...

Ma mère a fermé les yeux, le sourire aux lèvres.

– Rien que de penser à ces merveilleux avocats californiens que tu vas bientôt déguster... Viens, on va célébrer ton départ. Avocats, nous voilà.

J'ai attrapé mon pull. Maman s'est levée, déconcertée.

– Où sont mes chaussures ?

– Dans le salon.

Elle a fouillé dans ses poches pour trouver ses clés.

– Tes clés sont sur la table de la cuisine, et ton sac sur le canapé !

Elle m'a regardée d'un air penaud.

– Que vais-je devenir sans toi ? Tu dois admettre que nous formons une bonne équipe.

Nous sommes descendues, avons rassemblé les affaires de maman et sommes sorties. Quand je suis revenue à la maison ce soir-là, j'aurais dû finir ma valise, mais j'ai laissé mes affaires éparpillées autour de mon lit. Ce n'était pas tous les soirs que maman et moi décidions de tout laisser tomber pour aller chez *Cabbages et Kings* en tête à tête. Et en plus, dimanche, j'allais quitter Stonebrook pour deux semaines entières.

Chers papa et David,

Plus que deux jours avant le jour C. C'est comme ça que j'appelle mon voyage en Californie. Je suis impatiente, IMPATIENTE, de vous voir. Je vous écris juste un petit mot parce que je dois aller à une soirée pyjama chez Kristy. Toutes mes amies du club des Baby-sitters seront là et je ne peux pas être en retard. En plus, c'est une soirée d'au revoir...

Bisous, Carla

Quelle soirée ! Je suis arrivée la première chez Kristy et tout était encore assez calme. Kristy vit dans une très grande maison. Je ne plaisante pas. Il faut bien ça pour

260

loger toute sa famille : Kristy, sa mère, ses trois frères et Jim Lelland, son beau-père. Jim et la mère de Kristy se sont mariés l'été dernier et Jim a déjà deux enfants d'un premier mariage. Karen et Andrew viennent chez eux un week-end sur deux. Cela fait beaucoup de monde et, en plus, il y a Boo-Boo, le chat, et Louisa, la chienne.

J'ai frappé à la grande porte et Kristy est venue m'ouvrir. Comme d'habitude, elle était habillée avec un jean, un sweat-shirt et des baskets. (Qu'est-ce que je vous avais dit ?) Elle a refermé rapidement la porte derrière moi pour que Louisa ne s'échappe pas. Louisa m'a sauté dessus et m'a léché les bras. C'est vraiment une gentille chienne. Comme elle est encore très jeune, ses pattes sont trop grandes par rapport à son corps.

– Bonjour, Louisa.

Je lui ai caressé la tête et l'ai grattée derrière les oreilles.

La sonnette a retenti à nouveau.

– Pousse-toi, Louisa, a dit Kristy. C'est sûrement Mary Anne.

Et la folie a commencé... Kristy a ouvert la porte... Ce n'était pas Mary Anne, mais Karen et Andrew, la demi-sœur et le demi-frère de Kristy.

– C'est nous ! a hurlé Karen.

Elle a posé son sac par terre dans l'entrée.

– Papa ! Tout le monde ! Nous sommes là !

Karen a seulement six ans, mais elle a beaucoup d'assurance et elle est très bavarde. Andrew m'a regardée et m'a souri.

– Salut, Carla, tu vas nous garder ?

Andrew a quatre ans et je l'ai déjà gardé même si, bien

sûr, la plupart du temps, Kristy prend les gardes qui se passent chez elle.

– Pas cette fois, Andrew. Mais tu vas voir plein de baby-sitters ce soir.

– Bonjour Karen, bonjour Andrew. Oh, bonjour Carla.

La mère de Kristy s'agitait dans tous les sens. Elle a serré Andrew et Karen dans ses bras et les a embrassés.

– Prenez vos affaires et allez les mettre dans vos chambres. La maison va être remplie ce soir. Kristy attend des invitées.

Karen a bondi dans les escaliers avec son sac et Andrew a trébuché en essayant de la suivre.

Kristy a mis ses mains sur ses oreilles.

– Aaaah, on dirait un troupeau d'éléphants !

Il y a eu un nouveau coup de sonnette et, cette fois, c'était bien Mary Anne. Claudia était juste derrière elle.

– Allez-y, entrez.

Kristy a ouvert la porte d'un coup et les a tirées à l'intérieur. Mais Louisa a été plus rapide qu'elles et s'est faufilée entre les jambes de Claudia pour détaler dans le jardin.

– Louisa ! a crié Kristy en sortant pour la rattraper.

Pendant qu'elle lui courait après, Mallory et Jessica sont arrivées. Jessi avait vu la scène de loin et elle a bondi dans les buissons juste au moment où Louisa s'y faufilait.

– Je t'ai eue ! a-t-elle dit en attrapant la chienne par son collier.

Nous avons tous applaudi et Jessica a fait une révérence.

– C'était un grand jeté, a-t-elle précisé en souriant. Vous ne pouvez pas savoir à quel point il peut être utile.

Bon, l'incident était clos mais un autre était en train de se préparer. Pendant que Kristy tirait Louisa dans la maison, Karen est arrivée en criant en bas des escaliers :

– Ben Lelland ! Ben Lelland ! Il a cassé ses chaînes !

Pour une fillette de six ans, Karen a une imagination débordante. Elle est convaincue qu'il y a un fantôme, nommé Ben Lelland, dans la maison et elle passe son temps à raconter des histoires sur lui. Au moment où je regardais en haut des escaliers, j'ai vu Samuel et Charlie approcher discrètement. Ce sont les grands frères de Kristy. Charlie a quinze ans et Samuel dix-sept ans.

– Chut, a chuchoté Charlie à Samuel.

Il s'est glissé derrière Karen, l'a attrapée et l'a soulevée au-dessus de sa tête.

– Ahhhh !

Madame Lelland a passé sa tête dans la pièce pour voir ce qui se passait. David Michael, le petit frère de Kristy, qui a sept ans, était juste derrière elle.

– Pas de chahut dans les escaliers, a-t-il ordonné.

– Exactement, a approuvé sa mère.

Juste à ce moment-là, la porte s'est ouverte derrière nous, bousculant Claudia et Mary Anne.

– Oh ! Excusez-moi ! Excusez-moi !

Quelqu'un s'est ensuite frayé un passage à travers tout le monde. C'était Jim qui rentrait du bureau.

– Bien, a-t-il dit en jetant un œil à la cohue qui l'accueillait. Tiens, je ne savais pas que j'avais cinq autres filles ! Bonjour.

– Bonjour, monsieur Lelland, avons-nous répondu en chœur.

– Bon allez, ça suffit, a dit soudain Kristy, les baby-sitters, à l'étage !

J'étais étonnée qu'elle n'ait pas dit : « en avant, marche ! » ou « en rang ! ». Nous sommes toutes montées derrière elle et avons laissé Jim et la mère de Kristy se dire bonjour dans l'entrée, entourés de leurs enfants et leurs animaux.

– Ouf ! a fait Kristy en fermant la porte de sa chambre derrière nous.

Mary Anne, Claudia et moi nous sommes affalées sur le lit. Jessica et Mallory se sont assises par terre en tailleur. Kristy a pris un fauteuil. On se serait cru à une réunion du Club des baby-sitters, sauf que nous étions dans la chambre de Kristy au lieu d'être dans celle de Claudia. Kristy a pris un bloc-notes, un crayon et a tapoté le bras de son fauteuil.

– La réunion peut maintenant commencer.

– Une réunion ? s'est étonnée Claudia. Kristy ce n'est pas une réunion, c'est une fête !

J'ai souri à Mary Anne. Mary Anne est une très bonne amie de Kristy, mais elle sait comme Kristy aime commander.

– C'est vrai. Ce n'est pas exactement une réunion. Mais nous avons quelques décisions à prendre. D'abord, la pizza. Qui en veut ? Et à quoi ?

– C'est une bonne idée, la pizza, a déclaré Mary Anne.

Mary Anne dit toujours des choses agréables.

– Qui d'autre veut une pizza ?

– Moi, a répondu Claudia avec empressement.

– Cela fait trois, a compté Kristy. Carla ?

– Est-ce qu'ils ont des pizzas aux brocolis ?

– Beurk ! s'est exclamée Kristy en faisant une horrible grimace.

– C'est la soirée de Carla, a fait remarquer Mary Anne. On devrait faire ce qu'elle veut.

Claudia a froncé le nez.

– S'ils ont des brocolis, peut-être qu'ils peuvent en mettre juste sur une part...

Claudia était plus diplomate que Kristy, mais je pense que l'idée de la pizza aux brocolis était aussi saugrenue pour elle qu'une glace chaude. Je suis le seul membre du club qui aime vraiment la nourriture saine. Toutes les autres préfèrent les hamburgers et les frites, surtout Claudia. Elle adore les cochonneries, elle a même un stock de barres chocolatées cachées quelque part dans sa chambre. D'ailleurs, elle a plongé la main dans son sac à dos et en a retiré... plein de sucettes.

– Des sucettes pour tout le monde et un rouleau de réglisse pour Carla.

Pendant que nous mangions nos bonbons, Kristy finissait de mettre en ordre la commande : une pizza, si possible, moitié avec des brocolis, moitié ordinaire et une pizza avec des saucisses, des champignons, des oignons, des poivrons et du fromage.

– Pas d'anchois, avons-nous décidé.

Pour une fois, nous étions toutes d'accord.

Le reste de la soirée a été aussi fou que le début. Quand les pizzas ont été livrées, Charlie nous les a apportées dans la chambre de Kristy. Il a frappé à la porte.

– C'est le livreur de pizzas !

Kristy s'est littéralement jetée sur les boîtes. Mais en soulevant les couvercles des cartons, elle a fait un bond en arrière.

– Beurk !

Nous nous sommes attroupées pour voir ce qui se passait. Les deux pizzas étaient couvertes de vers de terre !... Des vers en caoutchouc. Charlie était écroulé de rire.

– Charliiiie ! a hurlé Kristy.

Nous aurions dû nous douter qu'il essayerait de nous faire une farce. C'est le roi des farces. Au fait, sous tous les vers de terre, il y avait bien mes brocolis.

Une fois les pizzas englouties, nous avons allumé la télévision et mis un DVD.

Kristy avait choisi le film le plus effrayant qu'elle avait pu trouver dans le magasin de location : *Les Brumes de l'horreur*. C'était l'histoire d'un fantôme qui hantait les rives d'un lac sur lesquelles il y avait une maison de vacances. Quand Karen a entendu le film commencer, elle a frappé à la porte et nous a demandé si elle pouvait s'installer avec nous.

– Seulement si tu nous promets de ne pas avoir peur, l'a prévenue Kristy.

– D'accord.

Elle s'est installée sur les genoux de Kristy. Mais quand le fantôme a fait son apparition, elle s'est mise à hurler.

– C'est Ben ! Ben Lelland est exactement comme ça !

– Karen ! a fait Kristy. Il n'y a vraiment pas de quoi avoir peur. Regarde-moi. Est-ce que je suis effrayée ? Bien sûr que non, alors calme-toi...

À l'écran, c'était la nuit. Tout le monde dormait dans la grande maison au bord du lac. La lumière blanche de la lune donnait des allures sinistres aux pièces. Une légère brise a agité les rideaux. Une sonnerie de téléphone a rompu le silence... Au même moment, le téléphone qui se trouve à côté de la chambre de Kristy a également sonné. Nous avons toutes poussé un cri d'effroi. Kristy a dégluti et s'est tournée vers nous. Son cœur battait la chamade, et je pense qu'elle ne savait pas trop si elle devait ou non répondre au téléphone. Elle a finalement décroché.

– Oh, bonjour mamie.

Elle a poussé un énorme soupir.

– C'est ma grand-mère, nous a-t-elle informées.

À la fin du film, la mère de Kristy est venue chercher Karen pour la mettre au lit. Nous sommes restées debout encore un bon moment. Nous avons poussé le lit de Kristy et installé nos sacs de couchage en cercle, comme ça toutes nos têtes étaient rassemblées au milieu. Nous avons parlé de l'école, des garçons et nous avons bien rigolé. Claudia a pris des feuilles de papier dans le bureau de Kristy et a fait nos caricatures. Jessica a posé, elle s'est assise par terre, a fait le grand écart et a penché son buste jusqu'à ce que son estomac touche le sol.

– Waouh ! s'est exclamée Mary Anne.

Je crois que nous étions toutes fatiguées, mais aucune de nous ne voulait l'admettre. Nous avons donc continué à discuter et nous nous sommes endormies les unes après les autres. Seule Mary Anne, qui était couchée à côté de moi, était éveillée.

– Dans deux jours, tu seras en Californie.

– Ouais.

Je n'étais pas aussi excitée que j'aurais voulu l'être. Plus le grand jour approchait et plus je me sentais nerveuse. Toutes mes amies étaient autour de moi, et j'avais l'impression de quitter une partie de ma famille en partant.

– Tu ne seras pas partie longtemps, a repris Mary Anne. Et tu vas tellement t'amuser que tu ne penseras même pas à nous.

– Ce n'est pas vrai. Vous êtes mes amies. De toute façon, je serai de retour avant même que tu te rendes compte de mon départ.

– Bon, tu me téléphones quand tu veux. Et tu m'envoies une carte postale, d'accord?

Elle a pris ma main et l'a serrée.

– Je t'en enverrai un zillion.

J'ai serré sa main. Mes pensées étaient confuses mais, heureusement, elles se sont vite transformées en rêve.

3

Dimanche

Chère Mary Anne,

Bon, je t'avais dit que je t'enverrai une carte, mais je parie que tu ne pensais pas que ce serait si tôt. Je suis dans l'avion et cela fait seulement quinze minutes qu'il a décollé. Ce n'est pas assez pour te faire un compte-rendu, mais je sais tout sur les masques à oxygène, les gilets de sauvetage et les portes de sortie. L'hôtesse de l'air qui a fait la démonstration de sécurité me fait penser à une poupée Barbie. Le voyage va être long...

Bisous

Carla

C'est vrai que le voyage a été long. La matinée l'avait été aussi. Ce matin-là, je m'étais réveillée très tôt, une demi-heure avant la sonnerie du réveil. Mon cerveau était en ébullition à cause de toutes les choses que je devais emporter : brosse à dents, dentifrice, maillot de bain, billet d'avion. Je me suis même demandé si mon billet était valable ou si ce n'était pas le lendemain que je devais partir. J'avais pourtant déjà pris l'avion plein de fois. Mais ce matin-là, quand mon réveil a sonné, croyez-moi, j'étais déjà complètement réveillée.

J'ai entendu maman sous la douche et je suis descendue me préparer un petit déjeuner rapide. Il y avait des céréales dans le placard mais pas de lait dans le réfrigérateur. Je m'en suis servi un bol et j'ai hésité à remplacer le lait par du jus d'orange. Finalement, j'ai décidé de les manger sans rien.

Emmener maman à l'heure à un aéroport n'est pas une mince affaire. Elle pense qu'on n'a pas besoin d'arriver plus de cinq minutes avant le départ.

– Il y a toujours du retard et du coup on doit attendre sur place, prétend-elle à chaque fois.

Moi, j'aime compter une marge de quarante-cinq minutes à une heure. Il faut prévoir les éventuels embouteillages sur le chemin. Et comme les vols sont tout le temps complets, il ne fallait pas compter prendre le vol suivant. Maman chantait encore sous la douche, quand j'ai décidé de frapper à la porte.

– Dans une minute, chérie.

C'était sa réponse habituelle. Finalement nous avons réussi à nous laver toutes les deux, à nous habiller et à sortir de la maison à une heure raisonnable. Maman avait bu son café, nous avions trouvé ses clés et j'avais vérifié deux fois le contenu du sac que je garderais avec moi dans l'avion : une collection d'histoires de fantômes, des magazines et des cartes pour écrire à mes amies. Comme ce n'était pas un vol de nuit et que je devais passer six heures dans l'avion, j'avais décidé d'emporter avec moi de quoi m'occuper.

Sur le chemin de l'aéroport, maman m'a laissée écouter ma station de radio préférée et ne m'a même pas demandé de baisser le son. Elle n'a pas dit un seul gros mot pendant tout le trajet. De temps en temps, elle me demandait : « Tu n'as pas oublié tes sous-vêtements ? » ou « Sois polie avec tout le monde... Bon, tu sais comment tu dois te conduire ».

Je crois que maman était très nerveuse, ses doigts ne cessaient de pianoter sur le volant pendant qu'elle conduisait.

Une fois arrivées à l'aéroport, nous avons enregistré ma valise, demandé une place non-fumeur côté hublot, et sommes allées attendre dans la salle d'embarquement. Je commençais à me sentir aussi agitée que maman. Je lui ai jeté un coup d'œil et elle a esquissé un semblant de sourire, mais elle avait les larmes aux yeux.

– Maman, ça va aller ?

Je me suis mise à pleurer aussi.

– Oh, Carla, tout va bien, très bien. On dirait que je t'envoie à l'autre bout du monde.

Quand ça a été l'heure, maman m'a accompagnée jusqu'à la porte d'embarquement et m'a serrée très fort dans ses bras.

– À bientôt, lui ai-je soufflé.

– À bientôt.

Je suis montée dans l'avion et je me suis occupé l'esprit en me préparant un douillet petit cocon pour le voyage avec l'oreiller et la couverture que nous a distribués une hôtesse de l'air. J'ai regardé les magazines qui étaient à bord – *Forbes, Business Week…* rien pour moi. Je n'ai pas pu m'empêcher de pouffer de rire au moment de la démonstration de sécurité. Mais quand l'avion a avancé sur la piste, je me suis mise à penser à maman. Je l'imaginais dans le parking en train d'essayer de se souvenir où elle avait garé sa voiture.

« Allée C, ai-je pensé très fort, comme pour lui transmettre l'information mentalement. Allée C. »

L'avion s'est envolé. J'allais en Californie et maman restait toute seule. Je n'ai pas pu refouler mes larmes plus longtemps. En fait, s'il n'y avait pas eu cette hôtesse de l'air, j'aurais pleuré pendant tout le trajet. Il faut dire qu'elle était vraiment bizarre. Tout d'abord, elle avait un air étrange. Quelque chose dans ses cheveux… ou dans son maquillage. Elle avait mis une tonne de fond de teint et son rouge à lèvres débordait. Bien sûr, ses cils étaient maquillés et elle avait deux traits noirs sur les paupières. Le tout était vraiment effrayant. Même si vous allez vous faire maquiller dans un centre commercial nul, vous n'en ressortez pas avec cette tête-là.

Mais le pire de tout, c'est qu'elle était complètement cruche. La plupart des hôtesses que j'avais déjà rencontrées étaient du genre efficaces. Si vous voulez un soda, elles vous donnent un soda. Mais celle-là, j'ai dû lever le doigt pendant une heure chaque fois que je voulais quelque chose. J'ai aussi eu le malheur d'être assise à côté d'un homme particulièrement mignon. L'hôtesse de l'air n'avait d'yeux et d'attention que pour lui.

Quand elle est passée avec le chariot de boissons, elle lui a servi un jus d'orange et elle est repartie ! Et moi alors ?

– Excusez-moi. S'il vous plaît !

– S'il vous plaît, est intervenu mon voisin. Cette jeune fille n'a pas eu de boisson.

– Vraiment ? s'est étonnée l'hôtesse.

Elle aurait sans doute bien aimé faire un battement de cils, mais elle ne pouvait pas tellement ils étaient maquillés.

– Un jus de tomate, s'il vous plaît.

Puis elle est venue proposer des écouteurs pour la musique ou le film. Encore une fois, après avoir servi M. Univers, elle est repartie sans un regard vers moi. Encore une fois, il est venu à ma rescousse.

– Maintenant, vous comprenez pourquoi je choisis toujours la place côté couloir, m'a-t-il expliqué avec un sourire amusé.

M. Univers s'appelait en vrai Tom et il s'est montré plutôt agréable. Il m'a raconté qu'il était directeur de théâtre et qu'il allait en Californie pour recruter des acteurs. « Ouah ! ai-je pensé. Un directeur de théâtre ! » J'étais impatiente de le raconter à Lucy. Nous avons un peu discuté de *Paris Magic*, une pièce que je n'ai jamais vue, mais dont Lucy nous a déjà parlé, et il m'a dressé une liste de spectacles qu'il pensait que j'aimerais.

– Merci beaucoup.

J'ai rangé le bout de papier dans la poche de mon blouson.

Bon, M. Univers, je veux dire Tom, avait des scénarios à lire et j'ai donc écouté de la musique avec les écouteurs et feuilleté mes livres et mes magazines. Mais j'étais trop excitée pour pouvoir vraiment lire.

Quand est arrivée l'heure du déjeuner, Tom s'est tourné vers moi.

– Vous pensez que nous allons encore devoir nous battre pour avoir quelque chose ?

Je pensais que pour le déjeuner il n'y aurait pas de problème. J'avais commandé d'avance un menu végétarien.

Vous pouvez faire ça avec les compagnies aériennes si vous ne voulez pas manger ce qu'elles vous proposent. Je ne suis pas une végétarienne stricte, mais les plats végétariens dans les avions sont toujours meilleurs que les autres.

De toute façon, notre chère hôtesse devait d'abord servir la moitié de l'avion avant d'arriver à notre rangée.

– Tenez, a-t-elle dit à Tom avec un grand sourire.

– Et pour la jeune fille ? a-t-il demandé.

– Pour moi, c'est un plat végétarien.

– Ah, je n'en ai pas, a déclaré l'hôtesse.

– Je l'ai pourtant commandé quand j'ai pris mon billet.

– Votre nom ? m'a-t-elle demandé brusquement.

– Carla Schafer.

Elle a disparu à l'arrière de l'avion pour revenir avec une liste. Elle parcourait les noms avec le doigt.

– Schafer, Schafer, Schafer... Oh, vous voilà. Oh, mon Dieu.

– Il y a un problème ? a voulu savoir Tom.

– C'est-à-dire que j'avais bien un plat pour vous, mais je

l'ai déjà donné. À cet homme, trois rangs devant. Il m'a demandé un plat végétarien et j'ai pensé que c'était le sien.

Puis, elle a posé sur ma tablette un repas normal, sans même s'excuser, et elle est repartie.

– J'imagine qu'il est impossible d'obtenir un autre repas végétarien en plein vol, a conclu Tom en haussant les épaules.

J'ai soulevé le papier d'aluminium de mon plat. Beurk ! On aurait dit un déjeuner du vendredi à la cantine de l'école primaire de Stonebrook. Il y avait des espèces de morceaux de viande noyés dans une sauce marron (« Mystérieuse viande », ai-je pensé) et de la salade de chou avec une vinaigrette bizarre. Et aussi de la salade normale et un morceau de pain complet qui semblait plus mangeable que le reste, ouf.

Pain complet et salade verte, ce n'était pas bien lourd comme déjeuner. J'ai touillé dans mon plat de viande pour voir, et j'ai aussitôt entendu la voix de Kristy faire : « Beurk ! Du cerveau de singe en fricassée. »

Tom m'a donné son morceau de pain.

Le reste du voyage fut… long. Il y avait un western, mais c'était un vieux film pas terrible.

Mais je n'en avais pas fini avec l'hôtesse de l'air. Après le déjeuner, je lui ai demandé si je pouvais avoir un petit peu de vrai lait pour mettre dans mon thé au lieu du lait en poudre qu'elle nous proposait.

– Bien sûr, m'a-t-elle dit avec son grand sourire.

Comme les minutes passaient et que je n'avais toujours rien, je l'ai rappelée :

– Mon lait, s'il vous plaît ?

– Ah, oui.

Elle a de nouveau disparu de longues minutes avant de revenir déposer deux sachets de lait en poudre sur ma tablette.

– Voilà.

Et elle a tourné les talons.

– Vous n'avez pas l'impression d'être dans une mauvaise pièce de théâtre? s'est esclaffé Tom. Une comédie peut-être?

J'ai haussé les épaules en souriant. En fait, tout cela importait peu. Une fois le voyage fini, je ne reverrais plus jamais cette hôtesse de l'air, je mangerais des bonnes choses et je mettrais autant de vrai lait dans mon thé que je le veux. Une fois le voyage fini, je serais... en Californie !

– Nous nous préparons à atterrir sur l'aéroport John-Wayne/Orange County, a enfin annoncé le commandant de bord.

Aussi saugrenu que cela puisse paraître, l'aéroport s'appelle vraiment John-Wayne/Orange County, je vous le jure.

Les roues de l'avion ont touché la piste, j'ai été plaquée contre mon siège, et j'étais arrivée !

Quand je suis descendue de l'avion pour me diriger vers la salle d'attente, mon cœur battait la chamade. Papa et David m'attendaient et me faisaient des signes, un grand sourire aux lèvres. Derrière David, un autre visage familier est apparu... Sunny ! J'ai fendu la foule et je me suis jetée au cou de papa qui m'a soulevée et fait tourner.

– Mon petit soleil !

– Oh, papa.

J'ai rougi. J'aurais dû lui dire de ne pas m'appeler comme ça devant Sunny. Ce n'était pas seulement ridicule, c'était embarrassant.

Pendant que nous attendions ma valise, tout le monde parlait en même temps. Je leur ai parlé de l'hôtesse de l'air. David m'a raconté ce qu'ils avaient prévu de faire. Papa continuait à sourire et à ébouriffer mes cheveux. Il a commencé à claquer des doigts et à chanter cette vieille chanson, *California Girls*. On aurait dit un fou.

C'est là que je me suis rendu compte à quel point il m'avait manqué. Avant de partir, nous avons acheté des cartes postales de l'énorme statue de John Wayne qui surplombe l'aéroport.

J'étais bien en Californie, pas de doute. Dans la voiture, Sunny me souriait et m'a fait comprendre qu'elle avait quelque chose à me dire.

– C'est une sorte de surprise.

Mais elle n'a pas voulu m'en dire plus.

– Viens à la maison demain soir. À cinq heures.

Sunny adore faire des surprises. Tout ça me paraissait bien mystérieux. Que pouvait-elle bien me réserver ?

4

Chère Carla,

Je t'écris ce petit mot avant même que tu sois partie, comme ça, tu l'auras à ton arrivée. Et, de toute manière, tu me manques déjà. Quand tu liras ces lignes, tu seras probablement prête à aller à la plage ou à Disneyland, ou en train de déjeuner avec des stars. (Est-ce qu'il y a des stars de cinéma à Anaheim?) Est-ce que les garçons sont beaux? Est-ce que tout le monde est bronzé? Réponds-moi vite!

Ta meilleure amie,
Mary Anne

Quand je me suis réveillée ce lundi-là, mon premier matin en Californie, je me suis demandé au début si je n'étais pas en train de rêver. Le soleil passait à travers les rideaux fleuris, les mêmes rideaux que j'avais quand je vivais ici. Peut-être n'étais-je jamais partie ? J'ai entendu les couverts cliqueter et j'ai senti une délicieuse odeur venir me chatouiller les narines jusque dans mon lit. Le petit déjeuner ! J'ai mis mon peignoir et j'ai rejoint la cuisine à pas de loup. Madame Bruen, la femme de ménage que papa avait engagée, était là. Je ne l'avais jamais rencontrée, mais nous nous sommes présentées.

Comme elle était occupée à préparer le petit déjeuner, je me suis assise à table et j'ai commencé à contempler la pièce. Tout me semblait tellement spacieux, comparé à notre petite maison du Connecticut. Les pièces étaient grandes, et les fenêtres... Elles étaient grandes ouvertes.

Notre maison en Californie est vraiment géniale. Elle est de plain pied, avec un patio au milieu. C'est un peu comme un carré dont on aurait enlevé le centre. Il y a des tomettes au sol et le soleil inonde toutes les pièces. Et depuis que Mme Bruen s'en occupe, la maison est étincelante.

Bientôt papa et David sont entrés dans la cuisine. J'avais oublié que je m'étais levée plus tôt qu'eux à cause du décalage horaire. Comme on était lundi, papa aurait dû aller travailler mais il avait pris une semaine de vacances, et aujourd'hui il allait nous emmener David et moi... à Disneyland.

– Géniiial ! s'est exclamé David.

David et moi y sommes déjà allés plein de fois, car le parc est juste à côté d'Anaheim, là où nous habitons mais, nous y retournons toujours avec plaisir.

Au menu du petit déjeuner, il y avait des tranches de melon, des feuilletés au fromage et aux œufs, du jus d'oranges pressées et des biscuits de froment.

– C'est quand même meilleur qu'un bol de céréales sans lait ! ai-je fait la bouche pleine, en pensant à mon dernier petit déjeuner dans le Connecticut.

Papa m'a regardée sans comprendre.

– Qu'est-ce que tu dis ?

– Oh, rien d'important.

– Bon, qu'est-ce que vous voulez voir à Disneyland aujourd'hui les enfants ? Ce serait bien d'avoir une petite idée avant d'affronter la foule.

C'était tout papa, M. Organisation.

– Star Tours ! a crié David. Big Thunder Mountain Railroad ! Jungle Cruise ! Space Mountain ! Matterhorn ! Pirates of the Carribbean ! Davy Crockett's Explorer Canoes ! Penny Arcade !

– Doucement, l'a interrompu papa en riant.

Disneyland est divisé en sept pays imaginaires, et David était en train de citer toutes les attractions de chacun d'entre eux. Papa a pris un bloc et un stylo.

– Je savais que ce serait une bonne idée d'en parler avant. Bon, nous allons limiter nos choix et décider des parties du parc dans lesquelles nous irons.

David voulait absolument aller à Tomorrowland, Bear Country et Frontierland et moi, à Fantasyland, New Orleans Square et Jungleland.

– Bien sûr, vous n'êtes pas d'accord, a dit papa. Ce serait trop facile. Bon, vous allez choisir chacun deux pays et vous mettre d'accord sur quatre attractions.

– Est-ce que Main Street compte comme un pays ? ai-je demandé.

C'est l'allée centrale du parc

– Je suppose que non, a répondu papa en souriant. Quatre pays, plus Main Street.

– Géniiial ! a hurlé David.

La folie de Disneyland, comme dit papa, commençait à le gagner.

– Bon, je vous écoute…, a repris papa le stylo en main.

– Tomorrowland et Frontierland ! a finalement choisi David. Non… Tomorrowland et Bear Country ! Non… je voulais dire, Tomorrowland et Frontierland ! Voilà, j'ai choisi.

Quant à moi, j'ai arrêté mon choix sur Fantasyland et New Orleans Square.

Papa nous a ensuite demandé quelles attractions nous voulions faire et ce que nous voulions voir, puis nous sommes sortis de la maison et avons organisé toute notre expédition pendant le trajet en voiture.

Disneyland, c'est vraiment un endroit à part. J'avais oublié combien j'adore y aller. Papa a acheté nos passeports à l'entrée. Ce sont les tickets qui vous permettent d'aller partout et sur tous les manèges. David avait emporté son appareil photo et m'a prise en photo à côté de la tête de Mickey Mouse pendant que nous marchions.

– Carla ! Carla ! Arrête-toi là !

C'est ce genre de petit détail qui me fait comprendre à quel point David m'aime. Il a dû prendre deux pellicules photo de moi, ce jour-là.

Nous sommes entrés dans le parc et avons remonté Main Street, qui est la reconstitution d'une petite ville américaine du début du siècle. Il y a des diligences et un vieux camion de pompiers et, comme nous étions au printemps, des tulipes fleurissaient partout. Les boutiques qui bordent la rue ressemblent à des vieilles échoppes, mais on y trouve des trucs super.

J'ai traîné papa et David dans trois magasins. Un pour acheter des cartes postales (je vais devoir en écrire beaucoup), un pour acheter des oreilles de Mickey (une paire pour chaque membre du Club des baby-sitters), et le dernier pour acheter un cadeau juste pour Mary Anne, une poupée de Minnie à poser sur son lit.

– Qu'est-ce que vous en dites, je pense que nous en avons assez vu ? nous taquina papa.

– Non ! cria David.

Nous ne faisions que commencer.

Tout au bout de Main Street, il y a le château de la Belle au bois dormant, qui marque l'entrée dans Fantasyland. Quand j'étais petite, je pensais que ce château était la plus belle chose que j'aie jamais vue. Je m'imaginais très bien m'y installer. Quand j'ai traversé les douves et que je suis entrée dans le château, j'ai vraiment réalisé que j'étais à Disneyland.

À Fantasyland, David et moi sommes montés dans les tasses géantes de Mad Tea Party et sur le Matterhorn Bobsleds, une sorte de montagnes russes.

Après, nous sommes allés à Tomorrowland. David courait devant sur tout le chemin, tellement il était pressé d'arriver. Bien sûr, il a voulu aller sur le Star Tours, un simulateur de vol super cool.

– Tu ne vas pas pouvoir y aller, Carla, m'a-t-il taquinée pendant que nous faisions la queue. Les enfants de moins de trois ans ne sont pas acceptés.

Croyez-moi si vous voulez, mais c'est exactement le genre

de réflexion qui vous manque quand vous n'avez pas votre frère avec vous.

Après le Star Tours, nous nous sommes dirigés vers le Captain Eo, c'est une vidéo de Michael Jackson en trois dimensions. Quand nous sommes sortis, David s'est mis à danser comme Michael ! Je riais tellement que je n'arrivais plus à marcher.

Puis, nous avons pris le train qui fait le tour du parc pour aller jusqu'à Frontierland. David ne peut pas venir à Disneyland sans monter sur Mark Twain Steamboat.

– Ah, nous y voilà, a lancé papa. Enfin un manège pour les vieux croûtons comme moi.

Le bateau à aubes faisait un circuit autour d'une île et je m'imaginais être Mark Twain, naviguant sur le Mississippi et pensant à toutes les histoires que j'allais écrire.

– Bon, c'est fini, a déclaré papa alors que nous descendions du bateau. Nous avons fait tout ce qu'il y avait sur notre liste.

Il y avait une lueur espiègle dans ses yeux.

– C'est pas vrai ! a aussitôt répliqué David. Tu as oublié New Orleans Square.

David était vraiment plus qu'atteint par la folie de Disneyland.

Comme nous avions faim, nous avons décidé de nous arrêter dans une des « bufferias » de New Orleans... mais un dernier tout de manège s'imposait avant la pause déjeuner.

– Pirates of the Caribbean ! a suggéré David.

– Non, Haunted Mansion, ai-je dit. C'est pour ce manège que j'ai choisi New Orleans Square.

– Vous pouvez peut-être vous séparer.

Et c'est ce que nous avons fait.

Haunted Mansion, la maison hantée, est vraiment mon attraction préférée.

De l'extérieur, c'est une vieille maison de La Nouvelle-Orléans, avec des balcons en fer forgé très travaillés. On la visite à bord d'une voiture en forme de coquille d'œuf. Il y a des ombres de fantômes projetées sur les murs et une musique sinistre en fond sonore. Dans le grenier, une couche épaisse de poussière recouvre le sol et les meubles. Je vous jure qu'un voyage dans Haunted Mansion vaut bien dix bonnes histoires de fantôme. Et je m'y connais.

Après notre tour de manège respectif, David et moi avons retrouvé papa au French Market Restaurant, où il avait déjà réservé une table.

– Hum, ai-je fait en parcourant le menu.

J'hésitais entre la truite canadienne et la quiche aux épinards.

– Tu veux faire moitié-moitié ? m'a proposé papa.

Encore mieux !

Une fois à table, David a commencé à se calmer. Enfin, un petit peu. Nous avons fini de déjeuner et avons regardé le Mark Twain Steamboat glisser devant le porche du restaurant.

– Hé, Carla. Regarde ça.

David était en train de faire une de ses affreuses grimaces.

– Tu es content de voir ta sœur, hein ? l'a taquiné papa.

– Ouais !

Il m'a souri, embarrassé.

– Tu me manques souvent, Carla.

Papa m'a caressé les cheveux.

– Tu nous manques à tous les deux.

Comme j'étais heureuse de passer un moment agréable avec eux. Cela faisait si longtemps.

Papa a consulté sa montre.

– Carla, à quelle heure as-tu rendez-vous avec Sunny ?

– À cinq heures.

– Nous avons le temps de faire une dernière attraction, alors.

– Jungle Cruise ! s'est écrié David.

L'excitation le regagnait.

– Non, cette fois-ci c'est votre vieux père qui décide. J'ai repéré quelque chose que je voudrais faire avec vous quand nous sommes entrés dans le parc. Retour à Main Street, en avant !

– C'est quoi ? a voulu savoir David.

– Tu verras bien.

Il avait une étincelle dans le regard.

Quand nous sommes arrivés à Main Street, papa nous a poussés dans un vieux cinéma qui projette des dessins animés muets. C'était vraiment amusant de les regarder.

– Ils ne ressemblent pas vraiment à ceux qu'on a maintenant, ai-je fait remarquer.

– Ils sont mieux, a dit papa.

– N'importe quoi ! s'est indigné David.

Quoi que dise David, cette journée avait été géniale. Et elle n'était pas finie. J'étais impatiente d'aller chez Sunny. Je n'arrivais pas à deviner ce qu'elle m'avait préparé comme surprise.

5

Lundi

Salut tout le monde,

Décidément, j'ai l'impression que je n'arrive pas à échapper au baby-sitting. J'envoie cette lettre chez Claudia pour que vous puissiez toutes la lire pendant la réunion. Je reviens aussi d'une de mes réunions. C'est pas une blague ! Il y a une sorte de Club des Baby-Sitters en Californie qui s'appelle le Club nous ♥ les enfants, et c'est mon amie Sunny qui l'a créé. Il ressemble beaucoup à notre club, mais en très californien. Je vous raconterai tout ça à mon retour.

Bisous,

Carla

Quand je suis revenue de Disneyland, j'ai couru chez Sunny, qui habite juste à quelques maisons de chez moi. J'y suis allée tellement souvent que je pourrais faire le chemin les yeux fermés. Je suis arrivée à cinq heures pile. C'est la mère de Sunny qui m'a ouvert la porte.

– Carla ! Comme tu as grandi ! Oh, je t'embête avec ça. Entre.

Sunny a dévalé les escaliers, un sourire jusqu'aux oreilles. Elle avait un foulard dans les mains. Sunny et ses surprises...

– Ne bouge pas, m'a-t-elle dit, et ferme les yeux.

Elle me les a bandés avec le foulard.

– Qu'est-ce que tu fais... ?

– Comme je te l'ai déjà dit, c'est une surprise !

Sunny m'a conduite jusqu'à sa chambre par la main. Une fois arrivées, elle a retiré le bandeau.

– Ta da !

Il y avait Maggie Blume et Jill Henderson assises sur son lit. C'était ça la surprise ? Je me suis forcée à sourire. Je connaissais ces filles, parce que nous avions été dans la même classe en primaire, mais je n'avais jamais été très amie avec elles.

– Assieds-toi, m'a dit Sunny. Fais comme chez toi. Qu'est-ce que tu attends ? Tu n'as donc jamais assisté à une réunion d'un club de baby-sitters ?

Sunny arborait toujours un large sourire espiègle.

– Un club de baby-sitter ?

– Oui, répondit-elle fièrement, le « Club nous ♥ les enfants ». Tu te souviens de toutes ces lettres que tu m'as envoyées ? Avec toutes ces nouvelles de ton club ?

287

– Salut, Lucy ! Je suis vraiment désolée que tu aies des problèmes.

– Merci, mais ce sont mes parents, pas moi.

– S'ils te rendent malheureuse, c'est ton problème aussi. Crois-moi, je m'y connais. Alors, qu'est-ce qui ne va pas ?

– Rien ne va, ai-je soupiré amèrement.

Je voulais tout raconter à Carla mais, soudain, je n'ai pas pu. Cette image que je me faisais de Kristy s'impatientant me bloquait. En plus, je trouvais ça bizarre de raconter les problèmes de mes parents à Carla. En fait, ça me faisait bizarre de savoir que tout le club était au courant de mes problèmes. J'aurais aimé qu'elles me soutiennent, et en même temps je n'avais pas envie de repenser à tout ça. Ce n'était peut-être pas une bonne idée de téléphoner pendant une réunion, après tout.

J'ai toussoté.

– Hum, maman et papa se disputent tout le temps. Sur tout.

– L'argent et le reste ?

– Ouais.

– Leur vie de couple ?

– Ouais.

– Toi ?

– Ouais.

– Oh ! c'est mauvais signe...

D'accord, j'en avais assez entendu. J'ai immédiatement changé de sujet.

– Et comment va David ?

– David ? Mon frère ?

– *La cuisine des enfants*, ai-je lu sur la couverture.

– C'est un super livre. Les enfants peuvent réaliser toutes les recettes. Il n'y a pas de cuisson et les ingrédients ne comprennent que des produits naturels.

– Super ! me suis-je exclamée.

Il fallait que j'en parle aux filles, elles seraient certainement emballées.

– Et nous avons aussi un agenda.

Sunny m'a tendu un petit cahier ouvert à la date d'aujourd'hui.

Leur club s'inspirait du nôtre, mais il y avait pleins de petites différences.

Je pensais qu'après m'avoir expliqué le fonctionnement de leur club, Sunny allait déclarer la séance du jour ouverte, comme le fait toujours Kristy. Mais elle s'est contentée de prendre place par terre et a commencé à parler de Mme Robert, leur professeur de sciences. Jill a voulu savoir si nous faisions des dissections de vers en classe, dans le Connecticut.

Puis le téléphone a sonné. Maggie a répondu.

– Mme Peters. Jeudi. Quelqu'un peut y aller ? nous a-t-elle demandé en recouvrant le combiné avec la main.

– Moi, a fait Jill.

– Mme Peters ? a poursuivi Maggie. C'est Jill qui s'en charge... Oui, merci et à jeudi.

C'était aussi simple que ça.

– Vous ne prenez pas les informations d'abord pour en discuter entre vous avant de rappeler les gens pour confirmer la garde ? ai-je demandé.

– Pourquoi faire ? s'est étonnée Maggie.

J'ai haussé les épaules. C'était trop compliqué à expliquer.

Sunny est partie dans la cuisine et nous a rapporté un goûter · des morceaux de pomme avec du beurre de cacahuètes naturel.

« Pas de doute, ai-je songé, je suis bien de retour en Californie. » Cela n'avait rien à voir avec les cochonneries de Claudia.

– Alors, quelles sont vos fonctions ?

– Nos fonctions ? a demandé Sunny.

– Oui, qui est présidente, vice-présidente, secrétaire..

– Nous n'avons rien de ce genre. Chacun fait juste ce qu'il doit faire.

– Oh !

Il y a eu un autre appel. Cette fois-ci, c'est Sunny qui a pris la garde.

Jill a sorti un flacon de vernis de son sac et a commencé à s'en mettre sur les ongles. Je n'osais pas imaginer comment réagirait Kristy si l'une d'entre nous faisait ça à Stonebrook.

Je me suis levée et j'ai parcouru du regard la bibliothèque de Sunny : deux étagères entières d'histoires de fantômes. Nous étions tombées amoureuses des histoires de fantômes en CM2, exactement au même moment. Quand nous allions à la bibliothèque avec notre classe, nous faisions la course pour savoir qui serait la première à mettre la main sur les nouvelles histoires de fantômes. Je pouvais encore entendre Mme Wright, notre maîtresse, crier : « Les filles ! On ne court pas dans les couloirs ! »

Sunny avait plein de nouveaux livres, plein de livres dont je n'avais jamais entendu parler.

– Tu as déjà lu *L'histoire du bus fantôme*? m'a demandé Maggie.

– Maggie adore aussi les histoires de fantômes, a précisé Sunny. Je l'ai initiée.

– Non, je ne connais pas cette histoire, mais je veux bien que tu prêtes le roman.

Que se passait-il? Est-ce que j'étais morte et montée au paradis? J'en avais bien l'impression J'étais en Californie. Il faisait beau et chaud tout au long de l'année. J'étais avec mon super père et mon génial frère. J'avais retrouvé ma meilleure amie de Californie qui avait fondé un club de baby-sitting, où on avait des morceaux de pomme pour le goûter. Et pour couronner le tout, mes anciennes amies aimaient aussi les histoires de fantômes! Sunny m'a fourré des tonnes de livres dans les mains pour que je les emporte chez papa.

– Lecture de vacances, a-t-elle déclaré.

Il y a ensuite eu un troisième et dernier coup de fil. C'était Mme Austin, la voisine de papa. Elle avait besoin de quelqu'un pour samedi, toute la journée, pour garder Jasmin et Capucine. Je les avais gardées très souvent quand je vivais en Californie.

– Tu veux prendre la garde? m'a proposé Sunny avec un sourire engageant.

– Bien sûr!

Jill m'a tendu le carnet et j'ai noté moi-même ma garde.

Comme il restait encore quelques minutes avant la fin de la réunion, Jill nous a toutes verni les ongles. Nous nous sommes assises en cercle et avons remué les mains en rythme pour que le vernis sèche.

– J'ai encore une surprise pour toi, a dit Sunny en souf-flant sur ses ongles.

Une autre surprise ? Les yeux de Sunny scintillaient.

– Nous sommes aussi en vacances Deux semaines : le temps de ton séjour ici.

– Génial !

Quand il a été l'heure de rentrer, j'ai pris mon tas de livres, j'ai dit au revoir à la maman de Sunny en passant, et j'ai pratiquement sautillé de joie tout le long du chemin. Il était dix-sept heures trente, le soleil brillait toujours. Je sentais la chaleur des rayons sur mes épaules.

Le « Club nous ♥ les enfants » ne paraissait pas avoir autant de travail et n'était pas aussi important que le Club des baby-sitters, mais c'était vraiment amusant. J'aimais la façon dont tout était si simple en Californie.

– Salut, mon petit soleil ! s'est exclamé papa en me voyant arriver, un sourire radieux que les lèvres. Tu as l'air heureuse. Il s'est passé quelque chose de spécial ?

J'ai posé les livres sur la table de la cuisine.

– Non, rien de spécial. C'est juste que tout est absolu-ment génial, ici.

Chère Carla,

On s'amuse bien et on aimerait que tu sois là. Attends! Ça serait plutôt à toi de nous écrire ça. En fait, nous aimerions bien que tu sois avec nous. Nous aurions eu besoin de toi l'autre soir chez les Newton. Il y avait en plus les Feldman et les Parkins à garder... Ensemble, nous aurions mis au point un plan. Nous allions emmener les enfants dehors quand il s'est mis à pleuvoir. Au secours ! Mais la pluie n'a pas été la seule surprise. Nous te raconterons tout ça à ton retour.

Salut, Mary Anne et Claudia

Les Newton, les Feldman et les Perkins, ça fait du monde ! Sachant que tout ce petit monde ensemble ne vous laisse pas une minute de répit.

Mme Newton avait tout arrangé à l'avance avec Mary Anne et Claudia. Les parents sortaient dîner ensemble et assister à un concert. Ils avaient donc tout naturellement décidé de faire garder leurs enfants ensemble chez les Newton. Simon Newton a quatre ans et sa petite sœur Lucy Jane est encore un petit bébé. Ce sont des enfants géniaux. C'est un plaisir de les garder. Quant aux Perkins : Myriam, six ans, Gabbie, deux ans et demi et Laura, un petit bébé, elles sont adorables aussi. Gabbie appelle tout le monde par son nom en entier. « Salut, Carla Schafer », me dit-elle chaque fois. Les Feldman et les Newton sont cousins. Rob a dix ans, Brenda, six ans et Rosie, quatre ans. Hum, qu'est-ce que je peux dire à propos des Feldman ? Bon, pour commencer, Rob déteste les filles. Il les trouve nulles, surtout celles qui font du baby-sitting. Sa sœur Brenda est… une enquiquineuse. Rien ne lui plaît. Elle trouve toujours quelque chose à redire. Et la petite, Rosie, eh bien, c'est une machine à faire du bruit. Mais, contrairement à une machine, vous ne pouvez pas l'éteindre.

Quand j'en ai parlé avec Mary Anne, elle m'a dit qu'avec Claudia elles avaient essayé de tout planifier à l'avance. Elles devaient faire dîner les enfants tôt et les emmener au terrain de jeux avant la tombée de la nuit. Rosie pourrait y faire tout le bruit qu'elle voudrait. Rob pourrait détester les filles à loisir. Les autres enfants, bien sûr, pourraient s'amuser sur les balançoires ou dans le bac à sable. Ensuite, elles n'auraient plus qu'à rentrer et mettre tout le monde en pyjamas.

Bon, ça semblait être un bon plan. Mary Anne et Claudia en étaient très contentes. Mais c'était sans compter sur les caprices du temps ! En arrivant devant chez les Newton, elles ont levé les yeux vers le ciel, noir et menaçant. Des grosses gouttes de pluie ont commencé à tomber sur le trottoir.

Mary Anne et Claudia se sont consultées du regard et ont poussé un gros soupir. Simon est venu leur ouvrir la porte.

– Salut, les filles.

Gabbie était juste derrière lui.

– Bonjour, Mary Anne Cook. Bonjour, Claudia Koshi.

Mme Newton était juste derrière eux.

– Bonjour, les filles. Super, vous avez quelques minutes d'avance. Tout le monde est là. Les enfants sont dans la salle de jeux. J'ai fait un grand plat de chili pour le dîner. Les bébés, bien entendu, ont leur propre repas. Venez dans la cuisine, je vais vous montrer.

Mme Newton avait tout préparé. Le dîner était sur la cuisinière, les lits de camp et les sacs de couchage avaient été posés dans le salon (cela allait être une longue soirée), et elle avait installé les enfants dans la salle de jeux avec des albums de coloriage et des jouets. Rob regardait la télévision.

Mary Anne et Claudia sont allées dans la salle de jeux et se sont assises parmi le groupe. Mme Perkins était là avec les bébés qui jouaient par terre.

– Ils doivent aller se coucher vers dix-neuf heures, dix-neuf heures trente, a-t-elle précisé.

La pièce semblait vide après le départ des six parents, mais finalement pas tant que cela. La pluie tombait à grosses gouttes et cela devait durer toute la nuit.

– Et si l'une de nous s'occupait des bébés et l'autre des enfants ? a suggéré Claudia.

Deux petits bébés contre six enfants surexcités, ça ne paraissait pas très équitable, a fait remarquer Mary Anne.

– D'accord, qu'est-ce que tu en dis si on le fait à tour de rôle ? a repris Claudia.

Mary Anne s'est occupée des bébés en premier et Claudia des enfants.

Quand vous gardez beaucoup d'enfants, vous avez intérêt à vous placer de manière à pouvoir toujours avoir un œil sur tout le monde en même temps. C'est une chose que l'on avait apprise l'été dernier. Vous ne pouvez pas vous permettre de vous occuper d'un seul enfant et de laisser les autres sans surveillance. Les enfants dessinaient assis autour de la table. Il y avait suffisamment de feuilles et chacun avait sa propre boîte de crayons. (Merci Mme Newton.) À part le ronronnement de la télévision que Rob regardait, il n'y avait aucun bruit. Brenda dessinait une girafe et elle appuyait tellement fort sur son crayon de couleur que... Crac ! Il s'est cassé en deux.

– Mon crayon marron s'est cassé !

Elle s'est donc servie dans la boîte de sa sœur.

– Rends-le-moi ! a hurlé Rosie en tapant furieusement sur la table.

– Non, j'en ai besoin !

Claudia est la baby-sitter qui a le plus d'expérience avec les petits Feldman. Beaucoup d'expérience, dans ce cas-là voulait dire en fait deux expériences. La première fois que Rosie s'était énervée, elle avait tout simplement fait comme si de rien n'était. Voyant que personne ne faisait attention à leur raffut, les Feldman s'étaient calmés tout seuls. La deuxième fois qu'elle les avait gardés, Kristy était avec elle. Kristy les avait grondés sérieusement, s'était mise à siffler très fort et leur avait demandé de se calmer. Comme Claudia ne savait pas siffler, elle a pris le crayon marron des mains de Brenda et l'a rendu à Rosie.

– Tu sais très bien que c'est le crayon de Rosie, a-t-elle dit gentiment.

Mary Anne est intervenue au même moment. Le baby-sitting, c'est un travail d'équipe. Elle est venue à la rescousse dès qu'elle a entendu les cris de Rosie.

– J'ai besoin d'aide avec les bébés. Brenda, tu es une très bonne assistante. Viens avec moi, tu m'aideras.

Surprise, Brenda s'est levée et a suivi Mary Anne sans protester. Claudia a calmé Rosie et lui fait reprendre son dessin. Rob avait observé toute la scène depuis l'autre bout de la pièce.

– C'est moi le plus grand. Et je sais comment on s'occupe des bébés.

– Tu veux venir avec nous ? lui a demandé Mary Anne.

Rob a jeté un œil aux bébés, puis il s'est à nouveau tourné vers la télévision.

– Je préfère regarder un dessin animé.

Mary Anne et Brenda ont joué à la balle avec les petits. Mais en renvoyant la balle à Mary Anne, Brenda l'a lancée par mégarde sur les genoux de Rob.

– Tenez, les bébés ! a-t-il dit en leur rendant très gentiment la balle.

Mary Anne a regardé Claudia comme pour lui dire : « Tu as vu ce que j'ai vu ? C'est vraiment Rob Feldman, celui qui déteste les filles, qui est assis là-bas ? »

Claudia a haussé les épaules. Peut-être que Rob ne

considère pas les bébés encore comme des filles. Ou peut-être qu'il a juste grandi et qu'il a changé d'avis sur les filles. Après tout, cela faisait bien un an que Claudia l'avait gardé la dernière fois.

– Mise à feu! a-t-il déclaré soudainement, les yeux fixés sur l'écran. Bébés dans l'espace.

Il continuait à regarder son dessin animé de cow-boy, personne ne comprenait ce qu'il voulait dire.

Les enfants ont continué à dessiner encore un moment. Rosie s'est mise à taper des poings sur la table et des pieds par terre en chantant une chanson. Les mains sur les oreilles, Gabbie l'a regardée fixement.

– Calme-toi, Rosie Feldman. Tu me casses les oreilles.

Rosie ne s'attendait pas à se faire remettre en place par Gabbie, elle a fait une grimace et s'est tue.

À l'heure du dîner, Mary Anne a décidé d'emmener Brenda et Myriam, les deux plus grandes, à la cuisine pour mettre la table.

– Et les bébés? a demandé Claudia.

– Peut-être qu'on peut les installer dans leurs chaises hautes pendant que les filles serviront le chili.

Rob s'est détourné de la télévision.

– Les petits bébés ne peuvent pas coordonner leurs gestes.

Puis il a jouté à l'attention de sa cousine :

– Mais toi tu peux, n'est-ce pas, Lucy Jane?

Mary Anne et Claudia se sont consulté du regard. Bon, cela valait le coup d'essayer.

– Rob, pourquoi ne viendrais-tu pas avec moi dans la cuisine pour m'aider avec les bébés. Tu peux emmener Lucy Jane?

Maman et papa se sont regardés.

Il y a eu un silence.

Enfin papa a dit :

– Ta mère et moi, nous prendrons toujours soin l'un de l'autre. Nous nous aimerons toujours, et nous t'aimerons toujours, bien sûr. Mais nous ne sommes plus amoureux.

J'ai ressenti une vive douleur. J'ai baissé les yeux vers mon assiette. Comme elle était presque pleine, je me suis mise à piquer dedans. Plus vite j'aurais fini, plus vite je sortirais de table. Pendant que je mangeais (et écoutais ma propre mastication puisque personne ne parlait), j'ai réalisé que mes parents n'avaient pas vraiment répondu à ma question initiale.

– S'il vous plaît, dites-m'en un peu plus sur vos problèmes, ai-je insisté.

Je n'avais pas levé les yeux, je fixais mon assiette qui se vidait.

J'ai entendu papa dire :

– Nous avons des points de vue divergents, Lucy.

– Et incompatibles, a complété maman. Nous ne voulons plus vivre ensemble.

Voilà. J'avais enfin terminé mon assiette. J'ai posé ma fourchette sur la table, je me suis levée, j'ai jeté ma serviette et je suis sortie de table sans même demander la permission.

J'ai filé dans ma chambre. J'ai claqué la porte tellement fort que j'ai senti les murs vibrer. Et je l'ai fermée à clé.

Puis j'ai allumé ma chaîne. J'ai mis un CD de hard rock et j'ai poussé le volume à fond, histoire de faire exploser mes tympans pendant une minute ou deux.

Quand les parents sont rentrés, tous les enfants étaient en pyjama et beaucoup étaient endormis. Les Perkins et les Feldman ont porté leurs enfants jusqu'aux voitures, enveloppés dans des imperméables.

– Oh, a dit Mme Newton en les accompagnant avec son parapluie. Quel temps ! Comment cela s'est-il passé pour vous les filles ?

Mary Anne a souri.

– Bien. Étonnamment bien.

Jeudi

Chère Kristy,

En même temps que j'écris, je suis en train de remuer mes pieds dans le sable chaud et je viens de me mettre de la crème solaire sur les jambes. Oups, il y en a sur la carte postale... Dommage que ce ne soit pas une lettre, je t'aurais mis un peu de sable dans l'enveloppe. Comme tu le vois, je suis heureuse comme un crabe à la plage.

À bientôt,

Carla

Jeudi a été un jour parfait, si n'est qu'un étrange sentiment s'est emparé de moi. Papa voulait m'emmener avec

David, les membres du « Club nous ♥ les enfants », et Luc, un ami de David... à la plage ! Tout le monde avait rendez-vous à la maison après le petit déjeuner, et on a mis pas mal de temps à partir.

J'ai dû retourner en courant à la maison pour passer quelque chose par-dessus mon maillot de bain afin que je me sente bien pendant le voyage en voiture. Que se passerait-il si nous nous arrêtions dans un magasin pour acheter à boire par exemple ? Sunny, Jill et Maggie sont arrivées en maillot.

– Les filles vont aller à la plage en sous-vêtements ! se sont écriés David et Luc, horrifiés.

Les garçons de dix ans ne comprennent rien à la mode balnéaire.

Avec nos sacs contenant les crèmes solaires et les serviettes de plage et des tongs aux pieds, nous étions parés pour aller à la plage. On ne pouvait pas se tromper sur notre destination. En traversant l'allée devant la maison, j'ai remarqué que nous étions tous blonds. David et moi sommes blond très clair, mais tous les autres aussi étaient blonds. Nous formions un groupe de Californiens typiques !

Nous avons attendu David qui était retourné dans la maison, pour la deuxième fois, aller chercher des bandes dessinées. J'en ai profité pour vérifier que j'avais bien pris mon balladeur, et nous sommes enfin partis.

Dans la voiture, David et Luc ont insisté pour chanter *Un kilomètre à pied*.

– Papa, fais-les taire !

– Je pense que cela ne ferait qu'empirer les choses.

Heureusement, les garçons en ont eu marre au bout du quatre-vingt-deuxième kilomètre.

Quand nous sommes arrivés, il n'y avait pas beaucoup de monde. En Californie, les gens attendent que ce soit vraiment l'été pour aller à la plage et, en plus, nous étions en plein milieu de la semaine. En fait, c'était un temps parfait pour la plage. Il n'y avait pas un seul nuage et le soleil brillait !

J'ai couru devant et nous ai repéré une grande étendue libre.

– Les blonds, par ici !

Ils m'ont rejointe et ont étalé leur serviette sur le sable chaud.

– C'est vrai que nous sommes tous blonds, a déclaré papa. On dirait une délégation de Suédois allant à une convention de blonds.

Et tout le reste de la journée c'est ainsi que nous nous sommes appelés : la convention des Blonds. Bien sûr, ça n'a pas arrangé les choses quand Jill et Maggie ont sorti leur huile solaire et en ont mis sur leurs cheveux.

– Les Blondes voulant être encore plus blondes ? les a taquiné papa.

Il avait dit ça d'une voix grave, comme un annonceur télé : « Essayez nos produits. Ces produits pour les blonds. Dans leur boîte jaune pâle. »

David et Luc s'étaient installés un peu plus loin. Je pense qu'ils cherchaient la meilleure place pour… nous viser. Nous étions allongés sur le dos en train de bavarder joyeusement quand nous avons reçu une pluie de petits bouts d'algues et de coquillages.

– En plein dans le mille ! a triomphé David en atteignant le nombril de papa.

– Pourquoi vous n'allez pas chercher de beaux coquillages ? leur a-t-il suggéré en leur tendant le seau rouge que nous avions apporté.

– Oh non, c'est nul !

– Et que diriez-vous de pêcher des palourdes ?

– Ça, oui !

Ils ont attrapé le seau et sont partis en gloussant.

Sunny, Maggie et Jill ont décidé d'aller tremper leurs pieds dans l'eau. Comme je n'avais pas encore très chaud, je suis restée allongée et j'ai laissé le soleil faire son travail.

– Ah, je reconnais bien là mon petit soleil, a soupiré papa quand nous nous sommes retrouvés seuls. Mon petit soleil, se prélassant au soleil.

Papa peut vraiment être bête quelquefois. Il me souriait, les yeux fixés sur l'horizon.

– Je suis content que tu aies pu venir nous voir.

– Et moi, je suis contente d'être là.

Je savais que papa avait dans l'idée d'engager une discussion sérieuse, et je n'étais pas sûre d'y être préparée. De toute manière, prête ou non, une discussion père-fille était dans l'air. J'ai attendu que papa commence.

– Alors, comment ça se passe dans le Connecticut ?

– Très bien.

- L'école ?

– Bien.

– Tes amis ?

– Mes amies ? Elles sont super.

Je me suis assise sur ma serviette et j'ai commencé à enfoncer mes pieds dans le sable.

– Comment trouves-tu David ? a continué papa.

David semblait très heureux et je le lui ai dit. Je lui ai rappelé comme il était malheureux dans le Connecticut et les ennuis qu'il avait à l'école et tout le reste.

– Je suppose que David se sent plus dans son élément en Californie, a déclaré papa.

– Il a de la chance.

J'ai été la première surprise par la tristesse que trahissait ma voix.

– Et comment va ta mère ? a demandé papa après un silence.

– Oh, tu connais maman. Je suis obligée de vérifier si elle a bien sa tête à chaque fois qu'elle sort...

J'allais dire « pour un rendez-vous avec Théodore », mais je me suis retenue à temps. Je n'avais vraiment pas envie de me lancer dans une discussion sur Théodore avec papa. Je me suis tue, embarrassée, mais j'ai repris le plus vite possible :

– ... pour aller travailler. Quand elle sort de la maison pour aller travailler.

Je me sentais toute bizarre d'avoir quelque chose à cacher à papa. De toute façon, la conversation entière me paraissait gênante. Je ne comprenais pas ce qu'il se passait. J'ai enfoncé mes doigts très profondément dans le sable.

– Est-ce qu'elle, hum... va bien ?

– Ça va.

Mais la vérité, c'était que maman allait bien. Elle était peut-être tête en l'air, mais ça, c'était maman. Elle avait peut-être un peu envie de pleurer de temps en temps mais c'était normal, David devait lui manquer terriblement.

– Elle adore le Connecticut. Elle voit Bonne Maman et Bon Papa. Elle adore la ferme...

– J'ai entendu dire qu'il y a un passage secret. Encore une de tes histoires de fantômes, hein ?

Je lui ai tout raconté sur le passage, comment nous l'avions trouvé et comment Nicky, le frère de Mallory, l'avait découvert avant nous tous.

– Il s'y réfugie encore souvent quand il a besoin d'être seul.

– Avec une famille de huit enfants, ça se comprend.

– Moi, ai-je soupiré tristement, je n'ai pas ce problème.

Encore une fois le ton de ma voix m'a surprise. Qu'est-ce qu'il m'arrivait ? J'étais en Californie, à la plage... Je n'avais aucune raison de me plaindre, bien au contraire.

Papa a tout de suite compris qu'il se passait quelque chose. Il a attendu un moment avant de parler. Papa est super dans ces moments-là. Il vous laisse le temps qu'il vous faut pour réfléchir.

– Tu te sens un peu seule, n'est-ce pas ?

Je n'y avais jamais pensé avant. Il avait sans doute raison. Je n'étais pas sûre de ce que je ressentais.

Au même moment, David et Luc sont arrivés en courant et m'ont lancé un petit crabe sur les genoux.

– Beurk !

– David ! Luc ! les a grondés papa.

Tout à coup, j'ai eu besoin de courir, de bouger, de me lever, de faire quelque chose. Je me suis levée d'un bond, j'ai renvoyé le crabe dans le sable et je me suis élancée vers la mer. Sunny et les autres avaient maintenant de l'eau jusqu'à la taille.

– Ahhh ! ai-je crié en passant à côté d'elles.

L'eau était tellement froide que j'ai été saisie. Mais j'ai

plongé, j'ai nagé sous l'eau quelques secondes avant de refaire surface, ruisselante. J'ai alors décidé d'éclabousser mes amies. Elles ont poussé des cris et, une fois trempées de la tête aux pieds, elles m'ont envoyé des tonnes d'eau en battant des pieds. Les vagues se brisaient sur nous et nous sautions par-dessus en riant. J'ai fait un signe à papa. Soudain, je me suis rendu compte combien j'étais heureuse, ravie, d'être ici.

Quand nous sommes revenues vers nos serviettes, nous avions les lèvres bleues et nous grelottions. Papa nous a emmitouflées dans nos serviettes et nous avons laissé le soleil faire le reste.

J'ai alors entrepris de construire un château de sable.

– Vous voulez m'aider ? ai-je demandé aux filles.

Elles n'en avaient pas envie.

À mesure que s'élevaient les tours de mon château, je me sentais plus calme. J'ai songé à Claudia en disposant des coquillages dans le sable. « Si elle avait été avec nous, ai-je pensé en souriant, elle aurait probablement construit des châteaux tout le long du rivage. »

Ensuite, nous avons mangé le délicieux déjeuner que Mme Bruen nous avait préparé : une salade d'avocat avec des crevettes et du chou, et une salade de pommes de terre avec du persil frais et des herbes.

Nous avons tout dévoré.

Quand le soleil a commencé à décliner, nous avons rassemblé nos affaires et rejoint la voiture.

– La convention des Blonds, en route ! a lancé papa.

Dans la soirée, papa m'a suggéré de téléphoner à maman, juste pour lui dire bonjour. Je n'en suis pas sûre, mais j'ai eu l'impression qu'elle avait un peu la voix qui tremblait quand elle a répondu au téléphone.

– Carla !

Elle paraissait surprise.

– Alors, comment tu vas ? Tu t'amuses bien ?

Je lui ai parlé de la plage, du temps, de la femme de ménage, de mes amies.

– Nous sommes retournés à Disneyland et aujourd'hui, nous sommes allés à la plage. Et, maman, je n'ai même pas eu à regretter le Club des baby-sitters. Samedi, je vais garder Jasmin et Capucine. Sunny a créé son club, comme le nôtre, sauf qu'il est plus décontracté... Je vais bien m'amuser. David est vraiment heureux et papa est génial...

Je crois que je parlais très vite. Décidément quelque chose n'allait pas.

– Je suis très contente pour toi, ma chérie, a dit maman.

David m'a appelée et j'ai donc passé le téléphone à papa.

Je ne sais pas pourquoi, mais je me sentais coupable... En fait, je sais exactement pourquoi : ici, nous avions des occupations familiales, nous formions une vraie famille alors que maman, elle, était toute seule, dans sa ferme. Je suppose qu'avant de l'appeler, je ne m'en étais pas rendu compte. Je n'avais certainement pas réalisé à quel point maman me manquait. Je n'étais plus sûre de ce que ie ressentais.

Samedi
Chère Claudia,
Désolée pour la pluie que vous avez eue avec Mary Anne lors de votre baby-sitting de l'autre soir. Ici ? Il ne pleut jamais. Cet après-midi, j'ai gardé Jasmin et Capucine. Tu te souviens, je t'ai déjà parlé d'elles, ce sont mes anciennes voisines. Eh bien, c'était un de mes meilleurs baby-sittings : je suis revenue à la maison plus bronzée qu'en partant le matin. Ah, la Californie ! Tu sais comme j'adore le soleil...
Carla

Mon premier travail pour le « Club nous ♥ les enfants » a été un véritable succès. Quand je suis arrivée chez elles,

Jasmin et Capucine se sont précipitées à ma rencontre et se sont jetées à mon cou. Capucine a neuf ans et est plus mûre que Jasmin qui en a seulement six. Jasmin tirait déjà sur ma robe avant même que j'aie réussi à franchir la porte.

– Doucement, ma belle !

– Carla ! Ma baby-sitter préférée du monde entier !

Je dois admettre que quand un enfant vous fait un compliment comme celui-ci, le travail devient une vraie partie de plaisir. Mme Austin m'a serrée dans ses bras pour me dire bonjour, comme si j'étais un membre de la famille qu'elle n'avait pas vu depuis longtemps.

– Les filles étaient tellement impatientes ! Ça me fait plaisir aussi de te revoir.

J'ai toujours adoré la maison des Austin et, plus particulièrement, le salon. Mme Austin est tisserande. Papa dit que, quand ils étaient jeunes, elle et son mari étaient des « enfants-fleurs ». Je pense qu'il veut dire des hippies. C'est pour ça que Jasmin et Capucine ont des noms de fleurs. Mme Austin travaille à la maison et vend ses produits à des magasins d'artisanat de luxe. Elle a trois métiers à tisser de taille différente dans son salon, face à la grande baie vitrée. Elle fabrique des pièces avec des couleurs douces et très naturelles. Et il n'y avait jamais la même chose sur les métiers à tisser.

– Je n'ai pas besoin de redécorer le salon, disait-elle en riant. Chaque fois que je change de tissage, c'est comme si je changeais toutes les couleurs de la pièce.

Ce jour-là, Jasmin et Capucine portaient chacune un gilet fait par leur mère. Jasmin a sorti un petit porte-monnaie de sa poche et a fait tinter les pièces dans sa main.

– Des pièces de huit ! Je suis riche !

J'avais oublié l'imagination débordante de Jasmin.

– J'ai donné à chacune des filles un peu d'argent, m'a expliqué leur mère. Il y a une petite fête foraine installée dans le champ derrière le centre commercial. Comme il fait beau, j'ai pensé que vous auriez envie de sortir avec les filles et que vous pourriez passer l'après-midi là-bas.

– Super ! ai-je fait.

L'après-midi promettait d'être génial.

Mme Austin a pris son châle (fait main, bien sûr) et s'en est allée à une réunion du conseil des métiers artisanaux.

Jasmin et Capucine m'ont entraînée dans la maison pour me montrer tout ce qui avait de nouveau depuis mon départ. Cela faisait longtemps que nous ne nous étions pas vues.

– La cuisine est par là et les toilettes ici, a cru bon de me signaler Jasmin complètement excitée.

– Elle le sait très bien, tu es folle, a dit Capucine. Carla, viens voir nos chambres.

Elles m'ont alors montré leurs nouveaux vêtements, leurs nouveaux jouets, leurs nouveaux livres, leurs carnets scolaires et tout ce que vous pouvez imaginer.

Je me suis assise sur le lit de Jasmin à les regarder tournoyer autour de moi. Puis Jasmin a sorti son peigne pour me lisser les cheveux. Elle a toujours aimé faire ça.

– On dirait qu'une fée a plongé tes cheveux dans de l'or quand tu es née. Est-ce que tu as déjà rencontré un garçon qui s'appelle Rumpelstiltskin ?

Bien sûr, je lui ai répondu non. Ce personnage devait sortir tout droit de son imagination. Capucine, l'aînée, écoutait, comme à l'accoutumée, toutes les histoires de sa sœur. De nature plus réservée, elle se mettait souvent en retrait.

– Bon, ai-je fait me levant. On y va ou pas à cette fête foraine ?

Jasmin a bondi de joie, délaissant aussitôt mes cheveux pour se ruer vers la porte.

– Allons voir les forains !

Elle était déjà dehors alors que Capucine et moi étions encore dans sa chambre !

Il faisait chaud et sec. Le ciel bleu clair était strié de fins et légers nuages. La foire n'était qu'à quelques minutes de marche. Il y avait deux manèges : une grande roue et une « pieuvre » avec des cabines qui montent et descendent.

– Une créature de l'espace ! a crié Jasmin.

Il y avait aussi des tas d'attractions, des baraques de nourriture (des hot dogs et des barbes à papa... Ce n'est malheureusement pas très sain !) et un enclos avec des poneys.

Jasmin m'a attrapé la main et j'ai donné l'autre à Capucine. Nous nous sommes laissées conduire par Jasmin, qui nous entraînait d'une baraque à l'autre sans parvenir à se décider par où commencer.

– Qu'est-ce que vous pensez du jeu d'anneaux ? a suggéré Capucine d'une toute petite voix.

– Le jeu d'anneaux ! a répété Jasmin en écho.

À peine l'avait-elle repéré que nous étions devant. Comme vous pouvez l'imaginer, Jasmin était une joueuse enthousiaste. Enthousiaste mais pas vraiment adroite. Après six anneaux, elle avait... six coups manqués.

– Pas grave, a-t-elle fait en haussant les épaules. Au tour de Capucine.

Capucine, elle, a pris son temps, se concentrant sur la cible avant de lancer ses anneaux.

Amies pour toujours

Pas de panique, Mary Anne !
Ça ne va vraiment plus au club. je me suis disputée avec Kristy, Claudia et Lucy, et depuis on ne se parle plus. Et si j'essayais d'arranger les choses ?

La revanche de Carla
C'est le concours des mini-Miss Stonebrook ! J'espère faire gagner mes protégées, mais les filles du club ont eu la même idée... la compétition s'annonce acharnée !

La meilleure amie de Lucy
Super, Laine, ma meilleure amie vient passer une semaine à Stonebrook ! Mais quand elle arrive rien ne se passe comme prévu...

Nos plus grands défis

Le langage secret de Jessica
Jessica fait la rencontre de Matthew, un jeune garçon sourd-muet. Elle décide d'apprendre la langue des signes pour communiquer avec lui.

Le défi de Kristy
Susan est une petite fille autiste qui vit enfermée dans son monde. Kristy voudrait qu'elle ait la même vie que les autres enfants, mais ce n'est pas facile...

Carla à la rescousse
Les enfants de Stonebrook sont sous le choc : le village de leurs correspondants a brûlé ! Carla organise une grande opération de solidarité.

Maquette : Natacha Kotlarevsky

Loi n° 49-956
du 16 juillet 1949
sur les publications
destinées à la jeunesse

ISBN : 978-2-07-061217-8
Numéro d'édition : 183028
Numéro d'impression : 103751
Imprimé en France
par CPI Firmin Didot
à Mesnil-sur-l'Estrée
Premier dépôt légal : juin 2007
Dépôt légal : février 2011